丝路。
行走的植物

沈苇 著

山东文艺出版社

图书在版编目（CIP）数据

丝路：行走的植物／沈苇著．—济南：山东文艺出版社，2023.7

ISBN 978-7-5329-6830-5

Ⅰ.①丝… Ⅱ.①沈… Ⅲ.①散文集—中国—当代 Ⅳ.①I267

中国国家版本馆 CIP 数据核字（2023）第 024325 号

丝路：行走的植物
SILU：XINGZOU DE ZHIWU

沈 苇 著

主管单位	山东出版传媒股份有限公司
出版发行	山东文艺出版社
社　　址	山东省济南市英雄山路 189 号
邮　　编	250002
网　　址	www.sdwypress.com

读者服务	0531-82098776（总编室）
	0531-82098775（市场营销部）
电子邮箱	sdwy@sdpress.com.cn

印　　刷	山东临沂新华印刷物流集团有限责任公司
开　　本	880 毫米 ×1230 毫米　1/32
印　　张	9.5
字　　数	238 千
版　　次	2023 年 7 月第 1 版
印　　次	2023 年 7 月第 1 次印刷
书　　号	ISBN 978-7-5329-6830-5
定　　价	86.00 元

版权专有，侵权必究。如有图书质量问题，请与出版社联系调换。

目录
Contents

序：行走在丝绸之路上的植物　　1

葡　萄　生命饮料之树　　1
无花果　长在树上的糖包子　　15
石　榴　红英动日华　　29
胡　杨　沙漠的挽歌与节日　　43
哈密瓜　乡间蜜罐　　59
玫　瑰　柏拉图的徘徊花　　71
云　杉　绿色长城和森林神殿　　87
苜　蓿　天马的食粮　　99
雪　莲　冰山上的圣处女　　113

杏	灿烂龟兹	125
沙　枣	中亚香水之树	139
孜　然	西域味道	155
白　杨	绿洲上的银柱	167
野苹果	苹果之父	181
薰衣草	从普鲁旺斯到伊犁	195
白　桦	向着北方的朝圣	211
桑	前世今生	227
仙人掌	跨越大洋的"移民"	247
树	神圣的，鬼魅的	259
芦　苇	五则笔记	269

附录　生态文学：观念、方法和视阈　　287

序：行走在丝绸之路上的植物

在西域30年，有两次"行万里路"的经历让我难忘且受益。

其一，2001年，应中国青年出版社之约，撰写第一部新疆自助旅游手册《新疆盛宴——亚洲腹地自助之旅》，我用半年多的时间，漫游天山南北，行程两三万公里，记了10多个本子，拍了近200个胶卷，光手绘地图就画了上百幅。此书出版后，比较畅销，那时进疆的"背包客"几乎人手一册，台湾立绪出版社还出过一个中文繁体字版。

其二，2007年至2008年，我在《青年文学》和《新疆经济报》开设"丝路植物"同步专栏，两年下来，写了20多篇植物随笔，大约每月一篇。也就是说，每月出门远行一趟，去这些植物的主产区采访——每一种植物都有对应的重点区域，譬如：葡萄—吐鲁番，石榴—和田，无花果—阿图什（以上三种水果被誉为"丝绸之路三大名果"），白桦—阿尔泰，野苹果—伊犁、西天山（世界苹果基因库）……有朋友说：这是每月与植物"约会"一次。

这两次"行万里路"，对我个人而言，其重要性不亚于"读万卷书"。植物的起源分"唯一中心"和"多点中心"，如西瓜，是"唯一中心"，

1

它的故乡在北非的埃塞俄比亚；而厚皮甜瓜（西方甜瓜，俗称哈密瓜），则是"多点中心"，几乎在同一历史时期内，从中亚、西亚到北非、地中海地区，都出现了这一物种。植物像人类一样，有原乡，也有他乡，从东走到西，从西走到东，从而使我们这个世界变得多样化，葱茏繁茂，生机盎然。它们的迁徙、流变，离不开"植物猎人"引进、栽培之功绩。

"凿空"西域的张骞，大概是中国历史上第一位"植物猎人"，他没有带回汉武帝朝思暮想的西极马（汗血宝马），却为汉地引进了葡萄和苜蓿种子。水稻、茶树、桑树、竹子、柑橘等则是对世界产生巨大影响的中国本土植物，如茶叶的输出早在南北朝时期，而茶叶成为"植物移民"远走他乡，源于一位名叫罗伯特·福钧的苏格兰"植物猎人"，将之引种到印度喜马拉雅山麓，成就另一片天下，后来，中国茶种又移植到欧洲等地。

我多年前写的植物随笔，侧重于讲述陆上丝路和亚洲腹地的植物，也即"从西走到东"的植物（今天带"西"和"胡"的植物，大多是西来的，如西瓜、西红柿、西芹、胡瓜、胡豆、胡萝卜、胡椒、胡桃等），用多学科、跨文化的方法，结合田野调查、文学举证，描写它们的身世与起源、形态与特质、诗性与象征，试图将它们写成一个个传奇。"石榴酒，葡萄浆。兰桂芳，茱萸香。愿君驻金鞍，暂此共年芳。"（乔知之《倡女行》）这是唐人眼中流光溢彩的丝绸之路，焕发着植物的异彩和芬芳。无论是"从西走到东"还是"从东走到西"，丝绸之路的植物史其实是一部文化交流史，包含了东西方文明对话与交流的大量信息。

4年前，我从新疆重返浙江后，在浙江传媒学院开设通识课"丝绸之路上的植物文化"，受到学生们欢迎，又陆续写了几篇新的植物随笔：与江南有关的《桑：前世今生》、与海上丝路有关的《树：神圣的，鬼魅的》《仙人掌：跨越大洋的"移民"》等，并挑选之前的专栏随笔进行修订，二者合一，便有了这部《丝路：行走的植物》。同时附录在《十月》

生态文学论坛和《诗刊》自然诗歌论坛上的发言稿《生态文学：观念、方法和视阈》(《天涯》2022年第4期)。

早在20世纪初，具有远见卓识的瑞典探险家斯文·赫定就说："中国政府如能使丝绸之路复苏，必将对人类有所贡献，同时也为自己树立起一座丰碑。"今天，"一带一路"倡议将丝绸之路这一"地理神话"转化为"国家叙事"，体现了开放的眼光、包容的胸怀和人类命运共同体意识。从植物角度去讲述丝路故事和丝路魅力，书写丝路传奇和丝路文化，具有深远的意义，期待有更多的人去进一步发掘和研究。

植物是人类的亲人，它们生而平等，用"静"来看世界的"动"。每一朵花、每一株草、每一棵树，都是世界的一个中心，这就是植物与生俱来的"主体性"，与人类的"主体性"互为镜鉴并浑然一体。英国诗人丁尼生说："当你从头到根弄懂了一朵小花，你就懂得了上帝和人。"在此意义上，我们应该用一生之久，耐心地、不断地向植物学习、求教，从中领悟真义和启示。

感谢山东文艺出版社，感谢责任编辑董树丛、杨云芳，设计师刘小军和画家赵德洸等朋友付出的辛勤工作，使此书以独特的图文形式呈现。

是为序。

沈苇

2023年2月8日于杭州钱塘

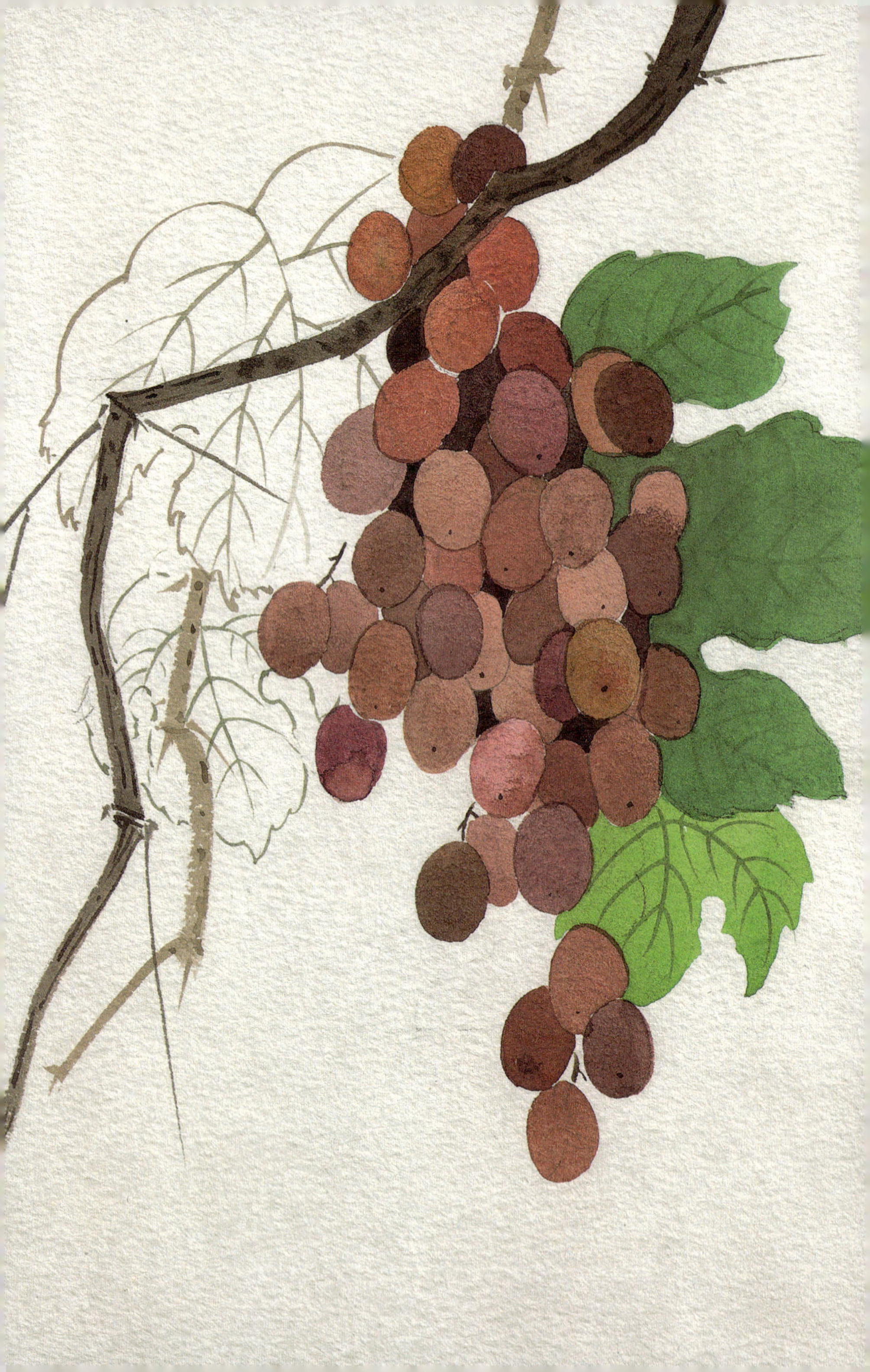

葡萄

生命饮料之树

请用葡萄酒洗净我生命的躯壳,
用葡萄叶裹我,葬我在花园边。

——〔波斯〕欧玛尔·海亚姆:《柔巴依集》

吐峪沟葡萄园

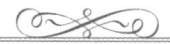

> 峡谷中的村庄。山坡上是一片墓地
> 村庄一年年缩小，墓地一天天变大
> 村庄在低处，在浓荫中
> 墓地在高处，在烈日下
> 村民们在葡萄园中采摘、忙碌
> 当他们抬头时，就从死者那里
> 获得俯视自己的一个角度，一双眼睛
>
> ——沈苇：《吐峪沟》

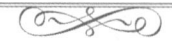

吐峪沟是吐鲁番火焰山中的一个峡谷。我称它是"两个圣地的圣地"——左侧山坡上是有"东方小麦加"之称的艾斯哈布·凯海夫麻扎（"七个圣人和一条狗的麻扎"），深入峡谷，右边山坡上则是吐鲁番盆地规模最大、开凿时间最早的千佛洞，留下了蜂巢般的石窟遗址。村庄和葡萄园就坐落在这样一个背景里，信仰的光芒在这里交相辉映。

在吐峪沟，生与死相互打量。高处的烈日、麻扎（墓地）和低处的村庄、葡萄园，互为镜像和视角，构成了一个独特的"垂直空间"。

大峡谷切开了火焰山，两边山体色彩斑斓，呈现火焰状的道道皱褶。山涧溪水奔流而下，养育了桑树、白杨和大片的葡萄园。村庄里的生土建筑群，数百年来保持了一种稳定而纯粹的风格。这些建筑造型各异，重重叠叠，错落有致，大多带有葡萄晾房。它们保持了土地

火焰山中的葡萄沟 视觉中国

的原色，温暖，朴素，亲和，有一种世袭的家园感，好像是从大地深处随意生长出来的。

这座古老的村庄是如此宁静，山谷中传来布谷鸟的叫声，鸽子的哨音撒在家家户户的房顶。礼拜的召唤回荡在山谷中，偶尔传来牛哞、羊咩和孩子们的嬉闹声。当你在村里走动，村民们会主动邀请你一起分享几串葡萄、一只甜瓜。夏季，白天气温高达四五十摄氏度，晚上仍炎热不散，人们睡在房顶上，星星又低又大，仿佛伸手就能摘下。

火焰山的阵阵热浪中，展开吐峪沟的葡萄园，展开了葡萄树的浓荫和果实的芬芳。站在山坡上看，葡萄园就像卡在峡谷里的一块翡翠，又像涌动在村庄四周的绿色波澜。峡谷中的葡萄园是一种珍藏，如同日月的后花园，流淌着绿色的真、绿色的善，也流淌着爱欲的欢愉和感伤。仿佛时间遗失的珍宝隐藏在那里，提醒它去孕育、成熟、发酵、酿造……

是的，吐峪沟葡萄园是被死者俯视和打量的葡萄园。秋天，村民们在葡萄园中采摘、忙碌，当抬头时，就从高处的麻扎群那里获得了一种审视自己的眼光。纠缠的藤蔓，密集的掌状绿叶，枝叶间漏下的

3

丝路：行走的植物

吐峪沟　视觉中国

牛舍旁的葡萄晾房

葡萄

阳光碎银，虫鸣与鸟鸣，一些扬起的尘埃……都是沉思默想的起源。光线插入串串葡萄，汲取秋天甘甜的汁液，它银叉般的战栗传达了整座葡萄园的自足——一个身体的自足，一种浓荫的自足，也是迷宫般神秘的自足。而这一切，都得到了高处的审察与提升。

如同葡萄到葡萄酒的演变，从夏天到秋天，是葡萄园从肉身向精神的一次缓慢过渡。当葡萄变成了琼浆，变成了纯粹的精神养料，葡萄园的世俗意义也发生了变化。有时你会觉得，深秋萧索的葡萄园，冬天葡萄树埋墩后的景象，似乎与精神化的吐峪沟背景更加匹配。安放在峡谷中的这块翡翠，只是圣地暂时的佩饰，生土与荒凉，却是永远的无边无际的事实。

在世俗的荒凉中，葡萄干和葡萄酒是葡萄的两种出路和未来。前者是岁月的"干尸"，后者被誉为圣徒的"血"。当我吃下吐峪沟的葡萄和馕，不禁会想到基督的葡萄酒和无酵饼。

吐鲁番的葡萄熟了

20世纪初,米德莱·凯伯(Mildred Cable,1878—1952年)等3位英国修女在至中国西部沙漠的旅行中,到过吐峪沟。她们在《戈壁沙漠》一书中写道:"吐峪沟的葡萄园如同火焰山中的翡翠,一种幽幽的香气令人想起天上的事物。浅金色,或清朗的淡绿,吐峪沟葡萄干是黄金、琥珀和海绿色的玉粒。"

差不多同一时期,德国探险家冯·勒柯克在吐峪沟进行考古挖掘,称这里的无核白葡萄干是"世界上最好吃的葡萄干"。他还说:"这种葡萄干在当时的北京也是一种非常奢侈的食品,价格很贵,因为从吐鲁番到北京要走115天。"(《新疆的地下文化宝藏》)

两个吐鲁番

就像吐峪沟的麻扎和村庄一样,一直存在着两个吐鲁番:死去的吐鲁番和活着的吐鲁番。当你在这个"火焰之洲"旅行,意味着将同时遇见并穿越这两个世界。

构成死去的吐鲁番的是:交河故城,高昌故城,阿斯塔那古墓群,千佛洞和作为记忆残片的壁画,写在桑皮纸上的摩尼教残卷,红色灰烬般的火焰山,蛮荒的艾丁湖,博物馆里的木乃伊和巨犀化石……它们是时光慷慨的遗存,散发着岁月和尘土的气息。它们是一种盛大的消亡,却近在咫尺,触手可及。死去的吐鲁番,无处不在地弥漫。

那么活着的吐鲁番呢?它以葡萄的形式活着,只以葡萄的形式活着。正如在这个干旱少雨的"火焰之洲",除了地下运河坎儿井,水只以葡萄的形式存在一样。葡萄是点亮吐鲁番的翡翠之灯,呈现葡萄架下着盛装的少女、欢快的那孜库姆舞、木卡姆聚会、通宵达旦的宴饮……

葡萄

这一切，以一种固执的享乐主义姿态抵御另一个世界的威逼和侵犯。站在远处倾听，有时你分不清若隐若现的鼓声究竟来自哪一个世界——是这一个吐鲁番，还是那一个吐鲁番？

这两个世界相互依存、融合，好像已天衣无缝。但仔细看去，这块火焰中的翡翠已出现裂缝，没有一双人类之手能缝合它们。死去的吐鲁番是一种自足的孤寂，如同另一个世界的镜子，用来映照生存的虚幻和暧昧。它将废墟、坟墓、灰烬搬到天空，将死亡一寸寸推向眩晕的高度。而活着的吐鲁番，则像一位殷勤的仆从，正源源不断向那个世界提供热情、水土和养料。这使死去的吐鲁番变成一株生机勃勃的葡萄树，在死亡的大荒中继续成长，有着发达的根须和茂盛的枝叶——一株野蛮的葡萄树！

葡萄树攀越天空
虬结的藤蔓，重叠的叶子
遮蔽了七月的面孔……

莫非它在尘土中、烈日下的挣扎
只是一种徒劳、一种虚妄？
莫非我们眼见的葡萄树
只是看不见的树的
一个替身？

——沈苇：《葡萄树》

死去的吐鲁番要大于活着的吐鲁番。在这个"世界上最大的露天考古博物馆"（贡纳尔·雅林语），死去的世界是盛大的，咄咄逼人的，几乎遮蔽了活着的吐鲁番。它让熟透的葡萄回到羞涩的嫩芽和细小的花蕾，它使一株现实的葡萄树柔弱而不能生育，在尘土中、烈日下徒劳地挣扎、枯萎。——莫非活着的吐鲁番仅仅是死去的吐鲁番的一个替身、一份遗言？

因此，在吐鲁番，死亡变得真实而超乎寻常地敏感，它是四处弥漫的可以用来呼吸的空气，是一块块坚不可摧的活化石。诗篇中的"葡萄树"纷纷化作了遗言中的"翡翠树"。"上天所赋予她的生命是有限的，因为正如白驹过隙一样，不会拖延；正如闪电一样，不能留驻。岁月已到了它的末端，生命也消耗尽净。翡翠树干枯了。她永远离开了这些时日，永远冲破了这人间的苦难之网。"（写于公元667年的一位吐鲁番妇女的墓志铭，见于阿斯塔那古墓群）

死去的吐鲁番是那么重，像一个巨大的石磨，从天空压下来，不断碾磨活着的吐鲁番，使它发出呻吟、叹息和歌声，从时光幽深处汩汩流出用葡萄做成的果汁和美酒……

古墓里的葡萄

洋海古墓位于吐峪沟洋海夏村西北，面积5万多平方米，为公元前1000年至公元前后氏族社会大型墓葬。它是2000年"中国十大考古发现"之一。考古工作者在这座古墓里发现了2000多年前的葡萄藤。

新疆文物考古研究所和吐鲁番地区文物管理局的考古报告说，葡萄藤与其他木棍盖在281号墓的墓口上，藤截面为扁圆形，长115厘米，宽2至3厘米。洋海的考古发现有力地证明：大约在中原的春秋战国

供养人饮酒图　楼兰古墓壁画

时期，吐鲁番盆地已开始种植葡萄。

　　无独有偶。在新疆博物馆，我瞻仰过1600年前的几粒葡萄干，它们出土于吐鲁番阿斯塔那地下古墓。

　　阿斯塔那古墓群是高昌回鹘王朝的公共墓地，经过10多次的考古挖掘，已出土各种珍贵文物上万件。在这些文物中，发现了不少有关租种葡萄地及浇灌、管理、买卖葡萄园的契约、书信、账册等文书，还有随葬的葡萄（葡萄干）、葡萄枝、种子等。高昌居民将一串串鲜葡萄奉供在死去亲人的墓室里，为的是让他们在幽冥世界里继续吃到生前喜爱的这种美味的水果。这在当时，是一种十分流行的风俗。

　　阿斯塔那墓葬壁画描绘的情景，也为吐鲁番大约在南北朝时期已是重要的葡萄种植业中心提供了有力的佐证。

　　在一幅壁画上，一对贵族模样的夫妇端坐在葡萄架下宴饮享乐，餐桌上是美味佳肴，侍女们忙着斟酒、上菜。出现最多的是女供养人手捧果盘的壁画，果盘里除了梨、甜瓜，还有葡萄。摩尼教徒的工笔画，也常常以葡萄等水果为主题。与此同时，葡萄纹样、图案开始装饰佛教洞窟和普通民居。

墨葡萄图 〔明〕徐渭

关于葡萄传入西域和中亚的时间和情况,历史学家也有自己的看法。

有人认为,公元前4世纪,亚历山大东征,把希腊化文明带入中亚,同时把葡萄种植、葡萄酒酿造和酒神崇拜带到了这个地区。汉时"蒲陶"二字的发音,直接源于希腊文"botrytis"。

两个世纪后,张骞"凿空"西域来到大宛(今乌兹别克斯坦费尔干纳盆地),发现这里俨然已是中亚葡萄种植中心。"宛左右以蒲陶为酒,富人藏酒至万余石,久者数十岁不败。俗嗜酒,马嗜苜蓿。汉使取其实来,于是天子始种苜蓿、蒲陶肥饶地。"(《史记·大宛列传》)张骞从大宛带回了葡萄种子(还有苜蓿种子),但未获得葡萄酒酿造技术。

据此可以推测,新疆种植葡萄不早于亚历山大东征,但不会晚于张骞出使西域。

公元后,葡萄种植在新疆已十分普及。384年,后凉将军吕光征龟兹(今库车),他发现这里有许多葡萄园,葡萄酒总是被大桶大桶地享用,人们在酒窖里日夜酗酊大醉,连守城的士兵也不例外。"胡人奢侈,厚于养生",以吐火罗人为主的龟兹居民在信仰佛教的同时也不忘纵情享乐。

西域民族曾嗜酒如命,收录在《突厥语大词典》中的一首民歌证实了这种豪饮:"让我们吆喝着各饮三十杯。让我们欢乐蹦跳,让我们如狮子一样吼叫,忧愁散去,让我们尽情欢笑。"他们喝的是西域最古老的葡萄酒——穆塞莱斯,也即唐诗"葡萄美酒夜光杯"中的美酒。

西晋张华所著《博物志》上说:"西域有葡萄酒,积年不败,彼俗云:'可至十年饮之,醉弥日乃解。'"

隋末唐初,中原汉地已种植葡萄,但尚未掌握葡萄酒酿造技术,王公贵族和文人雅士对时常耳闻却不能品尝的"西域琼浆"心向神往。公元640年,唐太宗发兵破高昌,得到了马乳葡萄的种子,将它们种在皇家禁苑中,专门开辟了两座葡萄园。同时从回鹘人那里学到了酿酒技术,共酿出了8种"芳香酷烈,味兼醍醐"的葡萄酒。

唐王朝要求高昌以年贡的方式进贡不同品种的葡萄产品,除葡萄干外,自然还有葡萄酒。这一进贡制度一直延续到清代。康熙皇帝甚至说,让自己的臣民种植葡萄等果类,比给他们建造100座瓷窑还要好。

今天,吐鲁番盆地葡萄种植面积达50多万亩,全国800多个葡萄品种中,吐鲁番占到600多个,无核白葡萄、马乳葡萄、琐琐葡萄都是当地特色品种。从唐代开始,"吐鲁番"这个名字就与"葡萄"紧紧联系在一起了,这是地理与果实的唇齿相依、水乳交融。直到今天,当我们说出"吐鲁番"时,脑海里的第一反应便是"葡萄",反之亦然。——不知是吐鲁番出产了葡萄,还是葡萄诞生了吐鲁番?

生命饮料之树

全世界所有果品中,葡萄资历最老。据古生物学家考证,在新生代第三地层内发现了600多万年前的葡萄叶和葡萄种子化石。最早栽培葡萄的是 7000 年前的里海和黑海地区。后来，葡萄栽培和酿酒技术从亚美尼亚传到地中海东岸的新月地带和古埃及。

5000 年前埃及法老们的墓室壁画上，已出现葡萄采摘、酿酒、装船外运的情景。葡萄、葡萄酒，还有从尼罗河畔芦苇荡里打来的野鸭，成为埃及上流社会宴席上的珍馐佳肴。

希伯来人栽种葡萄和酿酒并不晚于埃及人。《圣经》中提及葡萄酒多达 500 余次，它是"基督之血"的象征。圣餐中的葡萄酒和面包是基督的血和肉，这是《圣经》中著名的比喻。基督告诉他的门徒："我是葡萄树，你们是枝子。"大洪水时代的先祖挪亚种过葡萄，并酿造了也许是人类第一杯的葡萄酒。中世纪《罗马人的事迹》中有一个故事：挪亚发现野葡萄树被称为"田地或道路的疆界"。当他发觉葡萄酒是酸的，便找来狮子、羔羊、猪和猿四种动物的血，在血里加上泥土，于是做成一种肥料，他便给葡萄树施了这种肥。就这样，血使葡萄酒变甜了……

从某种程度上来说，希腊罗马文明是以地中海的三种植物为基础的，即小麦、橄榄树和葡萄。希腊人将葡萄从埃及引入欧洲，举行一年一度的酒神节。头戴常春藤冠、身穿兽皮、手执酒神杖的狄俄尼索斯，其实是一个葡萄酒神。到了罗马时期，狄俄尼索斯演变为巴克斯。在中亚西亚民间，至今仍存在巴克斯崇拜。

不仅仅是在古典的希腊，世界各地的酒窖里都住着一个狄俄尼索斯，他保证了人神同乐这一狂欢秘祭不至于在人间失传。在现代医学中，葡萄酒作用于人的血液、神经，对失眠和忧郁症有良好的治疗作用。心理学家阿拜利说："葡萄酒在宗教里是上帝的血的象征，它能给我们鼓舞，它是我们克服地球引力的精神力量，还能给我们的想象力插上翅膀……当梦中高脚杯的深红或金黄色的葡萄酒熠熠发光，人生就是非常有意义的。对灵魂而言，葡萄酒带来的奇迹是神圣而富于活力的，

葡萄

它能使呆板单调的尘世生活插上翅膀,从而变得神圣。"

波斯人称葡萄为"生命饮料之树""月亮的圣树"。在波斯王宫中,司酒是一个很体面很重要的职位,享受大臣待遇。希罗多德说,波斯人习惯于在陶醉状态中讨论重大事情,认为喝醉酒时通过的决定要比清醒时作出的更加可靠。在促进波斯诗歌、音乐、舞蹈的繁荣方面,葡萄酒的确发挥了很大作用。鲁达基、欧玛尔·海亚姆等人的诗歌中,葡萄酒和美人是最常出现的意象,在酒杯的辉映中,情人面颊上的红晕是一个仙境。

在枝干粗壮的树下,一卷诗抄
一大杯葡萄美酒,加上一个面包——
你也在我身旁,在荒野中歌唱——
啊,在荒野中,这天堂已够美好!

——欧玛尔·海亚姆:《柔巴依集》

阿拉伯人种植过一种果实大如鸡蛋的葡萄,树干有两人合抱那么粗,一串串的葡萄有两腕尺长。人们想象葡萄树是一只酒杯,死后要葬在葡萄树下,就有永远也喝不完的葡萄美酒。

葡萄、石榴、无花果并称为"丝路三大名果",它们是西方通过丝绸之路向东方输出的三种最著名的水果。无疑,也是三种绿色文化。

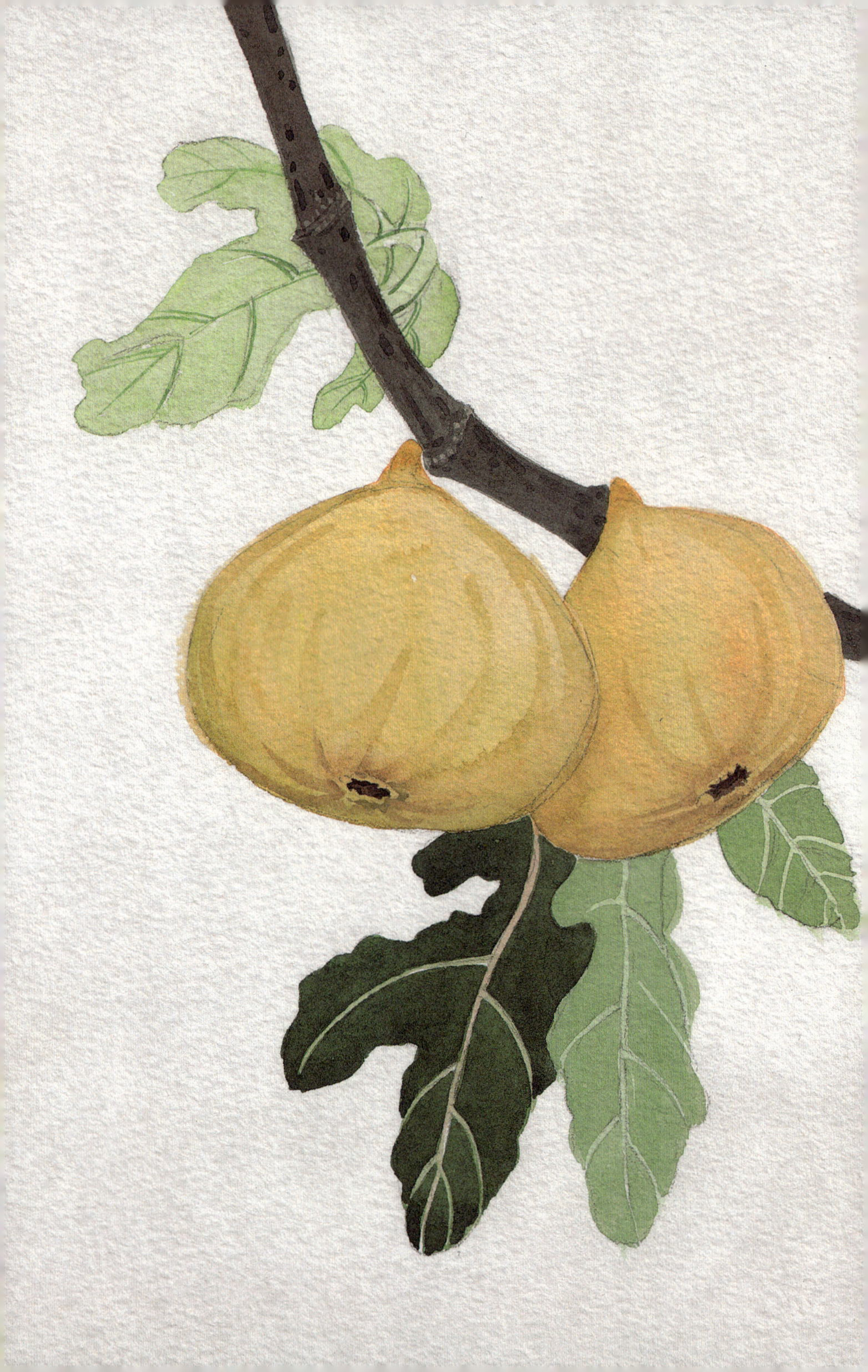

无花果

长在树上的糖包子

无花果的花藏在果实里面,只有瞎子才能看见,男人把这种花看成是他所爱的女人。

——〔危地马拉〕阿斯图里亚斯:《玉米人》

无花果

　　从字面去理解，无花果是"无花而果"——一种没有花朵的果实。事实上，无花果是开花的。花不是开在枝头，而是开在囊状花托的内壁，即果实的内部。当果实长到三分之一时切开，可以看到密密麻麻的小白花正在怒放。每一只无花果会开2000多朵小花。

　　无花果的小花被花托包裹，但在果柄对面留有一个秘密通道。通过这个狭窄的小孔，一种名叫无花果蜂的小昆虫能进入果实内部，在里面产卵。幼虫发育、长大，从一朵花爬到另一朵花，成为授粉的"经纪人"。

　　无花果的这些特点引起了植物学家们的关注。法国植物学家让—玛丽·佩尔特在与人合著的《植物之美——生命源流的重新审视》一书中写道："无花果树的发现，为人们研究是否存在一种能将雌、雄性器官都包围在一起的植物结构提供了更广阔的研究空间。……或许从现在到 5000 万年以后,无花果的这种创新会发展,甚至会传播开来。一种新的保护会创造出来,并被大自然保留下去。"

无花果小传

无花果树是人类最早栽培的果树之一,已有 5000 余年的历史。它的原产地,一说是小亚细亚土耳其的加利亚(Carica);一说是阿拉伯半岛南部,后来传入叙利亚、高加索、土耳其等地,于公元前 14 世纪前后引入地中海沿岸诸国。

古埃及《亡灵书》中多次出现无花果树的形象,第一章中有这样的句子:

啊,你完善之神,永恒之神,唯一之神!
与上升的太阳一同飞翔的伟大的鹰!
在青翠的无花果树上,你永远年轻的形象
闪烁着掠过天国的河心。
…………
就是我,扯起了清晨之帆;
在青翠的无花果树旁与拉神同行,
我是他的水手,永远在无尽的旅途之中。

拉神是埃及人的太阳神。

无花果同样出现在法老墓室的壁画上：一群狒狒爬上枝头，采摘、抢食鲜美的无花果，活灵活现的样子使人想起孙悟空偷吃人参果的情景。相比而言，站在树下的两个奴隶显得有些茫然而手足无措。一个好像在伸手向狒狒讨要，另一个则跪地拾捡掉落的果子。这是一幅名叫《奴隶与狒狒抢摘无花果》的壁画，它潜在的寓意或许是：蒙昧的动物比开化的人类更接近果实的甜美。

当屋大维的军队兵临城下时，埃及末代女王克里奥佩特拉，用一条无花果中的小毒蛇结束了自己的生命。这条名叫"费特里叶"的小毒蛇，躲在一篮子无花果下，蒙过了罗马士兵的检查，用它的毒液成就了女王之死的高贵与尊严。

在古希腊，无花果是祭祀果品，是渗透了地中海阳光的"圣果"。它出现在希腊瓶画上，供奉在星象师的占卜台上，点缀在酒神的花篮里。它和葡萄、常春藤一样，是酒神的配饰和标志。

相传，罗马城的两位创建者小时候受过一只母狼的哺乳喂养。当他们躲在狼穴里时，是一棵无花果树，用宽大的叶子庇护了他们，使之免遭巫婆和猛禽的侵袭。古罗马的农业已相当发达，帝国的果园内大量种植葡萄、苹果、橄榄，除此之外，无花果是罗马人的最爱。除了鲜食，他们还将无花果制成果脯、果酒、果酱、果汁等。

在中东，无花果是十分普及的粮食作物之一。希伯来人喜欢将它晒干，压成饼状，当作常年吃的一种食物，即使再穷的人也吃得起。因此无花果在巴勒斯坦有"穷人的食粮"之称。希伯来人最早发现了无花果的药用价值，将它贴在脓疮上用以治病。"以赛亚说：'当取一块无花果饼来，贴在疮上，王必痊愈。'"（《旧约·以赛亚书》）

《圣经》中的植物有200多种，无花果是最早提到和出现的。耶和华在东方的伊甸立了一个园子，把所造的人（亚当和夏娃）安置

无花果

在那里。他使各样的树从地里长出来,可以悦人的眼睛,其上的果子能当作食物。园子当中又有生命树和分辨善恶的树。能够分辨善恶的树就是"智慧树"和"禁树",耶和华告诫他们,这树上的果子是不能吃的。

受了蛇的诱惑,亚当和夏娃偷吃了"智慧树"上的果子。在他们眼睛明亮的同时,他们有了羞耻感,能分辨善恶了,这宣告了伊甸园大门的轰然关闭。"他们二人的眼睛就明亮了,才知道自己是赤身露体,便拿无花果树的叶子,为自己编作裙子。"(《旧约·创世纪》)

《圣经》中,无花果叶子是人类最初的衣衫,最初的"遮羞布",也是最初的走投无路中的一点仓促的庇护。在基督教传统中,无花果是和人类的原罪、羞耻感、失乐园联系在一起的,是人类智慧与觉醒的一个象征,也是未来颠沛流离命运的一种预兆。

公元8世纪前后,无花果通过丝绸之路由波斯传入中国,首先是奔波在帛道上的商贾和僧侣们将它带到了新疆,开始在昆仑山北麓的塔里木绿洲种植。现在我们在南疆看到的无花果,仍是古老而单一的波斯品种,即波斯语所说的"a-yik"(阿驿)。它们品性优良,历经千年而少有改变。

唐人对这种来自西方的"圣果"已有一定的了解。段成式在《酉阳杂俎》中写道:"阿驿,波斯国呼为阿驲,拂林(阿拉伯半岛,作者注)呼为底珍。树长丈四五,枝叶繁茂。叶有五出,似蓖麻,无花而实。实赤色,类

亚当和夏娃 〔佛兰德斯〕鲁本斯

蓰子，味似甘柿，而一月一熟。"

　　另有一种说法是，唐朝皇帝得到过两株印度国王贡献的无花果树，它们被种植在皇家禁苑里。皇宫里的人吃了它们的果子觉得好，此后开始向民间推广、移植。即使偏远的岭南，也很快就有了无花果。

　　在印度，无花果树（优昙钵）是菩提树（毕钵罗）的一种，是神圣的树。据一则广为流传的故事，最早的一株菩提树在比哈尔邦的菩提伽耶，它被阿育王焚毁，却奇迹般地在自身的灰烬中复活了，后来其他的灾难也曾降临到它身上，但它通过枝条的移植，不断繁衍，活到了现代。在印度，菩提树和黄金、水晶、宝石一样，是智慧和启蒙的象征。

　　公元前528年，乔答摩·悉达多王子正是在一株无花果树下证得菩提、获得真知的。因此，佛经中称无花果树为"觉树"。

无花果与信仰

　　无花果在佛教和基督教中均占有重要地位，在伊斯兰教中也同样。穆斯林既将它比作"长在树上的糖包子"，又把它敬为"天堂圣果"。无花果在伊斯兰文化中是世俗与神圣的一个混合体，一种长在天堂与人间的阶梯般的树。

　　《无花果》是《古兰经》114章中的一章（第95章）。在这一章节中，无花果是盟誓的信物："以无花果和橄榄果盟誓，以西奈山盟誓，以这个安宁的城市盟誓，我确已把人造成具有最美的形态，然后我使他变成最卑劣的；但信道而且行善者，将受不断的报酬。此后，你怎么还否认报应呢？……"

无花果

伊斯兰的天园（占乃提）是一个绿树遮阴，流淌着乳河、酒河、蜜河和水河的美丽花园，有美味可口的鲜果和饮料。人类的始祖阿丹和好娃是吃了无花果而明眼目、辨善恶的，同时犯下了偷食禁果之罪。

时至今日，新疆的穆斯林在吃无花果时仍保持这样一个习惯：要将成熟的果子包在无花果叶子里，认真拍打三次，然后再吃。从科学角度去解释，这是为了使果实里的糖分分布均匀。从宗教和文化的角度去理解，则是源自《古兰经》的传统和告诫——拍打既是"惩罚"，也是在提醒拍打者：必须怀有一颗羞愧之心。

伊斯兰的无花果是乐园之果，也是失乐园之后的人间之果。是责备之果，也是隐秘之果。

几个世纪以来，土耳其是世界上无花果产量位居第一位的国家。法国画家、建筑师勒·柯布西耶在《东方游记》中记录了20世纪初君士坦丁堡的动人一幕：土耳其人喜欢在墓地里喝咖啡，而在墓地与咖啡馆之间，种了许多无花果树。"死者躺在无花果树的根柢之间，而高大的枝梢则像死者的灵魂，朝着天空伸展。当地的风俗，是让死者躺在活人中间，好让他们保持安宁。"

无花果出现在波斯细密画中，成为绘画风格的有机部分。无花果的"无限图案"还直接体现在维吾尔族的民居上，如门楣、窗框、廊柱、藻井、面砖、壁炉等。日常生活中，地毯、艾德莱丝绸、服饰、花帽、印花布、首饰、小刀、土陶等上面，更是少不了无花果的精美图案。无花果图案，是生活艺术化和艺术生活化的一个范例，它使我想起俄罗斯诗人叶赛宁在《玛丽亚的钥匙》一文中的观点：图案艺术不只是民间花样，它是具有宏伟意义的关于世界结局和人类使命的长篇史诗。

波斯的苏菲派诗人鲁米在他充满冥想、顿悟和灵性色彩的诗篇中

多次写到无花果。他将无花果图案化、抽象化了,无花果成为一个无穷尽的"圆":

有什么能胜过,把无花果
卖给无花果商贩?

道理就在于此。
我们在这里,并不是为了牟利,
也不是为了欢愉,甚至不是为了喜悦。

当一个人自己就是金匠,
无论他走到哪里,
他都在打听金匠。

云朵用我们所分享的一切建造。
小麦经由脱粒成为小麦。

……
任何圆的事物
都没有穷尽。

——鲁米:《圆圈》

几株盆栽的无花果树高过庭院,在空中争夺正午的阳光,并透过门窗展露它们宽大而明亮的绿叶……在迷宫般的喀什老城,这样的庭

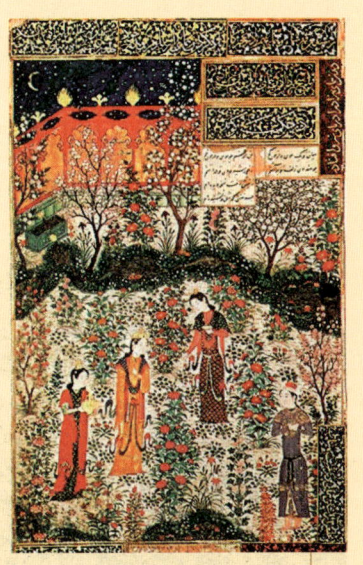

天堂花园　波斯细密画　　　　　看不见的花园　波斯细密画

院中必定有一个殷勤而贤惠的女主人，在男主人回家之前，必定要修剪一下心爱的无花果树，往地上洒一些清水，这几乎是女主人的日常功课了。那些装饰考究的喀什噶尔餐厅，还有即便是那些街头烤肉摊，通常也有几盆无花果树环绕，以构成一个别致的就餐环境。无论是烤肉师傅还是寺院里的阿訇，都知道《古兰经》中有关无花果的故事，也知道无花果的树叶是可以过滤空气中的尘埃和毒素的。

　　从阿图什、喀什到和田，沿昆仑山北麓，是新疆无花果的主产区。一些高龄的无花果树，因它们的历史感而在人们心目中有着很高的地位。和田县拉依喀乡有一株400多岁的无花果树王，占地1.5亩，绕着走一圈需花五六分钟时间，它每年能结15000多个果子。在阿图什，我听说还有七八百年的无花果树，但拥有它的主人小心翼翼，秘不示人，连当地人都不清楚"树王"究竟长在谁家的果园里。但从他们向我描述时的诚恳语调和认真眼神中可以推测，"树王"的存在不只是一个传闻。

喀什老城。喀什也是无花果重要产区

果园里的莫扎特

早晨，阿图什小男孩莫扎特·帕尔一骨碌爬下床，来不及穿鞋，光着脚丫就往后院跑。奶奶在后面追了几步，怎么喊也喊不住他。

他是冲着后院的果园去的。从卧室到园子有一定的距离，他要穿过一个曲折的长廊，木架上成熟的葡萄垂挂下来。一边是养着几只绵羊的羊圈，一边是母亲的洗衣房。一棵香梨树，熟透的梨子掉落了几只。几株石榴树，红彤彤的甜石榴挂在枝头，树枝好像快要承受不了它们的重量。他要注意一个用来青储饲料的大坑，小心地让自己不要掉进去。

小男孩边跑，边喃喃着："糖包子，糖包子，树上的糖包子……"

无花果

原来他是在想念"长在树上的糖包子"——爷爷果园里的无花果啊。昨天他刚吃过它,晚上又梦见过它,今天早晨一睁开眼,又是迫不及待了。

从6月到11月,爷爷的果园像是被施了魔法,树上的糖包子长个没完没了,青色的,黄色的,淡棕色的,高高低低挂在枝头,藏在巴掌大的树叶之间,十分诱人。它们的味道实在太好了,莫扎特吃了还想吃。

有半年时间,无花果是莫扎特的饭,莫扎特的点心。当然,他的食谱中还包括西瓜、甜瓜、馕、奶奶做的杂烩菜拌面等。但无花果是每天必不可少的。

柔和的阳光洒满果园。几只退役的斗鸡在觅食、散步。蜜蜂和蝴蝶迷恋着果园里的香甜气味。越接近无花果树,就越能闻到它散发的类似中药的气味。这种气味,莫扎特再熟悉不过了。

无花果——长在树上的糖包子

低处的无花果已被他摘完了,他就求大人往高处摘。他感到大人们很神奇,能到天空去摘无花果。一次,他没摘到果子,只摘下一片叶子,叶子流出牛奶一样的乳汁。他尝了尝,有一股香而苦的味道。

莫扎特今年3岁。他的家在阿图什郊外的松他克乡买谢提村。

这里是著名的苏里唐·萨图克·布格拉汗麻扎的所在地。布格拉汗是喀喇汗王朝(公元840—1212年)的第三代汗王,也是该王朝中第一个接受伊斯兰教的汗王。从莫扎特的家,越过一排齐整的白杨树,就能看到麻扎清真寺高耸的邦克楼。

这是一个大家庭。爷爷吾甫力·艾买提今年54岁,有3个儿子、2个女儿。莫扎特的爸爸就是爷爷的大儿子,他和两个弟弟一道,在阿图什市开了一家妇女用品商店。而爷爷呢,则在苏里唐麻扎对面开农家店,出售酸奶刨冰、自制的无花果酱和日用百货。加上后院的两亩无花果园,一家人的日子过得殷实而和睦。

苏里唐麻扎一带,从买谢提村到阿孜汗村,是阿图什无花果的主要产区。这里家家户户都种无花果,少的一二亩,多则七八亩。果园大多在房子后面,与住处连在一起,是名副其实的"庭院经济"。这一带的村庄,维吾尔农舍掩映在果园中,而果园又是住房的延伸。这里的无花果,已空运销往香港、上海等地。

阿图什是我国著名的无花果之乡,种植的是单一的波斯品种。1000多年前,波斯无花果通过丝绸之路传入新疆,第一站当属阿图什,然后再传到喀什、和田等地。所以,在人们心目中,"阿图什"这个地名是与丝绸之路三大名果之一的无花果联系在一起的。

爷爷懂得一些历史,常给莫扎特讲故事。他说1000年前这里是一个大巴扎,挤满了南来北往的人,非常热闹。附近村庄有一棵七八百岁的无花果树王,占地好几亩,一个小孩子钻进去会迷路的,走半天也走不出来。但树王究竟在哪里,在哪户人家,爷爷从不告诉他,也

无花果

不带他去看。这使莫扎特有些失望。

爷爷还说,苏里唐麻扎以前有7道门,走错了一道,人就会消失,再也回不来了。麻扎里有一盏油灯,它是神灯,放一些清水在里面,也能点亮,这盏灯后来被英国人拿走了……

莫扎特似懂非懂地听着这些故事,黑而亮的大眼睛睁得更大了。

吃无花果的阿图什小男孩　赵君安摄

尽管莫扎特还没学会吃无花果时拍打三次的规矩,但他吃果子时的样子可爱极了。刚一到手,就急不可待往嘴里送,一边发出呼啦呼啦的声音。当我们忍不住笑时,就呼啦得更响亮、更夸张了。他用一个孩子的方式,在表达对果实的赞美,对生活的心满意足。这种满足中没有一丝抱怨和阴影。

的确,对于一个阿图什的孩子来说,假如他永远不再长大,永远生活在爷爷的果园中而不知外面的世界,那么,他就是生活在天堂中。

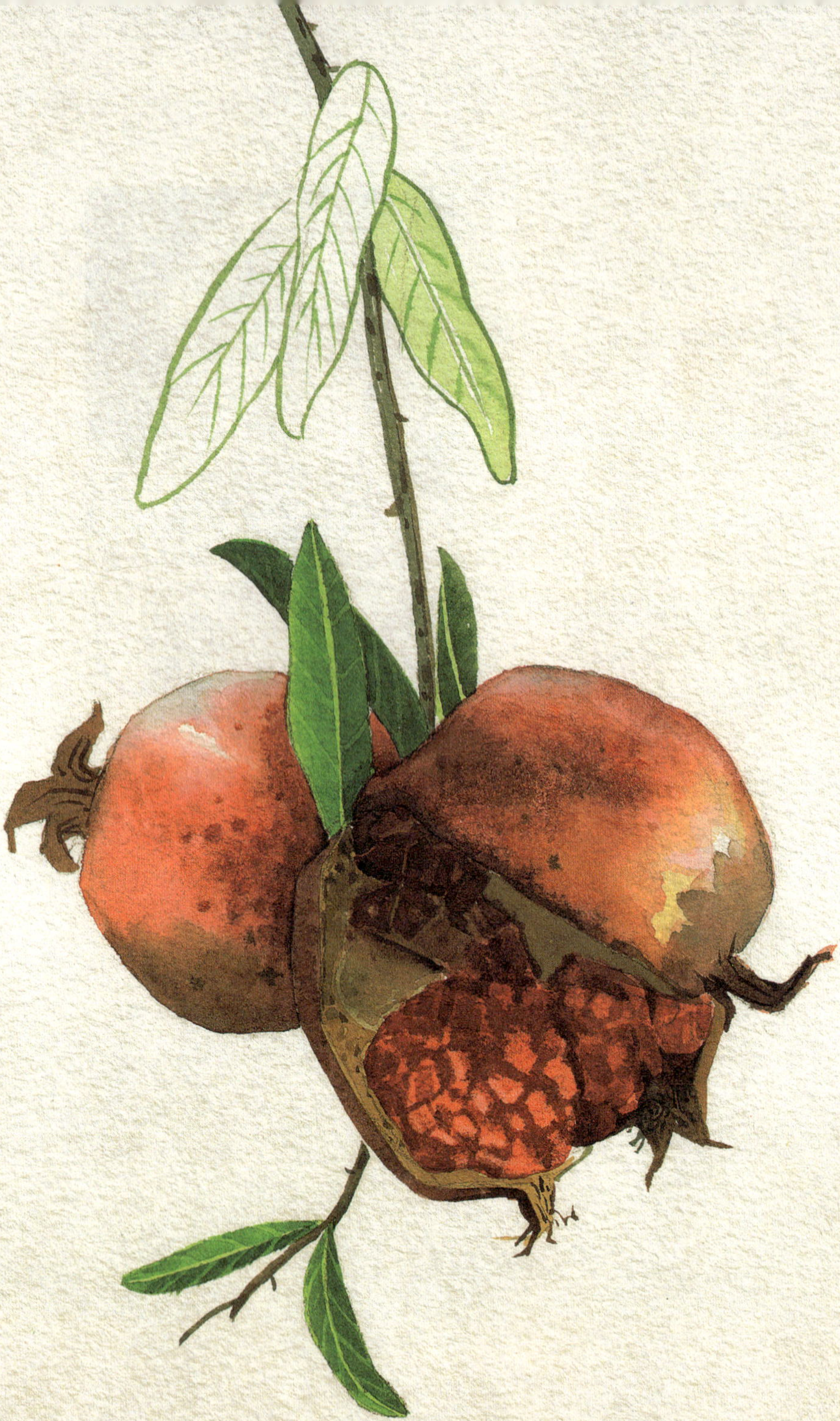

石榴

红英动日华

绿叶裁烟翠,
红英动日华。

——〔唐〕元稹:《感石榴二十韵》

枝头的红石榴

在《新疆词典》一书中,我写过石榴:

"石榴树拒绝阴雨潮湿的气候,喜好干爽和阳光。我甚至觉得石榴树不是从泥土中长出来的,而是生于阳光中的——阳光是它唯一的土壤,也是死后唯一的归宿。它的成长、开花、结果,就是与阳光的一次倾力合作,一次呕心沥血的热恋。"

"我理解的新疆,就是一只咧嘴歌唱的石榴,一杯浓郁鲜美的石榴汁。请不要大口狂饮,得细细去品味,去调动你全身每一个味蕾、每一根神经……"

丝绸之路上的石榴

榴花西来—植物西来—文化西来,这是对西域文明特征的一种形

石榴

象描述。

除却地理和政治上与中原汉地的依存关系，西域文化在历史上一直保持着"向西开放"的胸襟和姿态，它能吸纳和融入的东西比我们所想象的要多得多。因此，在新疆的现在时和过去时中，你常常能感受到浓郁的印度味道、阿拉伯味道、波斯味道，乃至希腊味道。这些构成了活着的传统，醒着的传统。

植物也如此：一株西来的植物沿丝绸之路去向东方，在东方扎下了根，慢慢地，与本土特征融合了，变成了本土植物，加入了东方植物谱系。偶尔回首，它在日益复杂而模糊的血统中辨认出自己的起源、自己的母土：波斯、阿拉伯、印度、地中海、非洲……西来的葡萄、西来的西瓜、西来的石榴、西来的无花果、西来的甜瓜、西来的阿月浑子、西来的没药、西来的郁金香……尤其是西来的石榴，与葡萄、无花果一道，被誉为"丝绸之路三大名果"。

石榴的原产地是古代波斯。后来，航海的腓尼基人将它传播到地中海地区。向东，则传播到布哈拉、塔什干、撒马尔罕等中亚地区。波斯多石的山地看起来很适合石榴的自然生长。波斯人称石榴树是"太阳的圣树"（葡萄则是"月亮的圣树"），认为它是多子丰饶的象征。鲁米有这样的诗句："在春天，来到果园。/ 在石榴花中，有光明、/ 美酒、心上人。"在日常生活中，波斯人用石榴做酱油，先把石榴浸在水里发酵，捣碎后用布过滤，使酱油有颜色和辣味。有时他们把石榴汁烧煮了，请客时用来染饭，使饭的颜色更漂亮，吃起来更加可口。

《圣经》和《古兰经》透露了希伯来人和阿拉伯人对石榴的热爱。《圣经·雅歌》将情人的脸颊比作藏在帕子里的一块石榴。情人是关锁的花园，园内佳美的果子，正是石榴。"我必引导你，领你进我母亲的家，我可以领受教训，也就使你喝石榴汁酿的香酒。"(《雅歌·第八章》)

石榴、无花果和橄榄是阿拉伯人的三种"天堂水果",他们认为吃石榴可以使身体涤除嫉妒和憎恨。这与古希腊人将石榴称为"忘忧果"几乎同出一辙。

和葡萄、苜蓿一样,石榴是张骞将军引进到中国的。从这一点上来说,张骞无疑是中国最早的"植物猎人",当然,他承担的使命比这要多得多。李时珍说:"榴者,瘤也,丹实垂垂如赘瘤也。"《博物志》云:"汉张骞出使西域,得涂林安石国榴种以归,故名安石榴。"

安石榴,确切地说,是"安国和石国的榴"或"安石国的榴"。后来就简称为石榴了。安国和石国均为中亚小国,在历史上附属于康国,分别指的是现在乌兹别克斯坦境内的布哈拉和塔什干二城。

3世纪之前,中国古籍中对石榴尚无任何记载。石榴传到中国内地是在3世纪后半叶。3世纪诗人潘岳的《安石榴赋》是第一首出自

石榴摊

石榴

中国人之手的"石榴赞美诗"。他写道:"若榴者,天下之奇树,五州之名果也。是以属文之士或叙而赋之。遥而望之,焕若隋珠耀重渊;详而察之,灼若列宿出云间。千房同膜,千子如一,御饥疗渴,解醒止醉。"

到唐宋,写石榴的诗章多起来了,李白、元稹、李商隐、杨万里等都写过与石榴有关的诗。明代徐渭以民间竹枝词的形式写过一组关于北京风土人情的组诗,其中有一首《燕京五月歌》:"石榴花发街欲焚,蟠枝屈朵皆崩云。千门万户买不尽,剩与女儿染红裙。"这是"石榴裙"和"拜倒在石榴裙下"的由来。

明代王象晋在《群芳谱》中写到过多种中国内地的石榴,它们其实是中亚石榴的变种。连花朵的颜色也是不同的,譬如西域的石榴花多是红色的,内地的石榴花却有大红、粉红、黄、白等四色。石榴的

石榴花

品种就更多了，有海榴、黄榴、四季榴、火石榴、饼子榴、番花榴等。中国古人把石榴叫作若榴、丹若、沃丹、金罂、天浆，都是十分好听的名字。我最喜欢"天浆"这一叫法，但这一称呼看起来更适合石榴汁，芬芳甘甜的石榴汁正如"天浆"一样妙不可言，简直不是地上的汁液，而是天上的琼浆。

但中原的土壤似乎不太适合石榴树生长，它们大多变成了盆栽观赏植物，树身矮小，可怜兮兮，结的果子只有鸡蛋那么大。这一点，王象晋在明代就注意到了，石榴的移植往往导致了品种的退化，他说"移至别省终不若在彼大而华丽，盖地气异也"。

当唯美成了病态的情趣，石榴的命运变了。而在西域，特别是南疆阳光充足之地，石榴树长得生机勃勃，石榴花开似火，果实如婴儿的头颅，一只只天庭饱满，浑圆完美，最大的能达到一公斤多。

作为象征物的石榴

古法语石榴（pome grenate），意思是"有许多种子的苹果"。古罗马的石榴树是婚姻树，新娘要头戴石榴树枝做成的花冠，它象征了爱情、婚姻和生育。中亚人在婚礼上砸碎石榴，来预测未来的生育状况……在世界各个民族的习俗中，大概没有一种水果能像石榴一样，让人们找到象征的共通性：丰饶、多子，一种对生育的祝福，如中国人所说的"榴开百子"。人们不约而同地把关注点集中在石榴"千房同膜，千子如一"的特征上。可以说，石榴崇拜就是生育崇拜。

记载在《北齐书·魏收传》中的一则故事说：齐王纳李祖收的女儿

吉祥多子图 〔南宋〕鲁宗贵

为妃。一次，齐王赴李宅家宴，妃母送他两只石榴。王莫名其妙，问身边的人，也不解其意，就没要石榴。李祖收说："石榴房中多子，王新婚，妃母欲子孙众多。"王听后大喜，要了石榴，还赐给李祖收美锦两匹。

从六朝开始，石榴就被中国人用作生子以及多子多福的祝福之物。而石榴酒的酿造也是从那时开始的，它们被用于上层贵族的婚宴上。在民间，婚嫁之时常常将切开果皮、露出浆果的石榴放置在新人的洞房里，以石榴祝多子成为一种习俗。除了以实物的形式出现外，石榴纹图更多出现在剪纸、年画、文具、家具、什物上，与佛手、蝙蝠、寿桃等，构成了中国人的吉祥图案。

无独有偶，六七世纪的中亚有一个相似的风俗。撒马尔罕地区的新娘出嫁时要从娘家带一只石榴，婚礼后将石榴砸在地上，数一数从里面能蹦出多少石榴籽，以此来占卜自己的生育情况。

在中亚地区的陶罐、壁画、锦缎等文物上，不乏石榴纹样和图案。包括现在的乐器和艾德莱丝绸上，石榴都是较常见的图案。历史上，石榴还是中亚拜火教徒们的圣物。他们手持石榴枝，口嚼石榴叶，来完成神圣的净化仪式。由于石榴似包含火焰般的光明，拜火教徒们认为，石榴是"生命树"，和西亚的香柏、中国的扶桑、印度的菩提树一样，是支撑宇宙的树。

在阿拉伯人的婚礼上，石榴主要用来告诫男人。新娘来到新郎的帐篷前，下马时首先接过一只石榴，将它在门槛上砸碎，把石榴籽扔进新郎的帐篷。这是在提醒男人，和平时期要像甜石榴一样温柔多情，战争时则如酸石榴一样警觉、清醒并勇往直前。

希腊人赋予石榴一种张力，一种埃利蒂斯所说的"光明的对称"。这与他们追求精神与物质、理智与情感的和谐有关。石榴，既是奥德修斯的水手们在"忘忧果之岛"上吃到的"忘忧果"，又是大地女神的女儿珀耳塞福涅在冥府里无法拒绝的诱惑。珀耳塞福涅是大地女神德墨忒尔的女儿，在地中海嬉游时被冥王劫持，诱她吃了一只石榴，忘了自己的身世。大地女神思女心切，荒废了对大地的管理，草木死亡，五谷凋零。后来经宙斯调停，母女每年可见一回，她们见面之际，正是春回大地之时……"悲伤的果子，一旦品尝，禁锢我终生。"（罗塞蒂：《〈珀尔塞福涅〉画上题诗》）因此，在希腊人的理解中，石榴是解放与禁锢、忘忧与悲伤、诱惑与惩罚、光明与阴影的统一体：一个矛盾，一种困惑。

在世界诗歌中，有两首石榴诗令我十分难忘。它们是埃利蒂斯的《疯狂的石榴树》和瓦雷里的《石榴》。

埃利蒂斯的石榴树，代表了一种优雅的疯狂，是力与美的象征：夏天的石榴树急急忙忙解开白昼的绸衫，在阳光中播撒果实累累的笑声，惊醒了草地上裸体沉睡的姑娘们。石榴树高举它的旗帜，同

石榴

宇宙间多云的天空零星地战斗，喻示一种充满新希望的破晓。而瓦雷里笔下的石榴则是智慧的化身，一棵石榴树就是一个"智力的节日"。石榴因籽粒饱满而张开了口，宛若睿智的头脑被自己的思想涨破。瓦雷里认为人的灵魂像石榴一样，内部有着神秘的迷宫般的结构。

在孤岛般的中亚绿洲上，一只只转动的石榴头颅正是一个个"智力的节日"！

皮亚曼，一份石榴药方

在石榴树下，吃完一只馕
就着南疆流蜜的甜瓜

盛夏。皮亚曼。石榴花火焰
在高于头顶的地方绽放
混合正午的阳光粒子
涌动起伏，拍打低垂的天空

躺在石榴树下多么清凉
我感到了一点独处的幸福
阳光和尘埃打在树干、枝叶间
发出轻微的沙沙声
仿佛是什么在提醒：
过去的好时光正悄然重临

> 失去的一切又回来了
> 在茂密的枝叶间闪烁
> 突然垂挂下
> 一只只沉甸甸的红石榴
>
> ——沈苇：《石榴树下》

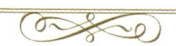

皮亚曼是个小地方，但它出产的石榴大名鼎鼎。

新疆的石榴，数南疆从喀什到和田一带的最好。而南疆的石榴，数皮山县的皮亚曼乡、叶城县的伯西热克乡和疏附县的伯什克然木乡三个地方的品质最佳，种植历史也最长。

皮亚曼位于和田市和皮山县之间，离两地均约 90 公里，是一个沙漠中的小绿洲。发源于昆仑山的几条小河汇聚到这里，使沙漠有了绿色、生机和人烟。由于特殊的土壤、气候和光热条件，皮亚曼一带是名副其实的"水果天堂"。这里出产的葡萄、杏子、无花果、苹果等在整个南疆都很出名，更不要说石榴了。

皮亚曼，维吾尔语的意思是"游离者"。传说公元 11 世纪至 12 世纪，有一批维吾尔人厌倦了当时战争的残酷、血腥，交战的哪一边都不愿参加，就逃到皮亚曼的绿洲，过起了隐居生活，成了真正的"游离者"。

游离者的绿洲正当六月，榴花似火，阳光漫过皮亚曼的村庄、果园、林间小路。人们称石榴花为"榴火"，十分形象生动。每年五六月间，皮亚曼的石榴树繁花怒放，红艳艳，如同升腾的火焰。一株石榴树就是一个高举的火把，一片石榴树则是一片熊熊的"火海"。

皮亚曼的村庄就坐落在石榴花的"火海"中。黄色小屋，红柳篱笆墙，

石榴

渠边高大的白桑树，迈着小碎步的毛驴拉着车上的柴火……游离者的后代，他们的面容因亲近大地而纯净，因无欲无求而怡然自得。——或许，游离者才是真正懂得生活的人。

皮亚曼种植石榴已有数百年历史，大规模种植始于20世纪80年代。现在，全乡1300多户农民家家户户种石榴，少的三四亩，多者四五十亩。当我听到全乡共有两万亩耕地和两万亩石榴园时，有些困惑不解。原来他们采用了"果粮间作"的种植模式——有耕地的地方就有石榴。

新疆石榴分甜石榴和酸石榴两大系列。皮亚曼绿洲主要种植甜石榴：皮亚曼1号和皮亚曼2号。这两个品种的石榴特点是个大，皮薄，味甜，核小，汁多。单果平均重500克，最大的可达1.4公斤。

皮亚曼村景

兰干村14号。米吉提·马木提是乡里的园艺示范户。他从父亲那里继承了4株石榴树，现在已发展到400多株。他指着院子里几株150岁高龄的石榴树说："石榴好，你看这几株石榴，养了我祖辈，养了我，还要养我的子孙……石榴好得很哪，老石榴树每25年更新一次，长出新枝，它活到老，结果到老。它是个老小伙子！"

米吉提·马木提种石榴有两个秘诀：一是每株石榴树只留9～13根枝条，长400～500个石榴，因此他的石榴总是结得又大又好，平均单果达1.25公斤。而一般的石榴树有30根左右的枝条，结1000多个石榴，果实就小多了，品质也远不如大石榴。二是每年春秋两季各施一次农家肥，主要是骆驼刺、油渣、羊粪和鸽子粪，按米吉提的说法，这样一来，石榴开花、结果时"有劲"。

米吉提看上去对自己的生活十分满意，他说石榴每年给家里带来5万多元收入。我知道他打了埋伏，就开玩笑说他藏起了一个"0"吧。

一盘考究的抓饭要撒上石榴籽

石榴

他听后摸了摸白胡子，笑而不答。

石榴的药用价值已逐渐被人们认识。石榴果实有助于安神补脑，收敛止泻，明目生津。石榴花有助于治恶心、呕吐、神经衰弱。石榴皮有助于强筋骨，治脱肛、腹泻。石榴根有杀虫、止痒之奇效。南疆人喜欢吃石榴花酱，认为它是热性的，对身体有好处。

以色列科学家研究发现，石榴中含有延缓衰老、预防动脉硬化和减缓癌变进程的高水平抗氧化剂，常饮石榴汁和石榴酒对身体大有裨益。在预防和治疗动脉硬化引起的心脏病方面，石榴汁比红葡萄酒效果更佳。美国的一家公司还在生产日用防晒护肤品时加入石榴成分，认为石榴中的鞣花酸是"人类已知的最具抗衰老作用的东西"。

在皮亚曼，我在该乡编写的一本名叫《皮亚曼石榴》的小册子上看到了多个用石榴治病的民间药方。它们是当地老百姓在长期的生活实践中摸索总结出来的，体现了他们对石榴的一种朴素的"迷信"。

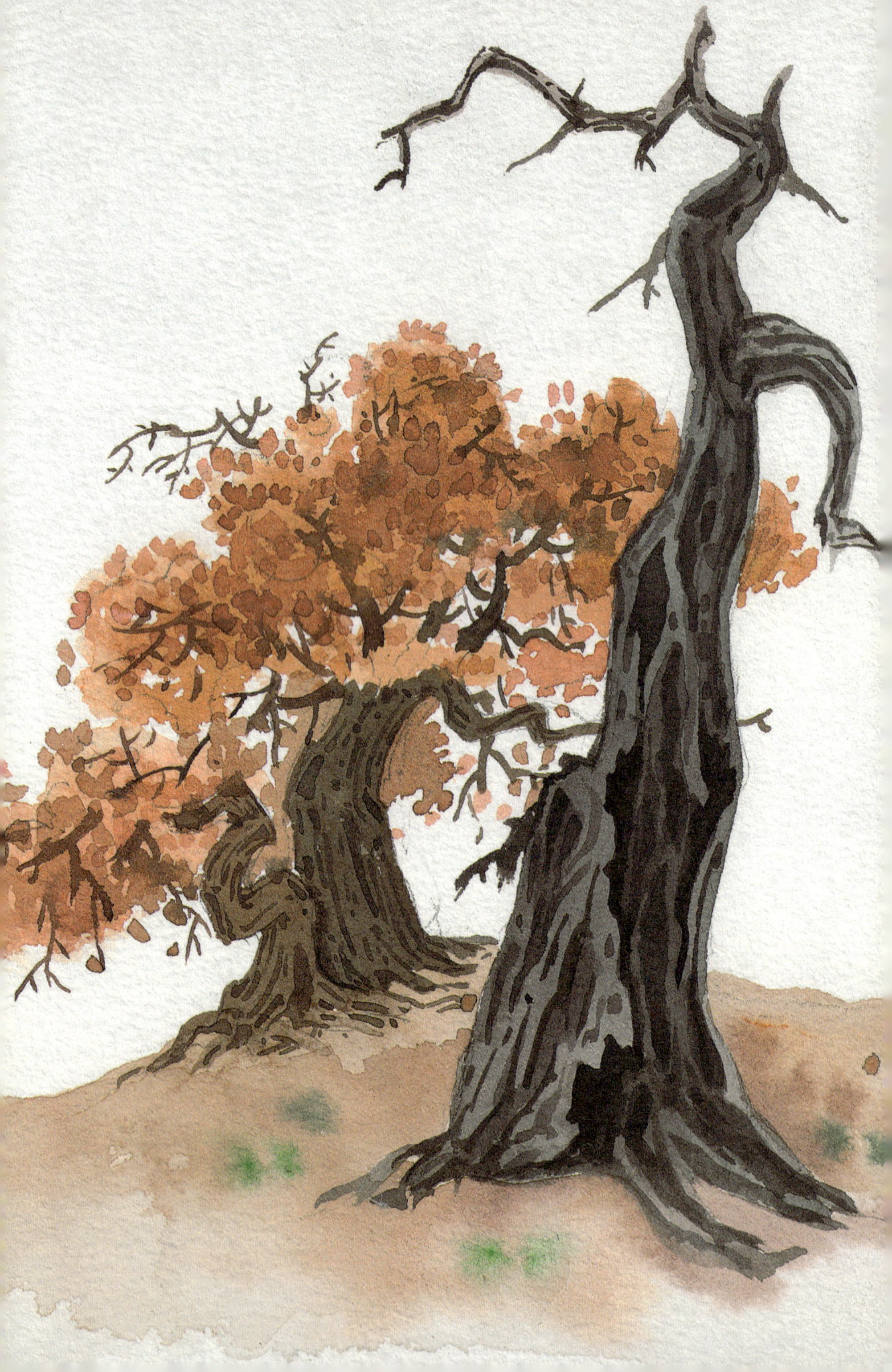

胡杨

沙漠的挽歌与节日

我不想成为一棵树本身,而想成为它的意义。

——〔土耳其〕奥尔罕·帕慕克:《我的名字叫红》

从迪坎到楼兰

我曾和评论家韩子勇、小说家卢一萍三人结伴,去过一趟楼兰。

我们是从鄯善县的迪坎乡迪坎村出发,一路南行进入罗布泊的。这也是 20 世纪初,中外探险队常走的路。从迪坎村到楼兰保护站 320 千米,一路上有泉水、灌木和其他植被。我们的越野车穿行在戈壁和雅丹之间,大有一马平川之感。

我对探险缺乏兴趣,我们一行去楼兰也不是探险之举。大概像人们说的,为了圆一个梦吧。像楼兰、尼雅、小河这样的地方,是梦境中的遗址,遥远得如同在另一个星球,更多属于我们想象力的范畴。

我对武装到牙齿的当代探险没有什么好感,认为探险在徐霞客时代已经结束了,就西域探险来说,最多下限到斯文·赫定。当代探险已被败坏。探险家们喜欢渲染自己的英勇壮举,譬如在荒野里喝自己的尿,吃蛇、蜥蜴等。在他们对媒体的讲述中,带他们进沙漠的当地向导消失不见了。好家伙,他们就这样成了独行侠,成了孤胆英雄。

事实上,像罗布泊这样的地方,四五十年前迪坎人还在里面放羊。每年,他们都坐毛驴车走

瑞典探险家斯文·赫定

胡杨

一个星期，去祭奠埋在荒野深处的亲人。"塔克拉玛干"的语义，一些人理解为"进得去出不来"，另一些人则认为是"古老的家园"。

我们既没喝自己的尿，也没吃蛇、蜥蜴什么的，就来到了楼兰保护站。站上有3位工作人员、2只老母鸡和1条黑狗。我们在老鼠出没的地窝子里住了一晚。楼兰的夜晚很静，静得可以听到流星划过天空的声音。

第二天，从保护站到楼兰遗址的几十千米走得比较艰难。没完没了的雅丹，被风刨出的沟沟壑壑，如同一个天然迷宫。好几次我们失去了路，全凭向导的经验、方位感和直觉判断，得以继续前行。最后十几千米，我们遇到了沙尘暴，瞬间堕入了正午的黑暗……

当我在沙尘暴中眯着眼，努力要看清楼兰遗址的时候，一切都影影绰绰、如梦似幻。著名的三间房，高耸的佛塔，横七竖八的梁木，倒地的死胡杨，随处可见的碎陶片……我们仿佛来到了另一个时空。曾经的经验、阅历和生活是那么脆弱、虚幻，只消楼兰的一阵狂风就能将它们吹跑。当一个人突然出现在千年前的遗址，内心的不真实感就像置身于幻觉中的幻觉。

日本作家井上靖的近百篇中国历史小说中，最出色的部分当属西域题材。1958年左右写《敦煌》《楼兰》时，他还没有到过中国西部。约20年后，71岁的他终于来到敦煌莫高窟，感叹道："真没想到敦煌竟与我想象中的一模一样！"井上靖一生都未到过楼兰，倘若有一天他真的到达了，想必会发出同样的感慨："这里的景观，除了消失的罗布泊和芦苇荡，沙漠、落日、怪柳、胡杨等等，居然都是我小说中想象的样子！"当一位诗人、作家的想象力到达了楼兰，谁能说他没去过楼兰呢？"登上城墙，风平浪静的罗布泊湖面像蓝色的缎子一样呈现在眼前。……郁郁葱葱的林带几乎全是胡杨和白杨，林带中间还夹杂着红柳和其他灌木。"(《楼兰》)

《汉书·西域传》记载，鄯善国（楼兰）"地沙卤，少田……多葭苇、怪柳、胡桐（胡杨）、白草。"在楼兰的西面和西南面，曾有大片茂密的胡杨林。楼兰人为了保护胡杨林，制定了中国历史上最早的"森林法"，规定砍一棵树罚一匹马，砍树枝要罚一头牛。

胡杨林是楼兰的植物城墙，是防风沙、御外敌的天然屏障。斯文·赫定认为，楼兰人修塔，最早不是出于信仰，而是为了"眺望"：

"我的印象是，建造这些塔的唯一目的，就是要越过胡杨林最高的树顶，而得到一个更宽广的视野。这一地区甚至没有最轻微的地势起伏，胡杨林便是最高的障碍物。想到当年在塔顶所见的一切与今日景色之间的巨大差别，不禁感慨万千。那时，原野中点布着生机勃勃的村落，大路上商贾、行人川流不息，有绿色森林，有随风起伏的芦苇草地，还有辽阔碧蓝的湖水。而今，立于塔顶，极目四望，所见之处，一片灰黄，除了荒芜、凄凉、干旱的荒漠，一无所有。"（《罗布泊探秘》）

楼兰死了。在西域，我见过许多死去的城：楼兰、尼雅、丹丹乌里克、交河、高昌、阿里麻力、天山深处的乌孙城、帕米尔高原的揭盘陀……它们都有一个恰如其分的名字——故城。死去的城是时间的遗作，人埋黄沙，文字死去，细节吹散，一座座幽灵之城诞生了。迄今为止，几乎所有的考古报告和探险发现都缺乏鲜活生动的细节，说明人类的智慧其实包含了巨大的无知。人被"生"局限着，其想象力扶不起一根枯朽的木柱，修补不了残墙上最小的缺口。尽管死去的城浑身都是伤口，四面漏风，但它们是紧闭的。或许人可以学会欣赏废墟之美，但人永远进入不了死去的城。——不是人遗弃了城，

楼兰三间房遗址

胡杨

人才是死去的城真正的弃儿。正如死亡到达之前，人就是死亡的弃儿一样。

如今只有沙暴肆虐、狂风劲吹，楼兰遗址置身于风与沙的旋涡中。"世界就是这样结束的：不是砰然一响，而是一声呜咽。"（艾略特语）一声巨大的呜咽，亡灵们的呜咽，死去的胡杨的呜咽，徘徊在楼兰废墟，经久不散……

胡杨墓地

如果有一座高于楼兰的巨塔，我们登上它就会看到：塔里木盆地是一个墓地——文明的大墓地。有人曾把新疆比作一只巨大的碗，周围被许多大山脉环绕，碗底则装着流沙。塔克拉玛干沙漠就在塔里木盆地的碗底。

它是世界上最大的地下文化宝库。沙漠吞噬了不计其数的城镇、村庄，吞噬了生命、传奇和细节，但留下了废墟和遗址，留下了遥远的回声、零星的记忆和无限的遐想。有翼天使壁画、五星出东方利中国织锦、罗马柱、印度佛像、木乃伊、佉卢文残卷、鲍尔古书……这些地下出土的信息透露：这里是地球上唯一可考的四大文明融汇区。塔克拉玛干置身于新疆的"碗底"，但从精神海拔去看，它恰恰占据了西域文明的一个灿烂顶峰。作为"文明的大墓地"，在20世纪初，它一度成为世界性的探险乐园。从塔里木盆地挖掘出的宝物，至少收藏在全球13个国家的博物馆里。

在这片大墓地里，雅丹如同固定的坟丘，而沙包则是移动的荒冢。斯文·赫定深信，雅丹的形成与包括胡杨在内的沙漠植被有关。

胡杨、灌木和草地的分布不均，造就了雅丹台地。当沙漠中的河流改道，这一地区随之干旱后，那些没有植被或者植被稀疏的地方首先沦为风蚀力的牺牲品。而有胡杨等植被保护的地方则形成高地——雅丹。斯文·赫定还从胡杨的树龄来判断塔里木河在沙漠中断流、改道、摆动的规律，并得出罗布泊是"游移之湖"的结论。

在一座座流动沙丘上，死去并继续站立的胡杨犹如墓地的标识——墓地上的风马旗和十字架。在塔克拉玛干沙漠边缘，我见过许多这样的"胡杨墓地"。它们像一片片来不及清扫的古战场，到处是丢弃的盔甲，到处是断臂残肢，到处是听不见的呻吟和呼救。胡杨的一生，是与风沙、干旱、荒凉、贫瘠搏斗的一生。它们从成长的开始就面向了死亡，浩瀚沙漠般绵延起伏的死亡。它们与死亡搏斗过，最终被死亡击倒在地：巨大的横七竖八的树干是死去的战士，而断裂的树枝则是他们失去的兵器。——谁来收拾这片惨烈的残局？

死去的胡杨继续站着，这几乎是它们死后的一个信念。这使"最美的树"（胡杨的维吾尔语名称"托克拉克"意为"最美的树"）变成了"沙漠英雄树"，在倒地后继续保有它们倔强的身影。我想起罗布人，他们死后也不希望躺下。死者身穿罗布麻做的五件寿衣，躺在生前使用的卡盆（胡杨木舟）里，生者用另一只卡盆合上、盖好，再将它们绑起来，使其直立于芦苇荡中。

生与死在胡杨林中唇齿相依，是一种同在与混溶，如《心经》上说的"不生不灭，不垢不净，不增不减"。活着的胡杨站在死去的胡杨边，像沙漠中的哨兵和卫士，但不知哪一天，死亡的命运就会降临到自己头上。死亡在沙漠中像瘟疫一样传播着。而死寂的胡杨墓地说不定哪一天会突然醒来，重新焕发出生机。

对于出入沙漠的探险队来说，胡杨林是他们安营扎寨的地方，是可以停靠的码头和避风港。而当他们再次出发时，死胡杨树就像沙漠瀚海中的风向标和指南针，引导着他们的新航程。

1895年春，斯文·赫定率领5人探险队，带着8匹骆驼、2条狗、3只羊、10只母鸡和1只公鸡，从麦盖提出发深入塔克拉玛干沙漠，去寻找传说中的"达克拉·马康古城"，并绘制这一未知区的地图。这是一次名副其实的死亡之旅，斯文·赫定称之为"我在亚洲东奔西跑中最悲惨的时刻"。可怕的灾难发生在17天之后，探险队已滴水不剩，只能用羊血、鸡血和骆驼尿来解渴，人和动物都疲惫不堪，奄奄一息，每走一步都变得十分艰难。断水的第5天，斯文·赫定抛弃他的探险队和一切辎重，独自去寻找生还的希望。这是一次神助，在绝望的尽头，死神的地平线上出现了一道深绿——胡杨林！河流！水！当听到水鸟拍打翅膀的起飞声，斯文·赫定知道自己得救了。他写道："我喝、喝、喝，不停地喝……我身上每一个毛孔和纤维组织都像海绵似的吮吸着这给我以生命的流质。我干瘪得像木头似的手指，又显得膨胀起来。像经过烘烤的皮肤，又恢复了湿润和弹性……"

老胡杨树（速写）〔瑞典〕斯文·赫定

当人在沙漠中遇到活着的胡杨林，便意味着走出了恐惧与绝望——他（她）从死亡那边又回来了。

有胡杨林的地方就有人烟，就有人们赖以生存的家园。沙漠深处的牙通古斯，是中国最封闭的村庄之一。以前从和田的民丰县到牙通古斯村，骑骆驼要走整整3天。现在它是中国最小的村之一，只有80来户人家。发源于昆仑山的牙通古斯河流入沙漠后突然消失不见了，过了近百公里后又冒了出来，形成了一块胡杨林绿洲。牙通古斯人就生活在这座沙漠孤岛上。20世纪80年代初，考虑到这里的生存环境，政府安排牙通古斯人迁往一个更大一点的名叫萨勒吾则克的绿洲。但他们魂牵梦绕地思恋这片沙漠中祖祖辈辈居住的家园，几年后，纷纷举家返回。对于他们来说，没有胡杨林的家园不能称为家园。

但他们的家园脆弱不堪。迟早有一天，胡杨会死去，而牙通古斯人不得不离开。罗布人、克里雅人已经撤出了一片又一片枯死的胡杨林，他们的命运在一座座沙漠孤岛间漂泊，渐渐丢失了身份与语言、来路与去踪。在他们离开的地方，留下了新的胡杨墓地。胡杨死去，村庄消失，人烟断绝，记忆也被流沙一点点掩埋。

《时间简史》的作者史蒂芬·霍金曾发出警告：如果人类想摆脱灭亡的命运，必须设法移居其他星球。也许霍金已经预料到，地球终有一天会变成"胡杨墓地"。他说，在未来20年里，科学家们将会证实

胡杨墓地

胡杨林中的生死共融

  他在《时间简史》中的预言——真正"明白上帝的旨意",找到支配宇宙运行的规律,这对于人类的继续存活是至关重要的。

  悲观主义是一种警觉意识,包含着最积极的呼吁和提醒。胡杨墓地的现实同样在警示我们。但人们在面对它的时候,要么视而不见,要么装聋作哑,总认为厄运还不会降落到自己头上。这实在是极大的谬误。事实上,人与自然是一个共同体,如果把树看作我们的亲人,那么一棵树的死亡也表示我们身上的某一部分在死去。

  来自遥远的蒙古高原的一阵沙尘暴,危害了一位北京市民的呼吸系统,影响了一位韩国农夫的水稻收成。一头鲸鱼自杀,是因为海边某个国家的一家工厂的污染物排放超标了。一株非洲面包树的死亡牵动着墨西哥荒原上一株仙人掌的神经。早在半个多世纪前,"美国新环境理论的创始者"奥尔多·利奥波德就提出了"土地伦理"和"土地共同体"的概念。他说:"简言之,土地伦理是要把人类在共同体中

胡杨泪

以征服者的面目出现的角色，变成这个共同体中的平等的一员和公民。它暗含着对每个成员的尊敬，也包括对这个共同体本身的尊敬。"

梦境般的楼兰已是沙漠中的胡杨墓地。我们不禁要问：下一个胡杨墓地又会出现在哪里？因此，所有的环保主义者和非环保主义者都应该读一读约翰·邓恩的这几句诗——

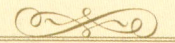

谁都不是一座岛屿，自成一体；
每个人都是广袤大陆的一部分。
如果海浪冲刷掉一个土块，欧洲就少了一点；
如果你朋友或你自己的庄园被冲掉，也是如此。
任何人的死亡都使我受到损失，因为我包孕在人类之中。
所以别去打听丧钟为谁而鸣，它为你敲响。

胡杨

胡杨林之秋：一个金色狂欢节

由于胡杨具有顽强的生命力，以及惊人的抗干旱、御风沙、耐盐碱的能力，它被誉为"沙漠英雄树"。据统计，世界上的胡杨绝大部分分布在中国的西北地区。除柴达木盆地、河西走廊、内蒙古阿拉善的一些流入沙漠的河流两岸有少量胡杨外，我国90%以上的胡杨分布在新疆，而其中的90%又集中在南疆的塔里木盆地。这里有着世界上最古老、面积最大、保存最完整、最原始的胡杨林。

10月底，我一头钻进了塔里木河边的轮台县胡杨森林公园。

这是一片占地100多亩的原始胡杨林，属于一个名叫"铁列克塔木"（意思是"胡杨木屋"）的村庄。原先有上百户牧民在胡杨林里放牧为生，20世纪80年代起大多陆续搬走了，如今只剩下不多的几户。

失去了主人的胡杨木屋，废弃的清真寺，用来照料小羊羔的黄泥小屋，嫁接在胡杨上的挺拔的白杨，用胡杨须做成的防野兽的篱笆围墙……它们留下了人类曾经在胡杨林里生活的印迹。

放羊的热合曼老人仍住在胡杨林里。

20多年前，铁列克塔木村的牧民陆续搬走了。热合曼不愿走，和两个儿子商量后，留在了恰阳河边。大儿子已结婚，有一个5岁的女儿。小姑娘出生在胡杨林里。

热合曼每天6点开始放羊，一直放到晚上八九点钟。晚上，羊就睡在胡杨林里过夜。有时他不回家，陪羊群一起睡。他有700多只山羊、300多只绵羊。"夏天羊吃草，秋天和冬天吃胡杨叶。胡杨叶含盐碱，羊爱吃。吃胡杨叶的羊，肉也好吃。"他说。

每次赶着羊群经过那座废弃的清真寺时，老人总要停下来，做一个简短的礼拜。清真寺只剩下残垣断壁，前面有两株巨大高耸的枫叶胡杨，说明这座清真寺已很有些年头了。胡杨林里动物很多，有马鹿、黄羊、野猪、野兔、狐狸和各种鸟类。黑鹳、灰鹊和伯劳鸟都喜欢在胡杨树上筑巢。有一次，热合曼看到一头野猪领了7头小猪，但他没去打扰它们。他说，打扰了小猪，猪妈妈会很生气。

每星期的聚礼日，热合曼都会去20多公里外的塔河做礼拜，平时就在胡杨林里做日课。对于他来说，胡杨林就是一座巨大的寺院，是他一个人的圣寺。

时间长了，两个儿子感受到林中生活的寂寞，想搬到附近的乡上去住，已和父亲做了好几次思想工作。这使热合曼很不开心，觉得儿子们已不能和自己想到一处了。

或许有一天，热合曼一家会离开胡杨林，再也不回来了。对于胡杨林来说，并没少些什么。但对于人来说，却失去了一种古老而独特的生活方式。

这一带，有两片分别

塔里木河

胡杨

以"天鹅"和"马蹄"命名的湖泊,灰鹭和白鹭停在湖边的枯树上,看上去在打盹,其实是选择了一个恰当的高度在观察湖中鱼类的动静。恰阳河是一条以"蝎子"命名的河流,附近还有几条没有名称的小河。密密麻麻的小鱼们饿得发慌,正在啃食倒在河里的腐烂的胡杨树。树皮早已被它们吃完了。

河边的胡杨林长得茂盛、健壮,倒映在水中,亦真亦幻,使人想起如诗般的外国风景画——是柯罗,还是康斯特布尔,或者是华兹华斯的诗句:"我已学会用冷眼旁观自然,/不再像那无思无虑的青年;/我常听到人性那无声而凄凉的召唤。"

当我看到胡杨林中生死共存的景象,看到活着的胡杨站在死去的胡杨骸骨旁,而死去的胡杨似乎要借尸还魂、重整旗鼓时,我的确不只是看到了油画般的林中风景,而是听到了"人性那无声而凄凉的召唤"。

一位画家朋友发来短信:"在绝对的孤独中,生与死有何区别?"她说得真好。在南疆,我摆脱了一个闹哄哄的"采风团",独自一人来到胡杨林,置身于绝对的孤独和寂静中,内心愉悦而充实,才真正回到了自己。人群是一个幻觉,而大自然是一个襁褓。

在我身边,现在每一棵胡杨都是我的亲人:柳叶胡杨像一群孩子,枫叶胡杨是成熟的男子,银杏胡杨有一种高贵的女性气质,而长须胡杨呢,则是胡杨家族中的智者、美髯飘飘的长者……

黄昏在加深一种世袭的宁静,使林中的色彩趋向饱满、纯净——一棵棵胡杨树好像要燃烧起来了,但它们克制着燃烧的欲望。微风中树叶窸窣,如同低声的呓语,听得见树木脱皮和落叶的声音。鸟鸣声撒在片片金币般的胡杨叶上,发出和谐的共鸣。天空高而蓝,像一个不可企及的屋顶。落叶撒在地上,如同铺了一层金屑。大自然就是这样,一棵树的生长服从了最高的天命,而一片树叶的飘落,也执行了宇宙

一株蘑菇云般的胡杨

的一条伟大的规律。

在塔里木河边，我发现自己正置身于一幢辉煌建筑的内空间，一个美轮美奂的金色大厅。在寂静中，在金色树冠的照耀下，胡杨树在寻找它们失去的舌尖和歌喉。一年一度，每一片胡杨林都有它们的狂欢节——

秋深了，塔里木胡杨林似乎是在一天之内变成了金黄的。蓝天下的金黄令人目眩。这是时间的分娩、秋天的微醺和色彩的狂欢。这是无数个梵高在挥霍。十万树叶叮当作响，是黄金在树上舞蹈。十万柳叶状叶

胡杨

片、十万银杏叶状叶片、十万枫叶状叶片熠熠生辉,在金色中团结一致。十万阳光粒子、十万鸟鸣、十万颂赞撒落树冠,因为这是色彩的狂欢节。

面对胡杨林,人类的想象力一直失语。植物学家专注于它顽强的生存能力:抗干旱、御风沙、耐盐碱;古人停留在几个比喻上:"矫如龙蛇欻变化,蹲如熊虎踞高岗。嬉如神狐掉九尾,狞如药叉牙爪张……"(清·宋伯鲁:《托多克道中戏作胡桐行》)民间将它英雄化:"生而不倒一千年,倒而不死一千年,死而不朽一千年。"但三千年又能怎么样呢?如果没有壮丽一日,三千年就是漫长的苦刑和浪费。如果没有辉煌一瞬,它的干渴,它的狰狞,它的皲裂,它绝望的呻吟,它无奈的挣扎,它体内苦涩的盐,它怪诞的胡杨泪……只是一种不可拯救的昏暗。

所以它全力以赴奔向色彩的巅峰。光芒四射的树冠如同大师的头颅,转动着透明的智慧,在凋零前奋力一搏。塔里木秋天的胡杨林,其热烈、壮阔和辉煌可以和荷马史诗、瓦格纳歌剧和贝多芬交响乐媲美。它的狂爱精神向死而生,是对时光的祭献,是一次金色的凯旋。——伟大的胡杨歌剧院,轰响的金色在颠覆沙漠和天空!

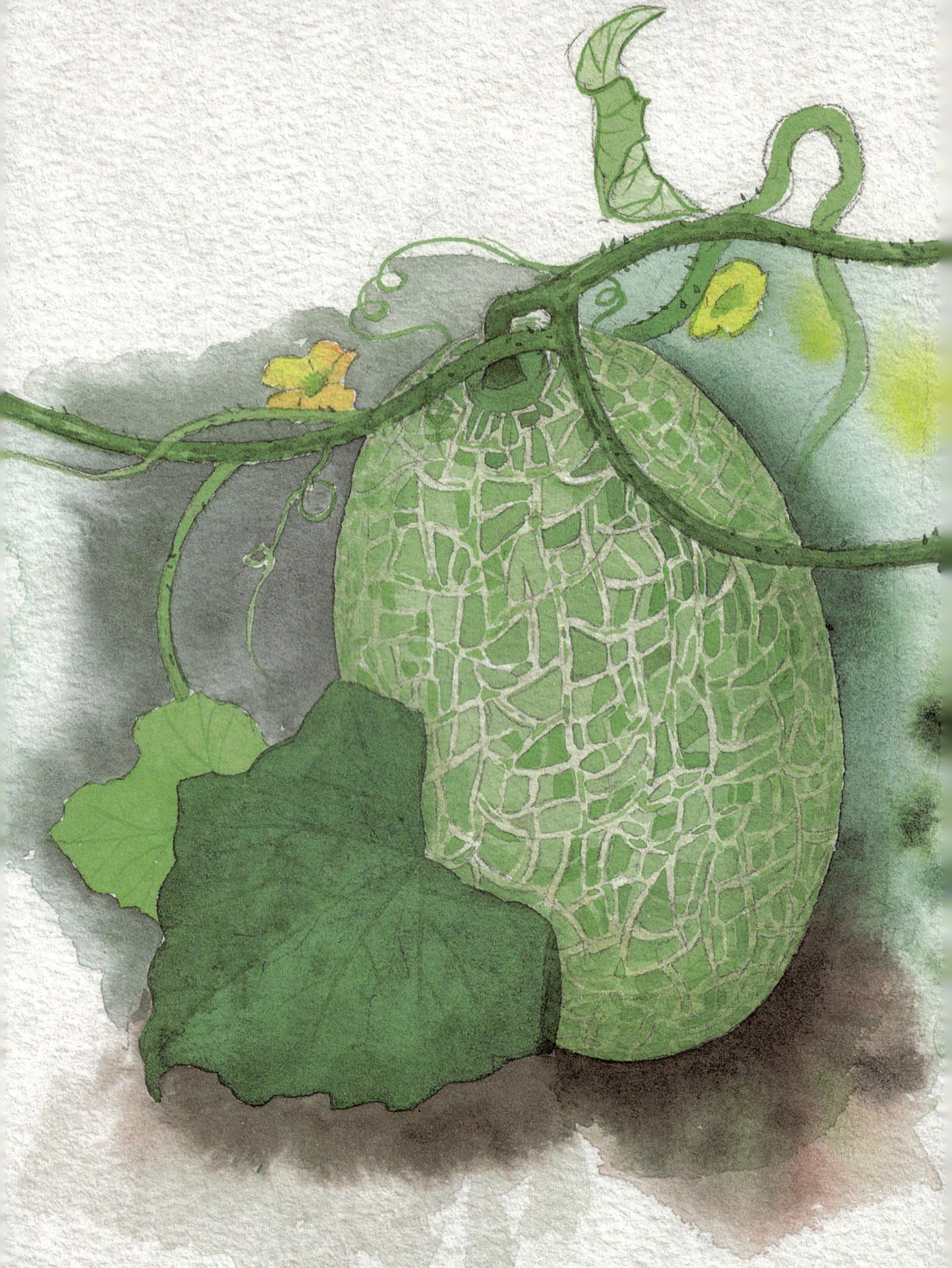

哈密瓜

乡间蜜罐

甜瓜的迁徙，一只蜜罐的流浪……

——摘自沈苇笔记本

甜瓜故乡：从北非到中亚

甜瓜分东方甜瓜（薄皮甜瓜）和西方甜瓜（厚皮甜瓜）两大系列。哈密瓜属西方甜瓜，即厚皮甜瓜，甘肃白兰瓜、内蒙古河套蜜瓜也属厚皮甜瓜。厚皮甜瓜的发源地为"多点中心"（西瓜为"唯一起源中心"，在埃塞俄比亚），分布于从北非到中亚、西亚广袤的沙漠绿洲地区。

甜瓜最怕多雨、潮湿气候，遇雨水瓜皮会开口、爆裂。它爱干旱、少雨、高温的大陆性气候，同时，厚厚的瓜皮又在这种气候中保护着瓜的水分和糖度，从而保证了瓜的优良品质。因此，厚皮甜瓜的营养价值要高于有"香瓜"之称的薄皮甜瓜。

从北非岩画、埃及金字塔壁画，以及中亚、西亚的文献中，我们看到了对甜瓜的最早记载。这是一个十分有趣的现象：甜瓜的起源与《埃及亡灵书》《吉尔伽美什史诗》《圣经》《古兰经》等经典的诞生拥有近似的地理背景。无论是瓜果还是人类文明与文化的创造，沙漠的赠予都不是贫乏和荒凉的，而是独特和绚烂的。

中亚是厚皮甜瓜的重要发源地。撒马尔罕古城遗址的一幅壁画，再现了7世纪粟特贵族的宴饮场面：两位胡人，一人手持牛角酒杯，一人伸手接住别人递上来的拜火教骆驼神雕像。在他们身后，有一个巨大的果盘，盛着又长又大的瓜和其他果品，瓜皮上有明显的网纹，一个为淡黄色，一个呈暗绿色。这就是粟特人喜爱的寻支瓜——中亚甜瓜。

马可·波罗对中亚甜瓜也是情有独钟。他在前往中国的漫长旅行中，经过一座名叫萨普甘（Sapurgan）的中亚"瓜城"时，写道："这里物产丰富，特别是出产一种优质甜瓜，驰名世界。甜瓜形似我们的南瓜，腌制的方法如下：将瓜切成螺旋形的薄片，然后晒干，大批地行销于

甜瓜丰收了 韩连赟摄

邻近各国，顾客们非常欢迎，因为这种瓜甜如蜂蜜。"

我的同乡、伦敦大学艺术考古学博士毛民在沿阿姆河旅行时，在花剌子模地区的古城希瓦，看见当地人在千年古城墙下晾晒一串串的甜瓜干。据当地人说，这种风俗已延续了上千年。

毛民还告诉我撒马尔罕人的一个习惯：吃完甜瓜，是不能急于擦嘴的，这样，瓜的甜浓香气可以招来天使吻你，给你美梦与祝福。

撒马尔罕人吃甜瓜吃出了想象，吃出了信仰。

摩尼教的甜瓜

亡灵们的甜瓜，幽冥世界里的蜜糖。

1959 年，新疆的考古工作者在挖掘吐鲁番阿斯塔那古墓群时，在一座晋墓中出土了半个干缩的哈密瓜，在另一座唐墓中又发现了两块哈密瓜皮。1980年，吐鲁番文物普查队在鄯善县达浪坎乡阿萨古城遗址发掘出3块甜瓜皮，经测定为唐代遗留物。

这说明，吐鲁番盆地种植和出产哈密瓜至少已有1000年的历史。

事实上，汉明帝刘庄时期"梦食异瓜"的传说把哈密瓜的历史又向前推进了数百年。《太平广记》载："汉明帝阴贵人，梦食瓜，甚美。帝使求诸方国。时敦煌献异瓜种……名'穹隆'。"有人认为，"穹隆"的发音与突厥语的"库洪"十分接近，敦煌异瓜应该是从新疆传过去的。

吐鲁番盆地很早以前就种植哈密瓜的事实，在摩尼教的细密画中得到了有力的历史佐证。

摩尼教曾经是几大世界性宗教之一，现已失传。摩尼教约于公元6世纪传入西域，一度盛行于回鹘人建立的高昌王国境内，一直存在到15世纪。在很长一段历史时间里，吐鲁番是摩尼教的世界中心，摩尼教徒和佛教僧侣在同一座寺院里修行，心怀各自的信仰，专心于不同的功课，和平相处，相安无事。

20世纪初，冯·勒柯克率领的德国考察队在吐鲁番发现了大量的摩尼教文献、壁画和细密画。一幅波斯风格的细密画再现了纪念摩尼殉道日的祈祷场面。画面上出现了穿金色锦袍的主教、白衣摩尼教士等。一个红色讲坛，坛前供着一只巨大的三足金碗，里面盛着馕、紫葡萄和金色的哈密瓜。

摩尼教徒十分重视营养学和日常饮食。仅高昌一个摩尼教团，每月要耗去80石小麦、7石芝麻、2

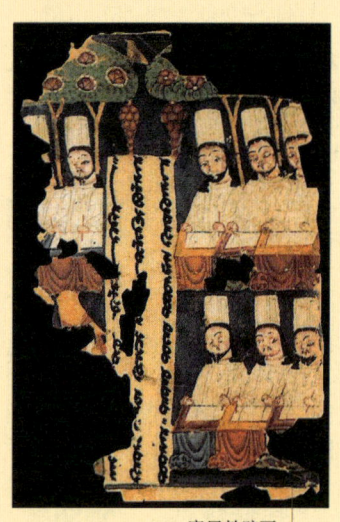

摩尼教壁画

哈密瓜

石豆子、3石小米，瓜果几乎是每天必不可少的。一座摩尼寺相当于一个封建庄园。寺内有大量工役，有割芦苇的，打柴的，养鹅的，制毡的，做木匠活的，等等。城外有大片的土地和果园。果园有专人负责、管理，出产寺院需要的哈密瓜、葡萄、杏子、石榴、无花果等。

摩尼教的基本教义和世界观是"二宗三际"。"二宗"指的是光明与黑暗、善与恶，"三际"是时间概念，指的是初际、中际和后际，即过去、现在和将来。摩尼教崇拜光明，信仰明暗二元论。对光明的热爱与颂扬，从摩尼教赞美诗中可见一斑：

> 黎明之神来了，
> 黎明之神自己来了。
> 黎明之神来了，
> 黎明之神自己来了。
> 起来吧，兄弟姐妹们，
> 让我们赞颂黎明之神！
> 无所不见的日神，
> 你保护了我们！
> 无所不见的月神，
> 愿你拯救我们！
> 我们向光明、智慧之神祈祷，
> 我们向日月之神恳求，
> 雷神，圣书，
> 教主摩尼和诸先知，
> 我们向你祈求幸福，啊，我的上天！
>
> ——摩尼教赞美诗（出土于敦煌莫高窟藏经洞）

摩尼教徒对哈密瓜的喜爱到了痴迷的程度。他们认为哈密瓜中含有高量的光粒子，尤其是金黄色的哈密瓜，是光明的化身。他们将哈密瓜放在了信仰的高度。因此，阿斯塔那晋唐古墓中发现的哈密瓜是摩尼教徒的陪葬物，教友祈愿死者在地下幽冥世界继续拥有生命中必需的光粒子。

英国学者苏珊·惠特菲尔德女士在《丝路岁月——从历史碎片拼接出的大时代和小人物》一书中说："摩尼教僧侣甚至不愿在种植过植物的土地上行走，以免伤及植物，以及植物所含的光粒子。他们相信植物含有的光粒子多于动物，所以植物的生存更为重要。连走路的行为本身也会伤害到土地里所含的光，所以最严格遵守教义的信徒甚至根本避免走路。"

她继续写道："神在尘世的使者，负责解放被禁锢的光粒子，摩尼教僧侣将所吃的水果和蔬菜中的光粒子加以精炼，然后以打嗝的方式释放出来。——他们相信甜瓜和黄瓜含有特别高量的光粒子。"

清代贡瓜及其他

"路逢驿骑，进哈密瓜，百千为群。人执小兜，上罩黄袱，每人携一瓜，瞥目而过，疾如飞鸟。"

这是康熙五十四年，清人张寅随军进疆时，描述的新疆向朝廷进贡哈密瓜的情景，十分形象生动，记录在他所著的《西征纪略》中。

宣统三年，天津人、教育家温世霖在《昆仑旅行日记》中也写到了哈密瓜进贡的方法："于七月选瓜最佳者，在未摘之前，即用大竹筒装好，俟十月间成熟，即连同竹筒摘下固封，派马拨兼程驰送，日

哈密瓜

夜不停，务于腊月祀灶前赶到，以备元旦帝后进用。瓜到北京，入宫花费甚大，每三年则大贡一次。"

这样的情形，使人想起马拉松，想起鸡毛信，想起杨贵妃的荔枝、杜牧的诗和诗中的讽喻。

1696年，首任哈密回王额贝都拉将哈密瓜作为贡品带到京城，康熙皇帝品尝后赞不绝口，认为它甘甜无比，是瓜果中的珍品。从此哈密瓜誉满京城，名扬天下。当时北京的大街小巷流传着这样的顺口溜："东海的螃蟹西海的虾，比不上吐鲁番的葡萄哈密的瓜。"

清代流放文人萧雄对哈密瓜的形态、质地有过描写，也证实了哈密瓜于康熙年间始入京城。"甜瓜圆而长，两头微锐，皮多黄色，或间青花成条，隐若有瓣，按之甚软，剖则去瓤食肉，多橘红色，香柔如泥，甜在蔗蜜之间。爽而不腻，惟止渴较逊，列为贡物，康熙年间始入'中国'，成为哈密瓜。"（《西疆杂述诗》）

关于清代贡瓜的产地问题，哈密和吐鲁番发生过争论。

哈密方面认为，是哈密回王进贡了哈密瓜，贡瓜理所当然产自哈密。贡瓜的品种叫加格达，产自哈密市西南郊的花园乡卡日塔里村，村里现在还生活着种加格达贡瓜的第七代传人。此外，四堡和五堡也是贡瓜产地。

吐鲁番方面则说，贡瓜出自鄯善东湖。因为东湖是中亚甜瓜的发源地之一，在历史上，东湖瓜的品质要远远高于新疆别的地方出产的甜瓜。还有人认为，是鲁克沁郡王将东湖瓜进贡给哈密回王，哈密回王又将它进贡给了康熙皇帝。有一个有利的证据是，清代诗人张荫桓写过一首诗，为吐鲁番甜瓜打抱不平，诗的标题是《吐鲁番产瓜不亚哈密而名不著慨叹及之》。

好在这样的争议很快就偃旗息鼓了。双方达成协议：一种甜瓜，各自表述。本是同根生，相煎何太急。哈密与吐鲁番是近邻，同处吐哈盆地。在今天,瓜的好坏不是历史遗留问题,而需要市场和消费者说了算。因此,拘泥于这样的争论是没有意义的。

其实,换一个角度来看,这种争论也不无意义。它使人们更加关注哈密瓜,有利于进一步提高它的知名度。而从哈密和吐鲁番方面来说,没有两败俱伤,而是双方受益。

鄯善东湖有这么一个民间传说:很久很久以前,一位老人在大柳树下救了一只受伤的小鸟,小鸟为了报恩,从远方衔来了两粒甜瓜种子,从此东湖有了甜瓜。在东湖人的观念中,甜瓜是天国的仙瓜,报恩鸟衔来的是天国的仙种。

东湖离鄯善县城10公里,也叫辟展湖,它的名字取自蒲昌海(今罗布泊),是历史学家所说的"地名搬家"。从前是库姆塔格沙漠(沙山)下的两个小盐湖,现湖水已干涸。傍依东湖的是维吾尔族、汉族、回族多民族混居的两个村庄:大东湖村和小东湖村。

1961年,中国工程院院士吴明珠和她的同事在东湖地区发现了两种类型的野生甜瓜。一种果实大,单株结瓜27个;另一种果实较小,单株结瓜161个。这说明,东湖是新疆厚皮甜瓜最重要的发源地之一。

东湖属下潮地,地下水位高,地面有一层薄薄的盐碱,下面即为淡水,因此东湖瓜全育期无须浇水。这里有着适合甜瓜生长的土壤、光照、气候等条件。甜瓜是既怕碱又爱碱的,东湖下潮地轻度的盐碱能保水分,增加果实含糖量,有利于提高瓜的品质。甜瓜是喜光作物,在其生长期,这里的平均日照时间达11.1小时/天。由于库姆塔格沙漠的天然调节,昼夜温差在10度以上,白天高温,夜间低温,有利于糖分的积淀。

东湖人在长期的实践中摸索出了一套独特的种瓜技术,如盐碱的处理、苦豆子的使用等。目的只有一个:使甜瓜变得更甜。

东湖农谚说:"东湖瓜,想要甜,先刮碱,后壅碱。" 4月榆钱落

哈密瓜

的时候，地下水位下降，扒去盐碱，翻沟，播种，等到瓜苗长出五六片小叶子的时候，又将盐碱回填，以减少水分的蒸发。这样，东湖瓜在整个生长期都不用灌水了。

施用农家肥也是重要的，种出的甜瓜可保存一年而不坏，不像现在的化肥瓜，放几天就烂了。尤其是苦豆子和骆驼刺的使用，是东湖瓜农的一项杰出发明。他们将它们放在斜洞里，主要用作基肥。

东湖人深信，苦豆子可使甜瓜变得更甜，变成理想的出产。我想，化苦为甜是一门独特的乡间艺术。生活也理当如此，正如人们说的"苦尽甘来"，还有叶芝说的"将诅咒变成葡萄园"。这是苦涩与甜蜜的辩证法。东湖人给了我们这样的启示。

鄯善现在出产500多个甜瓜品种，有红心脆、黑眉毛、蜜极甘、

哈密回王陵

有哈密瓜图案的鄯善彩门

炮台红、青麻皮、加格达、白皮脆、香梨黄等。东湖人种出了古人说的"大如马首,长可容狐"的甜瓜,其特点是皮薄肉厚,味特甜,有浓郁香味,含糖量高达21%。鄯善人说,东湖瓜吃一瓤就够了,吃三瓤就会甜倒牙。它尤以制干而驰名,制出的瓜干两面泛红,柔软而明亮。早在民国时期,销往内地的东湖瓜干每年达一万多斤。20世纪五六十年代,东湖是新疆甜瓜唯一的出口基地。

20世纪初,米德莱·凯伯等三位英国修女到鄯善传教时,对东湖瓜干赞不绝口。她们借马车夫的口说:"哈密的甜瓜当然好,但哈密的太阳晒不出干瓜条。能把瓜条晒得恰到好处的,只有这个地方了。"她们在《戈壁沙漠》一书中写道:"至于切成条,编成辫子,并压平了的干瓜肉,其含蓄的芳香和风味果然特异于其他水果干。"

写到东湖瓜,不能不写到何老爷(辟展湖何爷)。1818年,他从宁夏西海固移居东湖,开始用古老的方法种甜瓜。后来陆续移居而来的回族人民从他那里学习种瓜技术,并在这块土地上定居下来。东湖的回族人民称何老爷为"甜瓜之父"。张承志在《心灵史》中还提到了何老爷种瓜的事。何老爷的后人也都是种瓜好手。

何老爷的墓北边有一个生土垒筑的鸽子楼。鸽子是他从西海固带来的,不知它们已在这里生活了多少代。两百来年过去了,何老爷的后代居住在干涸的辟展湖畔,而何老爷的鸽子,盘旋于鄯善的天空。

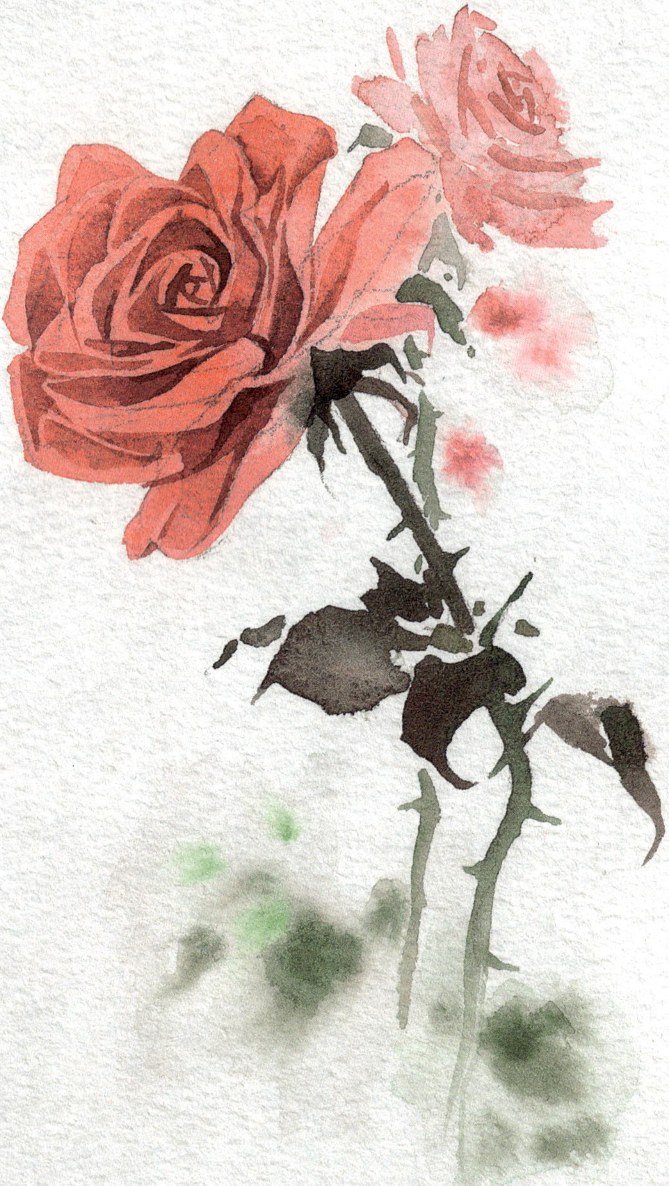

玫瑰
柏拉图的徘徊花

玫瑰啊,纯粹的矛盾,
乐意在这么多眼睑下
做前无古人后无来者的睡梦。

——里尔克墓志铭

窗边的玫瑰 〔法〕马蒂斯

如何区分玫瑰、月季和蔷薇？它们都是蔷薇科蔷薇属植物。中国人习惯把花朵大、单生的品种称为月季，小朵丛生的称为蔷薇，可提炼精油的称玫瑰。蔷薇属下的 200 多个大品种在西方均被称作玫瑰，但在亚洲，能被称作玫瑰的只有 80 多个大种。在中国，玫瑰又名刺玫花、徘徊花、穿心玫瑰。

玫瑰出现在地球上已有 4000 万年的历史。野生玫瑰就是我们今天还能见到的犬蔷薇花，它在 3900 年前被人类驯化。最著名的玫瑰品种如法国玫瑰、腓尼基玫瑰、麝香玫瑰等，都来自带刺的犬蔷薇花。目前全世界约有 25000 种玫瑰，每年还有 10 多个新品种诞生。

玫瑰简史

在古希腊神话中，玫瑰是超越死亡的爱情与复活的象征，因为第一束红玫瑰是从"美少年"阿多尼斯（阿佛洛狄忒的恋人）的鲜血中长出来的。希腊是最早种植玫瑰的民族之一，但对玫瑰的大规模需求是从罗马人开始的，他们从埃及、西西里岛等地整船整船运来玫瑰，以供节日狂欢时享用。进口玫瑰并不能满足帝国惊人的消费量，于是罗马人开始发展玫瑰种植，出现了三大种植中心。他们将大马士革玫瑰与犬玫瑰杂交，培育了新品种——白玫瑰。

从基督纪元开始，玫瑰一度被妖魔化，成了堕落之花和色情之花。后来，教会改变了对玫瑰的态度，各修道院大量栽种玫瑰。在基督教象征体系里，玫瑰代表了基督的血、上帝之爱。白玫瑰则是死亡的象征。玫瑰还象征了圣母玛利亚的贞洁，出现在绘画中的圣母常被玫瑰花簇拥着——只有处女才有资格享有被玫瑰花环抱的荣耀。

写到玫瑰，不能不提及一位女性，她就是拿破仑的妻子约瑟芬皇后。约瑟芬与拿破仑离婚后，住在远离巴黎的梅尔梅森城堡。作为种植园主的女儿，她酷爱玫瑰，从欧洲各地大量收集、移植新发现的品种，将梅尔梅森城堡变成了一座美丽的玫瑰园。在这里，花卉画家皮埃尔-约瑟夫·雷杜德历时20年，绘制了世界上第一份《玫瑰图谱》，共170幅彩色版画。这份集"最优雅的学术"和"最美丽的研究"为一体的图谱，被后人誉为"玫瑰圣经"。1814年约瑟芬去世时，梅尔梅森城堡已拥有大约250种3万多株珍贵的玫瑰。

玫瑰所具有的现实的和乌托邦式的双重魅力，是别的花卉无可匹敌的。它点燃了我们的愉悦、激情和想象力，诚如《火的精神分析》的作者巴什拉说的："在所有的花中间，玫瑰真正是植物火苗的形象的

约瑟芬皇后　〔法〕普鲁东

火炉。它就是马上可以证实的想象的存在本身。"巴什拉称玫瑰是"蕴于火中的花"。

1926年12月29日,里尔克因白血病在日内瓦湖畔的瓦尔蒙疗养院去世,4天后安葬于拉罗涅教堂墓园,陪伴他的是诗人自撰的墓志铭。据说,诗人在发病前为一位少女采摘玫瑰时扎了一下手,这一扎成了致命伤,加速夺去了诗人的生命。在他的墓志铭中,玫瑰是虚无,做前无古人后无来者的睡梦,同时也是陶醉与冥想、安详与和解的一块基石,并深深扎根于地下。

《四个四重奏》是艾略特晚期的代表作,是一部关于时间的伟大作品。玫瑰是诗中的一个重要元素。"一个老人衣袖上的灰,是燃尽的玫瑰留下的灰。""这些死者,甚至于那些正在死去的人……去召唤一朵玫瑰的鬼影。"诗的结尾还是玫瑰:"火焰和玫瑰合二为一。"在这里,火焰的威力和玫瑰之爱融为一体了。

博尔赫斯称玫瑰是"柏拉图式的花朵",它在我们的赞美和想象之外,炽热而盲目,永不凋谢,但不可企及。博尔赫斯写到过一位叫马里奥的古代诗人,他在临终前看见了玫瑰并获得了启示。"马里奥看见那玫瑰,如同亚当在乐园里初次见到它,并且感到它是在自身的永恒之中,而不是在他的词语里,我们只能提及或暗示,而不能够表达。"(《黄玫瑰》)

我们今天讲"柏拉图式的爱",指的是"精神之爱"。就像柏拉图借苏格拉底之口说出的:当心灵摒弃肉体而向往着真理的时候,这时的思想才是最好的;而当灵魂被肉体的罪恶所感染时,人们追求真理的愿望就不会得到满足。玫瑰作为"精神之花",代表了理想的爱情观,也即:纯精神的而非肉体的爱情,男女平等的爱情观,每个人只有一个完美的爱情对象。

按照"阐释过度"的理论,某种程度上来说,玫瑰是阐释的受害者,也是词语的受害者——词语遮蔽了玫瑰,使它无法重返"物"的深度、澄明与永恒。在一朵盛开的玫瑰跟前，人类的语言往往是多余的。因此面对玫瑰，我只想说：

玫瑰不是别的，

玫瑰就是玫瑰。

玫瑰巴扎

今天是星期天，和田市的巴扎日（集市日）。一大早，四面八方的人流开始陆续向古江路、台北路和加买路一带的三角区汇合。他们当中有的是从几十公里远的郊外赶来的，一辆毛驴车载着全家老少和待售的物产。到中午时分，巴扎上已是人山人海、水泄不通。我被人群推搡着，找不到自己的路，突然发现自己已被淹没在人流与物品的海洋中……

和田大巴扎规模盛大，据说星期天人数能超过 10 万。赶集的农民来自和田市郊以及和田、墨玉、洛浦三县农村。这是一周一次的盛大节日。巴扎上充斥着各种各样的声音：牛哞羊咩、驴鸣马嘶、摊贩的吆喝、店里传来的木卡姆音乐……尘土的气息，牲畜粪便的气味，苜蓿的清香，烤肉摊上孜然的香味，以及老城古老的土木建筑旧年的气息，混合在一起，扑面而来。乘着热闹，工匠和艺人在抓紧展示他们祖传的技艺。农民们出售了货物，坐在棚屋下喝着放了薄荷的茶水，或者美美地吃上一顿过油肉拌面。在炎热的夏天，喝下一大碗和田巴扎上的刨冰酸奶，清凉解暑，你全身的每个毛孔都会感到痛快。烤鸡蛋和烤鹅蛋，是和田巴扎上所特有的。放在撒了灰的炭火上慢慢地烤，不停地翻动。火候一定要掌握好，否则蛋会爆炸，弄得蛋黄四溅。姑娘们穿着艾德莱丝绸，将自己打扮得俏丽夺目，光彩照人。不少小伙子来逛巴扎并不抱有别的目的，只为了欣赏巴扎上的漂亮姑娘，因为巴扎日也是美女如云的日子。

早就听说和田巴扎上有一处玫瑰巴扎，玫瑰花是以公斤为单位来出售的。耳听为虚，眼见为实。穿过潮涌般的人群，在加买路南端，我找到了这个巴扎。

远远望去，几十名妇女在那里忙碌，场面十分壮观、动人。妇女们席地而坐，地上铺着棉布或塑料薄膜。她们细心地从花蒂上取下花瓣，慢慢地，她们身边的花瓣堆成了一座座小山。有的妇女将出生不久的婴

玫瑰巴扎

玫瑰

儿带到了玫瑰巴扎,她们就坐在花堆之间给孩子喂奶。小家伙喝饱了奶,就躺在花堆间,一边闻着花香,一边就美滋滋地睡着了。他们的妈妈则继续埋头工作。玫瑰花瓣是用来做花酱的,花蒂就弃之不用了。

绞肉机来到玫瑰巴扎上,摇身一变,就成了做花酱的机器。芬芳鲜艳的玫瑰花混合着洁白的砂糖,经过绞肉机的加工,就变成了暗红色的花酱。但此时的花酱是生的,吃上去香而发涩,必须装在瓶罐里放太阳底下晒一年,发酵变熟后才能食用。

做花酱的绞肉机来到玫瑰巴扎

帕提古丽和她的两个妹妹在玫瑰巴扎上加工花酱出售。帕提古丽说,花酱是按一公斤玫瑰花配一公斤白砂糖加工制作的,一天能赚200元左右,一个花季下来,收入也是比较可观的。巴扎上出售的新鲜玫瑰花价格浮动较大,每公斤最低只有2元左右,最高时近20元。除了玫瑰花酱,帕提古丽还加工石榴花酱和藿香酱。她的出售价格是:玫瑰花酱10元/公斤,石榴花酱20元/公斤,藿香酱12元/公斤。

在和田玫瑰巴扎上,你常常分不清哪是玫瑰,哪是妇女。确切地说,妇女们已和玫瑰融为一体了。

尽管和田民歌中有飞翔的玫瑰、梦幻的玫瑰,但和田人种植玫瑰主要不是为了观赏,而是出于实用(和食用)的考虑。

春夏之交的和田乡间,时常可见这样的情景:姑娘们怀抱玫瑰,边走边闻，小伙子甚至白胡子老汉的耳际、帽子上插着鲜艳的玫瑰花。一位农民干活累了，走到旁边的玫瑰园，随手摘下一朵玫瑰花，放在鼻下闻啊闻，揉啊揉，直到花朵变成一小团花泥，往地下一扔，似乎便恢复了精神和力气，挥起砍土曼又干活去了。生活在和田的一位画家朋友说，维吾尔族朋友种玫瑰，主要是为了"闻"和"吃"，而不是"看"。

和田的玫瑰园一般离住宅和村庄有一定的距离，散种在田间地头，在玉米地、棉花地、麦地和菜地之间。几乎家家户户都种，少的一二亩，多则十来亩。宋人称玫瑰为"徘徊花"，因开花后香气袭人，令人徘徊，久久不愿离去而得名。和田人同样徘徊在玫瑰花丛边，他们将它种在离家远一点的地方，也许是为了让自己不要闻香丧志吧，因为玫瑰的香味实在太诱惑人了，很难有人能抵抗它的诱惑。面对玫瑰，和田人的实用意识中无疑包含了审美的成分。

玫瑰和酒通常是两个概念，但在和田却达到了完美的结合。玫瑰进入酒中是从穆赛莱斯（和田人叫"麦扎甫"）开始的，这种西域最原始的葡萄酒已有1000多年的历史。与叶尔羌河畔的刀郎人喜欢在穆赛莱斯中放鸽子血和公鸡血有所不同，和田人在葡萄酒中添加各种香料，有丁香、藿香，最主要的还是玫瑰。因此，和田麦扎甫喝起来更加芳香、醇厚。

十几年前，我在乌鲁木齐发现了一种名叫"玫瑰香"的葡萄酒，它装在普普通通的啤酒瓶中，貌不惊人，只卖三四元一瓶，但喝起来花香袭人，令人陶醉。我在《新疆盛宴》中称它只能用"琼浆玉液"四个字来形容，现在想来并不为过。我和乌市的文朋诗友们都爱上了这种质优价廉的美酒，每当聚会时就满街去找。但后来，在伪劣香精酒的冲击下，"玫瑰香"消失不见了。

直到有一年我去"玫瑰香"的生产厂家和阗玫瑰酒业采访，才知

玫瑰

道每瓶玫瑰酒中含有 28 朵玫瑰！和阗玫瑰酒业生产 4 大系列 30 多个品种的葡萄酒，含玫瑰的酒类有玫瑰香、玫瑰干红、玫瑰皇后、和阗红、和阗石榴酒，其中玫瑰干红的玫瑰花含量多达单瓶 68 朵。玫瑰花要在晴好天气的早晨 8 点前采摘，雨天和沙尘天气里质量不能保证，花要在采下来 4 小时内泡在酒中以保持新鲜度，浸泡一年半以上，葡萄酒就变成玫瑰酒了。就这样，玫瑰投身葡萄酒中，葡萄酒中住着玫瑰的精魂。

用玫瑰花来酿酒是和田人的一大发明，也是他们想象力的一个明证。一位巴黎的香料专家来和田考察时，证实和田玫瑰来自中东，是大马士革小刺玫瑰的变异品种。然而当他来到玫瑰酒业时，着实吃了一惊："啊，用玫瑰来酿酒，太奢侈了！"而和阗玫瑰酒业的负责人告诉他："不奢侈，因为这里是盛产玫瑰的和田！"

芬芳和田

玫瑰花香飘散在和田绿洲，改变了人们生活与审美的方式。接下来，我想从玫瑰出发，离玫瑰稍微远一点，写一写和田的芬芳，写一写和田人的嗅觉生活。

的确，对香味的迷恋是和田生活的一大特征。从古于阗、和阗时期，直到现在，香味渗透到和田人生活的各个侧面和细节：饮食、起居、服饰、信仰、艺术等。这一现象在饮食习惯上最为明显。烤肉，必不可少的调料是孜然，为的是增添食物的香味。馕和面包，要抹上玫瑰花酱、石榴花酱和藿香酱才好吃。而深受和田人喜爱的药茶，含有玫瑰、沙枣花、薄荷等成分。甚至对于鸡蛋，和田人也发明了一种独特的食用方法：在炭火上烤熟，烤出来的鸡蛋无疑比煮和炒的更香。鹅蛋也如法炮制。烤鹅蛋去壳后如羊脂玉般圆润可爱，而烤焦的部分又像羊脂玉上的"糖皮"。这是和田人将生活艺术化的一个典型细节。

和田人常常将"香"等同于"热"。凡是热性的东西，都是好的，是对身体和精神有益的。他们对"香"的迷恋其实是对"热"的渴望。这是有道理的。热性的身体，热性的心灵，才与热性的沙漠生活真正匹配。

我们知道，丝绸之路也被叫作玉石之路、香料之路，香料的运输清单中有来自中国内地的肉桂、龙脑、香茅、麝猫香、紫花勒精，来自波斯、印度乃至地中海地区的檀香、沉香、乳香、安息香、没药、波斯树脂、苏合香。作为丝绸之路南道上的重要一站，东西方的异香无疑熏陶过和田，并在和田大地上播下了芬芳的种子。

和田受过印度文化的影响。时至今日，和田仍有少量的檀香树栽种，它们是来自印度的物种。在和田巴扎上，檀香木总是和致幻的骆驼蓬一起出售。货主沉默地坐在那里，摇着神秘的拨浪鼓。一定程度来说，香味是可以使人产生幻觉，从而缓解精神忧郁的。

梵文"gandha"（香的），意思是指"与佛相关的"。佛教从印度传入中国，和田是第一站。在长达数百年的时间里，和田都是西域最重要的佛教中心之一。

佛教的十种供养中，香居于首位，其次是花。可以说，中国的焚香传统到佛教时期才真正达到鼎盛。袅袅香烟如梦如幻，能把祷告者的祈求带向缥缈的天空。公元401年，法显到达于阗。他在《佛国记》中写道："其国丰乐，人民殷盛，尽皆奉法，以法乐相娱。"他还记录了每年农历四月初一的行像仪式：像车是四轮的，高三丈多，金碧辉煌。圣像近城门时，国王取下王冠，身着新衣，手持华香，出城恭迎，并焚香散花。像入城门，王后与众宫女在城楼上散花礼佛，场面

玫瑰

和田民居的彩色藻井

庄严而盛大。公元644年,玄奘从印度取经归来途中行至于阗国,当时全国有大小伽蓝百余座,大乘教徒5000多人。玄奘描述了该国媲摩城中一尊檀香木的佛像:"高二丈余,甚多灵应,时烛光明。凡有疾病,随其痛处,金薄贴像,即时痊复。虚心请愿,多亦遂求。"(《大唐西域记》)

花朵、檀木、香烟……佛教和外来的印度文化为古于阗国的寺庙和世俗生活带来了大量的新香料。在谈到檀香和佛教的关系时,爱德华·谢弗说:"就人的感官而言,檀香那神奇芬香的气味表现出了隐藏在它如神一般的躯干中的抵抗恶魔的性质。由于同样的原因,檀香木是雕刻佛像芬芳法身的最理想的材料。"(《唐代的外来文明》)

15世纪的诗人鲁提菲有这样的诗句:"香獐子窃取她秀发的芬芳,在于阗酿成麝香。"在诗人眼中,和田是一处芬芳的"麝香之地"。

正如波斯人用苏合香点额,地中海人用玫瑰花水沐浴,和田的芬芳中更增添了一种西来影响的成分。在饮食文化上,则深受阿拉伯—波斯的影响,尤其强调香味。烧烤,是激发食物香味的最佳方式。和田的维吾尔族人去世后,要用放了玫瑰花的清水来净身(没有鲜花就用干花),然后再送往清真寺举行葬礼。如此,玫瑰的芬芳代表了生者对死者升入天堂的祝福。

"和田人民苦,一天半斤土,白天吃不够,晚上还要补。"这是流传在和田地区的一首当代民谣。的确,风沙多是和田绿洲上最严酷的现实。但在另外一些人眼中,即使和田的尘土,也散发着一种独特的芬芳。尘土还与古老的创世传说联系在一起。生活在和田的考古学家李吟屏给我讲过这么一则故事:很久以前的某一年,也许是得罪了老

和田馕铺

玫瑰

天爷的缘故,沙土从天而降,在和田整整下了七天七夜。只有那些昼夜不眠,一直绕着打场时固定牲畜踩禾的木柱转圈走的人,才幸免埋于沙土之下。这场灾难被叫作"topan balasi"(土旁巴拉斯)。"'topan'在维吾尔语中本意为洪水,但在和田维吾尔族人的语言中是沙尘暴或降土。'balasi'意为灾难。显然,沙漠地区的人把创世传说中共有的洪水之灾改编为降土之灾,而那供人旋转逃生的木柱,自然就是'挪亚方舟'了。"(李吟屏:《和田考古记》)

很明显,这是对基督教中创世传说的附会,正像曾有人指出的那样,"于阗"的发音就是对"伊甸"的附会。但从另一个角度来讲,生态脆弱的和田绿洲却是物产丰富、瓜果飘香之地,同时又是一个充满了种种天方夜谭的地方,在世世代代生活在这片绿洲上的人们眼中,将它比作"人间伊甸"并不为过。《山海经》上说,昆仑山是地之中心和天帝之下都,山上开满奇花异草,常有火鼠和凤凰出没。另一个维吾尔族民间传说则更有意思,说亚当和夏娃曾在昆仑冰山上繁衍后代,所以现在,男人的膝盖和女人的臀部都是凉的。

当花朵在尘土和荒凉中开放,并从种种香味物品中脱颖而出时,它在和田人的生活中就具备了特别重要的意义。像玫瑰花、石榴花和沙枣花,已成为和田人日常生活与饮食的必需。玫瑰是什么时候传入和田并开始种植的,目前已无稽可查。但和田人几乎家家户户栽种玫瑰的习俗以及和田绿洲上整整有4万亩玫瑰园这一事实表明,古典时代的于阗已经远去了,如今,玫瑰是芬芳和田的一个中心,是绿洲上的香味之源。

最后,将我的一首诗献给玫瑰飘香、文化混溶的和阗(和田)吧——

请吧,在一枚鸵鸟蛋里
加入鹅蛋、鸡蛋、鸭蛋
鸽子蛋、鹌鹑蛋、麻雀蛋
配以蜂蜜和玫瑰花酱
昏天黑地地搅拌、融合
一枚美味混蛋做成了

一枚混蛋的诞生,不亚于
和阗玉历经的沧海桑田
在玉龙喀什河和喀拉喀什河
玉石已分道扬镳
将世界分成一黑一白

据说现在是混蛋纪元
沙埋废墟与绿洲村庄
阿育王与法显、玄奘
尼雅与丹丹乌里克
伽蓝与麝香、地乳
纸壳核桃与石榴花
库尔班大叔与小毛驴……
在沙尘暴搅拌器里搅拌
在埋葬的地方露出真容
诞生了——"瞿萨旦那!"
一枚前现代的和阗混蛋

玫瑰

……昆仑,在沙漠中行驶
沙漠,在一枚混蛋中航行
当和阗寓居于羊脂美玉
它浑然的显现,几乎是
对消失的一种渴望

——沈苇:《和阗混蛋》

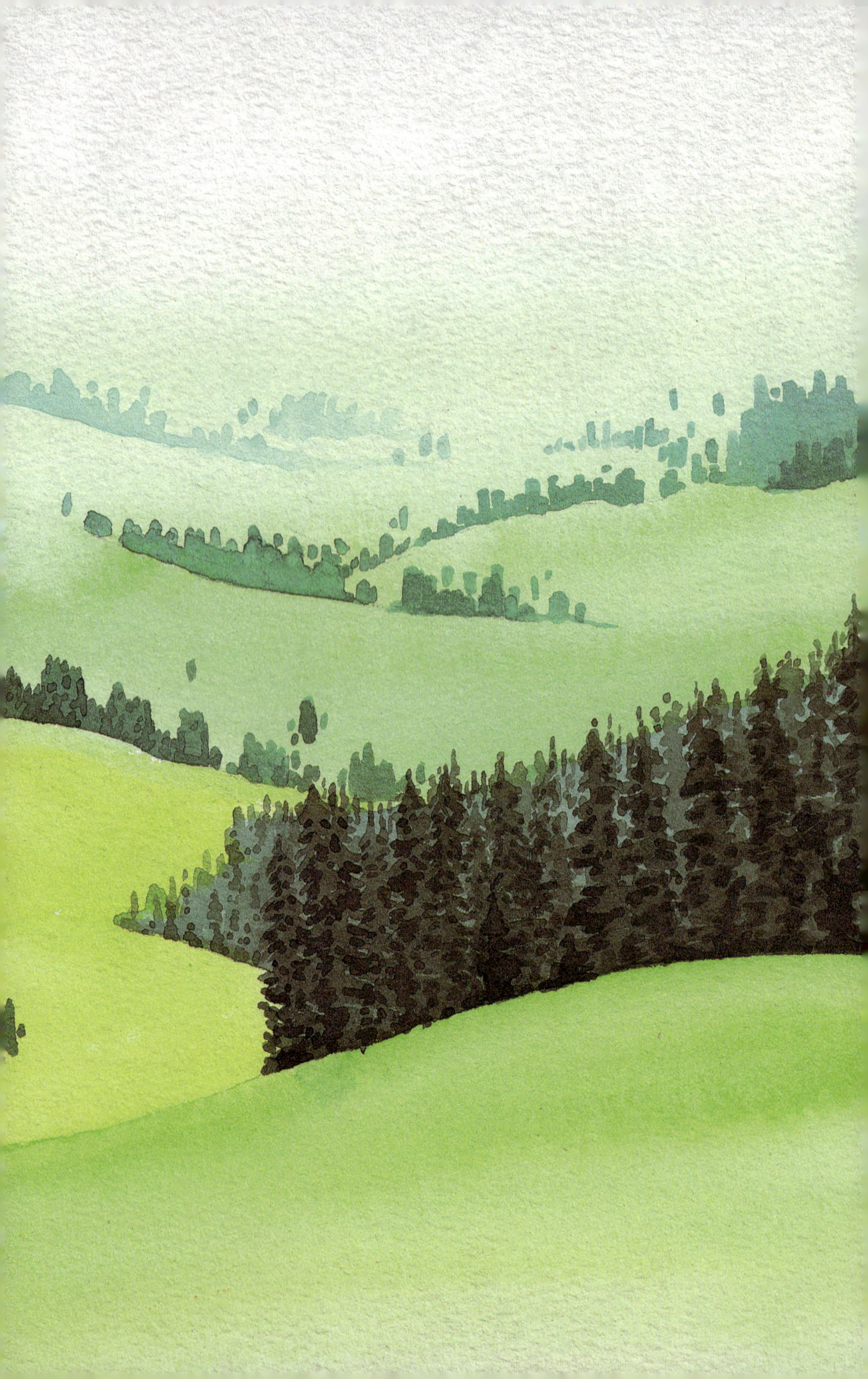

云杉

绿色长城和森林神殿

日月何处栖,
总挂青松巅。

——〔清〕洪亮吉:《天山歌》

天山雪岭云杉是常绿乔木，新疆山地森林中分布最广、蓄积量最大的森林生态树种。主要分布在天山海拔1500～2800米的中山带阴坡，在塔尔巴哈台山和西昆仑山北坡也有分布。

清代萧雄在《西疆杂述诗》中说："天山以岭脊分，南面寸草不生，北面山顶，则遍生松树。余从巴里坤，沿山之阴，西抵伊犁，三千余里，所见皆是。"事实上，萧雄没说全面，今天我们已知，云杉沿天山阴坡一直分布到中亚的哈萨克斯坦、吉尔吉斯斯坦、乌兹别克斯坦等国。

从山地植被垂直带谱来看，雪岭云杉分布在天山的腰部以上。其上方是亚高山灌丛、高寒草甸、高山冻原和冰雪带，其下方则是山地

云山与云杉

云杉

针阔叶混交林、草甸草原、典型草原和荒漠草原。

云杉是迁徙树种，已有4000万年的历史，其远祖可能是青海云杉和西藏云杉。在渐新世迁徙到天山和昆仑山，分布在山区上部。到500万年前的上新世，由于造山运动，退居到山区平原。第四纪冰川期后，因气温回升和旱化，又迁徙到湿润的山体阴坡。

为云杉画像

如果天山是神的长城，云杉就是天山深处的植物长城。一窝窝、一丛丛、一片片的云杉林，就像是时断时续的城墙，绵延几千公里，成为一座跨越国界的绿色长城。

它是天山忠诚的守护者，是天山的仪仗队、集团军和绿色方阵，静悄悄隐藏在天山阴坡。似乎只要一声令下，就会有千军万马，浩浩荡荡，冲出天山。其阵容和气势，绝对不是"七剑下天山"可以比拟的。

它是天山交响乐中错落有致的琴键，天山大合唱中强劲、动人的音符。

它浓绿滴翠，浓翠侵肌。庄严的绿，是天山的理想尺度，也是天山的大面积抒情。在冬天，冰天雪地中的云杉之绿，给人慰藉和希望，不啻是植物学意义上的"自然宗教"。

……

让我们来观察一株具体的云杉树：高大、挺拔，是它最显著的特征。一株云杉就像一把收拢的巨伞，拔地而起，直上云霄，堪称"望天树"和"摩天树"。有人曾赞美白杨的挺拔，其实云杉比白杨站得更直。如果以挺拔为标准来进行一次树木的选美，冠军非云杉莫属。

一株云杉幼苗从倒下的祖先腐烂的躯体上长出来，越长越大，越长越高，若不出意外，一般能活 4000 年左右（已知的云杉最高寿命是 9000 多岁），长到六七十米高。一株成熟的云杉就是一座"微型水库"，蓄水量达 2.5 吨，年吞吐量为 25 吨。云杉木在西北的矿井里常被用作坑木，当它快要断裂时，会提前一两个月吱吱作响，是一种心有灵犀、会发警报的树。

……

夏多布里昂说，森林是人类最初的神殿，是人类宗教建筑的原型。基督教堂再现和模仿了原始的森林迷宫，通过能发出风声和雷声的管风琴和吊钟，保留了原始的天籁。

对于天山云杉来说，也莫不如此。一方面，人类在遮天蔽日的原始云杉林中怀着某种对进入迷宫的恐惧心理，另一方面，云杉林又提

天山云杉

云杉

供给人们食物、居所和安全保障，旅途中的休憩地，以及神殿般的庇护。西域历史上的佛寺和道观，许多是建在天山的云杉林中的，或者与云杉林遥遥相望。现在的情况也大体如此。

对于在林中生长、生活的野蘑菇和小松鼠们来说，天山云杉林又何尝不是庇护它们的神殿呢？

库尔德宁时光

从巩留县城到库尔德宁，要经过数十公里狭长、蜿蜒的山谷。一路风光因地貌和植物的变化而变化。从山谷阶地上的麦田、亚麻地和向日葵地，过渡到山坡上时疏时密、高低错落的灌木林和野果林，再过渡到云杉、白桦、山杨、黄柏交错的针阔叶林。继续往深处走，海拔一点点升高，重重叠叠、密密匝匝的云杉林犹如一堵堵树的高墙、树的集团军，突然挡在了眼前。——雪线之下，在高于我们头顶的地方，天山云杉正呈现它的浩瀚之势和汹涌之绿！

库尔德宁，西天山自然保护区所在地。这里是天山中唯一的国家级雪岭云杉自然保护区。保护区面积280平方公里，森林覆盖率45%，其中90%为天山雪岭云杉。西天山自然保护区以其生态环境的优越、野生动植物资源的丰富和云杉林类型的齐全，被誉为欧亚大陆腹地野生生物物种的天然"基因储存库"。

风景如此丰盛，令人有些发愁
将它们装进库尔德宁山谷吧

库尔德宁养蜂人

山坡上庄严的云杉方阵

只要一声令下,就会浩浩荡荡冲下天山

即使它们,也无法逃脱

库尔德宁这个巨大的口袋

我想象这处远方的"宽沟"和"暖谷"

无疑是从前的世外桃源

拥有时间之外的呼吸和心跳……

——沈苇:《库尔德宁》

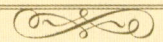

的确,素有"宽沟"和"暖谷"之称的库尔德宁像一个巨大的口袋,把天山风光,把森林、草原、潺潺的河流、洁白的毡房、成群的牛羊等收入囊中。这里夏天凉爽,冬季温暖,大有四季如春之感。几乎四面环山的封闭的地理环境,给了它一种超然物外的自足和逍遥。我想,在很早以前,库尔德宁一定是天山中的"世外桃源"。

在库尔德宁,我认识了保护区的两位护林员:40岁的涅斯别克和

云杉

30岁的艾尔肯。涅斯别克是土生土长的本地人，按他自己的说法，是喝库尔德宁的奶和水长大的。艾尔肯是位帅小伙，毕业于西北林学院，来这里工作已6年了。

库尔德宁，毡房里的阿拜（哈萨克族文学之父）

涅斯别克有3间毡房。一间是他和家人住的，另外两间用来搞旅游接待。旁边还用芦苇和木头搭了一间简易厨房。毡房里挂了哈萨克族文学之父阿拜的画像。这使我一下子对涅斯别克产生了好感，老觉得他是隐居在深山中的一位知识分子，试图在他身上找到某种艺术家的气质。

涅斯别克和艾尔肯都是忠于职守的护林员，每周他们至少要巡山一次。实行封山育林后，违禁砍伐现象已基本不见，但偷猎野生动物和滥挖药材的事却时常发生。森林防火是他们的工作重点。最担心游客在林中生火野炊，遇到这种情况，必须马上制止，否则后果不堪设想。

涅斯别克说，最壮观的云杉林在恰特布拉克山峡谷，连绵长达20多公里，树龄大多在两百年以上，气势大得很。10多年前，曾在那里伐下一棵巨杉，高60多米，有20层楼房那么高，它的木材是锯开后用10辆解放牌大卡车运走的。它的年龄在500岁以上。还有一棵巨杉有365圈年轮，树桩直径2.24米，上面可站20个人……谈起云杉，涅斯别克如数家珍。

"有的云杉站着站着，就莫名其妙地死了，死了还继续站着，所以叫'立死杆'。"说起云杉，艾尔肯的知识并不亚于他的护林员兄长。"云杉的腐烂和死亡是从内部开始的。'立死杆'被山风吹倒后叫'风倒木'。有的'立死杆'很顽强，大风吹了几年，也无法将它吹倒。库尔德宁的牧民从不砍伐云杉，只用'立死杆'和'风倒木'做燃料……"

"瞧，那里有一株'立死杆'！"艾尔肯指着不远处的山坡说。"我来这里6年了，它一直就这么站着。"这株"立死杆"在葱郁的云杉林的映衬下显得分外沧桑、落寞，但它看上去比那些活着的云杉站得更直、更挺拔。

坐在毡房前的云杉木墩上，我和两位护林员愉快地聊着天。涅斯别克站起身，提着斧子去劈柴，帮妻子准备招待我们的晚餐：羊肉抓饭和马肉纳仁。

毡房一侧堆了许多柴火，它们都是从旁边的吉尔格朗河里捡来的。河道里柴火遍布，有长截的"风倒木"，有巨大的云杉树根，还有被洪水搅成一团的云杉树枝，千姿百态，煞是好看，把河道变成了一座露天雕塑博物馆。

吃了涅斯别克家的晚饭，喝了涅斯别克家的奶茶，天色暗下来了。牛羊开始下山了，慢悠悠地，似乎心满意足地，回到各自的露天圈舍。

越过大片的云杉林，晚霞笼罩的喀班巴依雪峰像一位安详的老者，一位时光中的守护神，保佑着库尔德宁和它的居民。

纸上云杉

树变成了建筑、家具、工艺品，变成了木浆和纸张。纸张和书籍保留了对树的部分回忆。纸上之树，即记忆之树。

对天山雪岭云杉的记忆可以上溯到《山海经》。书中说，敦薨之山（指天山南坡中段），其上多棕枏，其下多茈草。历史地理学家认为，这里所说的"棕枏"是包括云杉在内的天山原始森林。对云杉最早、最可信的记载在《汉书·西域传》中，说乌孙国"山多松槢"。松就是雪岭

云杉

云杉,而樠指的是西伯利亚落叶松。这说明 2000 多年前乌孙国境内的天山地区就有大量的针叶林分布。

13 世纪的丘处机从山东莱州出发,一路西行,发誓要向成吉思汗传播道教。他追随西征的蒙古大军,游历了天山和阿尔泰山的许多地方。1222 年终于如愿以偿,受到了成吉思汗的接见,并获得了这位大帝的赏识。丘处机在一路传播道教的同时,也不忘欣赏天山的美景。他的一首写天山云杉的诗被他的弟子李志常记录在《长春真人西游记》一书中:"银山铁壁千万重,争头竞角夸清雄。日出下观沧海近,月明上与天河通。参天松如笔管直,森森动有百余尺。万株相倚郁苍苍,一鸟不鸣空寂寂。"

清代的新疆,是流人的远土和乐园。发配、谪居边疆的有王宫贵族、大学士、地方官吏、诗人、艺术家等。在举目无亲、颠沛流离的流放路上,美丽神奇的天山风光是他们心中的安慰——风光起到了鼓舞人心的作用。因此在他们的诗作、散文和日记中,不乏对天山风光的生动描绘,也不乏对天山云杉的记载与赞美。

林则徐从乌鲁木齐到伊犁走了一个多月。一路雨雹俱下,寒风凛冽,艰难困苦可想而知。到达果子沟时,他阴郁的心开始变得晴朗起来——是冰雪中傲立的云杉树向他内心投射了一缕大自然的光芒。"今值冬令,浓碧嫣红不可得见,而沿山松树重叠千层,不可计数。雪后山白松苍,天然画景,且山径幽折,泉溜清冷,二十余里中步步引人入胜。"(《林则徐日记》)

山西人祁韵士在看到果子沟的云杉林时,欣喜之情更是溢于言表:"前行翘首,则满谷云树森森,不可指数,引人入胜。注目难遍,欣悦之情,惟虑其尽。已而峰回路转,愈入愈奇。木既挺秀,具干霄蔽日之势。草亦蓊郁,有苍藤翠藓之奇。"(《万里行程记》)

萧雄是位诗人兼风物学家。在 10 多年的时间里,曾出入新疆 3 次,对西域风物了如指掌。他的 4 卷本《西疆杂述诗》涉及西域的历史地理、气候时节、风俗人情、草木鸟兽等方方面面。他写云杉时与柳树作了对比，改动了前人"春风不度玉门关"的意境："千尺乔松万里山，连云攒簇乱峰间。应同笛里边亭柳，齐唱春风度玉关。"值得注意的是诗后的注释，为我们提供了许多有关天山云杉的植物学知识。如："其叶如针，其皮如鳞，无殊南产。惟干有不同，直上干霄，毫无微曲。"又说："曾游博格达山至峰顶，见稠密处，单骑不能入，枯倒腐积甚多，不知几朝代矣。"萧雄的杂述诗，亦诗亦文，相得益彰。

　　清代流放新疆的文人中，洪亮吉是最有才华的一个。我们可以不提他的《伊犁日记》和《天山客话》，仅凭《松树塘万松歌》一首诗，他已跻身杰出诗人的行列。就像张若虚，一首"孤篇盖全唐"的《春江花月夜》使他成了不朽的诗人，在中国文学史中占据了重要一席。在写给天山的颂歌中，我还没有读到有哪一首比《松树塘万松歌》更加气势磅礴、一气呵成、铿锵有力和朗朗上口的。它是天山颂歌中的绝唱。我不禁要抄录全诗：

千峰万峰同一峰，峰尽削立无蒙茸。
千松万松同一松，干悉直上无回容。
一峰云青一峰白，青尚笼烟白凝雪。
一松梢红一松墨，墨欲成霖赤迎日。
无峰无松松必奇，无松无云云必飞。
峰势南北松东西，松影向背云高低。
有时一峰承一屋，屋下一松仍覆谷。
天光云光四时绿，风声泉声一隅足。
我疑黄河瀚海地脉通，何以戈壁千里非青葱。
不尔地脉贡润合作天山松，松干怪底一一直透星辰宫。
好奇狂客忽至此，大笑一呼忘九死。
看峰前行马蹄驶，欲到青松尽头止。

云杉

松树塘位于巴里坤的白石头景区。到过的人都知道,那里的云杉林连绵起伏,简直是树的海洋。洪亮吉诗中的气势正是取自东天山这片壮观的原始森林。

有趣的是,洪亮吉20多岁时在老家江苏做过一个梦:梦见自己身轻如翼,从窗户飞出,飞向西北。看见一座大山,高耸半空,上有宏伟壮丽的森林。不知不觉中,自己变成了一片羽毛,轻轻飞贴在松树顶上。后来洪亮吉因上书谏言、针砭时弊,被流放到新疆,果真见到了梦中的天山和天山上的云杉林。这是一种宿命。我想,《松树塘万松歌》之所以写得这么好,多多少少与洪亮吉的梦是有关系的。一首好诗包含了诗人的前世和今生。

清代诗人洪亮吉

1918年,湖南人谢彬受北洋政府的委托,前往新疆考察财政。他从伊犁翻越天山到南疆的库车,途中看到了云杉腐烂后的自燃景象:"南山一带,松林蔓野,大皆合抱,高逾十丈,近百年来,始稍斫伐,交通不便未及万一。其根枯腐,恒多自焚,日中遥见山间延烧广阔,火光烛天,初犹以为人为之也。入夜出帐立观,仿若夜坐长沙天心阁上,看全城灯火万家。"谢彬还写道:"松树窝子,条达合抱,何啻万章。因风吹折,或根枯自焚。入眼皆是。长春真人有句云:'横截天山心腹树,千云蔽日竞呼号。'移咏此间松林,尤为切当。"(《新疆游记》)

谢彬之后,对天山云杉的文献记录少之又少。也许时代变了,人们有更重要的事情要做。也许为生活而忙碌、奔波,取代了人们在森林里徜徉、漫游、寻觅的雅兴。也许森林已离我们远去,重新躲进了人类视线之外的重重群山深处。

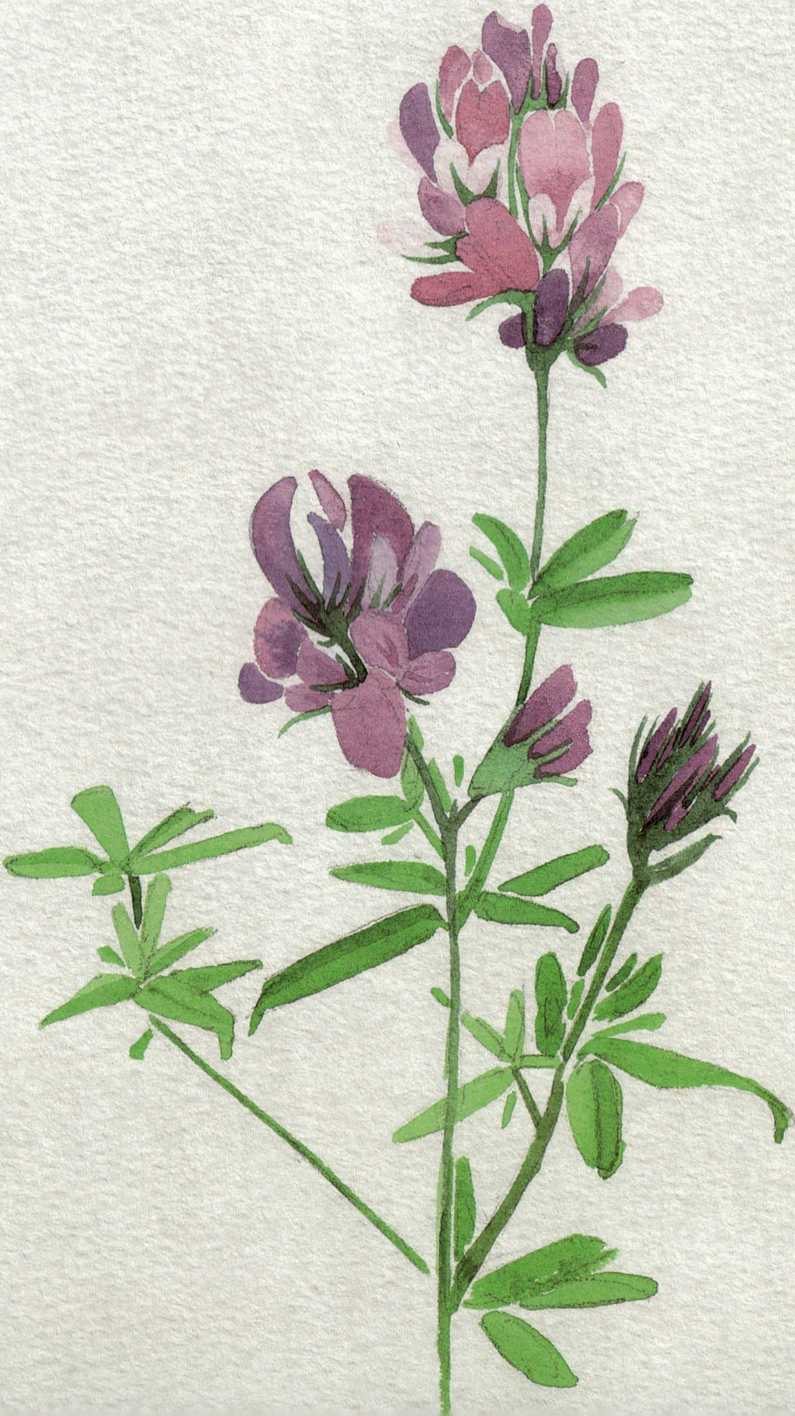

苜蓿

天马的食粮

苜蓿随天马,
蒲桃逐汉臣。

——〔唐〕王维:《送刘司直赴安西》

丝路：行走的植物

"苜蓿"一词，系古大宛语"buksuk"的音译。在中国古籍中，它也被叫作木粟、牧宿、怀风、光风、连枝草等。后魏贾思勰《齐民要术》、明代李时珍《本草纲目》和徐光启《农政全书》对苜蓿栽培、管理多有记载。

"苜蓿原出大宛，汉使张骞带归中国。然今处处田野有之，陕、陇人亦有种者，年年自生。刈苗作蔬，一年可三刈。二月生苗，一科数十茎，茎颇似灰藋。一枝三叶，叶似决明叶，而小如指顶，绿色碧艳。入夏及秋，开细黄花。结小荚圆扁，旋转有刺，数荚累累，老则黑色。内有米如穄米，可为饭，亦可酿酒。"（《本草纲目》）

天马后代伊犁马

苜蓿

苜蓿被誉为"牧草之王"和"饲料之王",是人类最早驯化的饲料作物之一,也是牛、马、羊、驴等牲畜喜爱的优质饲草。在我国,苜蓿主要分布在西北和华北地区,南方也有栽种,主要品种有紫花苜蓿、黄花苜蓿、南苜蓿(金花菜)、天蓝苜蓿等。通常所说的苜蓿是指紫花苜蓿,它在世界范围内分布最广,品质最佳,已有3000多年的栽培历史。

作为我国最古老的蔬菜之一,李时珍很早就注意到了苜蓿的食疗和保健作用:"利五脏,轻身健人。洗去脾胃间邪热气,通小肠热毒。"(《本草纲目》)吃得绿色、吃得健康,如今已成为人们的信条,苜蓿再度成为中国人的盘中至爱。除了南方和北方餐桌上常见的凉拌苜蓿,全国各地的苜蓿菜肴可谓花样繁多,如浙江的草籽年糕、草籽香干,江苏的腌金花菜、河蚌肉炒金花菜,上海的生煸草头、草头圈子,陕西的香苜蓿锅贴、香苜蓿粉蒸肉,西北的苜蓿饺子,东北的苜蓿饼子,等等。

苜蓿东传

美国东方学学者劳费尔(Berthold Laufer,1874—1934)在《中国伊朗编》一书中写道:"外国植物的输入从公元前2世纪下半叶开始。两种最早来到汉土的异国植物是伊朗的苜蓿和葡萄树。其后接踵而来的有其他伊朗和亚洲中部的植物。这输入运动延续至14世纪的元朝。"

劳费尔写了数十种从波斯输入中国的植物,除苜蓿和葡萄外,还有石榴、无花果、胡椒、亚麻、西瓜、巴旦杏、菠菜、胡萝卜、水仙等。他想告诉人们一个看法:古代中国人在制定经济政策方面有远大眼光,采纳许多外国植物以为己用,并把它们纳入自己完整的农业体系中去。

中国人是熟思、通达事理、心胸开豁的民族，向来乐于接受外人所能提供的好事物。

张骞是最早的苜蓿输入者，包括葡萄等其他西方植物的东传，通常被归在他的名下。张骞是"凿空"西域第一人，无疑也是最先介绍西方事物的英雄。

汉武帝派张骞出使西域，主要是为了得到传闻中的"西极天马"。张骞在大宛发现了品性优良的"汗血马"，他断定这种渴求已久的马若要在中国保持健壮，非得把它们的主要食料一并带来不可。于是他在大宛获得了苜蓿种子，于公元前126年献给汉武帝。武帝命人将它们种于皇宫旁，既用来饲养宝马，又用作观赏植物。不久，这种新奇植物迅速蔓延到民间，遍布中国北方。

《史记·大宛列传》对此的记载是：大宛"俗嗜酒，马嗜苜蓿。汉使取其实来，于是天子始种苜蓿、蒲陶肥饶地。及天马多，外国使来众，则离宫别观旁尽种蒲陶、苜蓿极望"。

张骞带回的是最古老的苜蓿品种——紫花苜蓿。它的起源地在"近东中心"，即小亚细亚、外高加索、伊朗和土库曼高地。早在公元前1000年的波斯，紫花苜蓿就广泛分布，并被用作牲畜饲料。希腊人从波斯引进后，才有了阿里斯托芬《骑士》一书中对苜蓿最早的文字记载。波斯萨珊王朝的霍斯劳一世把苜蓿纳入新兴的土地税内，苜蓿税比麦子高7倍，可见这种饲料的价值之高。在那个时期的波斯医书中，苜蓿也被用于配药处方。

到了唐代，由于马匹数量剧增，苜蓿种植区域迅速扩展，几乎遍及整个中国。当时的驿马，多以苜蓿为饲料。唐人认为，只有吃了苜蓿的驿马，才体力充沛，跑得快，跑得远。也正是从那时起，苜蓿出现在下层百姓和穷苦知识分子的餐桌上。在古人诗文中，"苜蓿盘"用来喻指士大夫的清贫生活。在战乱和饥馑的年代里，苜蓿帮助许多

苜蓿

张骞出使西域　敦煌壁画

中国人渡过了一个又一个生存的难关。

我们常说张骞是丝绸之路上的第一位使者，也是一位"植物猎人"。如果我们要描述一条植物丝绸之路的话，毫无疑问，苜蓿和葡萄是这条东西方通道上最早的"使者"。

作为东西方之间的"跳板"，西域受惠于丝绸之路，在地理上有着向西开放的特征，在植物的多样性上也明显受到西来品种的影响。可以想见，苜蓿在西域的出现时间应该早于张骞时代。现在南北疆遍种紫花苜蓿，大概每20亩农作物中就有1亩是苜蓿。尤其是在天山和阿尔泰山山区，保留了10多个野生苜蓿品种。它们是西域乃至整个中亚细亚地区最古老的野生苜蓿品种之一。其中最有名的是黄花苜蓿，也叫野苜蓿，它比紫花苜蓿更抗寒、耐旱、耐盐碱。

"苜蓿黄芦旧句哀，席其曾借马班才。须知寸草心坚实，堪并琅玕作贡材。"这是清代诗人萧雄为西域苜蓿写的一首诗，他还特意写了这样一个注:"苜蓿,野生者少,各处渠边,暨田园中隙地间有之,余皆专因刍牧,收子播种者,牲畜喜食,易肥壮。《史记·大宛传》:'马嗜苜蓿,汉使取其实来,天子命种之。'内地之苗相同,嫩时可作菜食,味清爽……"

苜蓿与马

> 胡地苜蓿美,
> 轮台征马肥。

这是唐代诗人岑参《北庭西郊候封大夫受降回军献上》中的诗句。它描写了天山北麓"苜蓿美"与"征马肥"的景象。这里的轮台既指唐轮台城(现乌鲁木齐南郊的乌拉泊古城),也泛指整个西部边疆。

在唐代边塞诗中,苜蓿和马是两个密不可分的意象,也时常出现在一些诗人的西域想象中。如大诗人王维,写过"苜蓿随天马"的句子。他写道:"绝域阳关道,胡沙与塞尘。三春时有雁,万里少行人。苜蓿随天马,蒲桃逐汉臣。当令外国惧,不敢觅和亲。"(《送刘司直赴安西》)

"苜蓿随天马",在唐代已成为一种常识。

从汉武帝开始,中国皇帝对"西极天马"的渴求已成为中央帝国的相思病。"天马来兮从西极,经万里兮归有德。承灵威兮降外国,涉流沙兮四夷服。"汉武帝的这首《西极天马歌》道出了一个帝国的希冀、雄心和威仪。

游牧民族的血管里仿佛饲养着一群奔马,不停地在大地上挪动,

苜蓿

无法使自己停下来。对于定居民族来说，拥有像游牧民族一样的好马，是与他们抗衡的重要手段，也几乎是取胜的唯一法宝。况且在中国人的意识中，马是高贵的动物，是龙的近亲——马是见龙之兆，也是神龙之友。

武帝早有耳闻：天马出西域。譬如穆天子的坐骑"八骏"，龟兹国水龙与牝马交合生下龙驹的故事，远方"汗血马"的传说……张骞出使西域主要承担了寻找好马的使命，但张骞本人没有带回"背为虎文龙翼骨"的大宛马。不久以后，汉朝天子却得到了一种品系优良的突厥马，这种马头部硕大，高鼻梁，有着母羊式的脖颈，四肢修长，英武迷人。

天马　汉代砖雕

唐玄宗曾得到过6匹拔汗那国进献的真正的汗血马。他非常高兴，将马的形象画在皇宫墙壁上。到了唐代，大批良马从西域涌入内地。回鹘人渐渐控制了唐朝的马市。有一次，他们派商人和特使，赶着10000多匹马来到长安，这些马的价钱甚至超过唐朝一年的财政收入。因为即使一匹普通的回鹘马，都达到了40匹绢的价格。

唐朝初年只拥有5000匹马，其中3000匹还是从倾覆的隋朝那里继承下来的。到7世纪中叶，唐朝政府就宣布已经拥有70.6万匹马。这样的增长速度是惊人的。

随着马匹数量的剧增，对苜蓿等牧草的需求量越来越大。鲜嫩多汁的波斯苜蓿是马的最爱。按每匹马一天吃40公斤苜蓿计算，苜蓿的消

骑马的武士　吐鲁番阿斯塔那出土　　　骑马的女子　〔西班牙〕巴勃鲁·毕加索

耗量同样是惊人的。正是从唐代起，苜蓿才真正从皇宫禁苑走向民间，也从单纯的马料变为牛、羊、猪、家禽等共享。这些动物每天的苜蓿需求量大概是：牛30公斤，羊7公斤，成猪10公斤。唐人还发现了苜蓿的多种饲喂法，如青饲、放牧、调制干草，以及混合禾本牧草的青贮。

唐朝的马匹数量代表了它的国力和战斗力。就像鱼儿离不开水，马儿是离不开苜蓿的。某种程度上来说，是苜蓿，以草本植物柔弱的力量，支撑起唐朝的强盛。——帝国的大厦下，坚固的基石旁，生长着一种常常被人们忽略的牧草：苜蓿。

先人在有效利用苜蓿的实用价值的同时，也发现了苜蓿的审美价值。6世纪的吴均在《西京杂记》中写道："乐游苑自生玫瑰树，树下多苜蓿。苜蓿一名怀风，时人或谓之光风。风在其间，常萧萧然。日照其花有光彩……"同时期的杨衒之在《洛阳伽蓝记》中称苜蓿园为"光风园"。正是从那时起，苜蓿有了优美而好听的中国别称：怀风、光风和连枝草。

苜蓿之美，美在六七月间。那时苜蓿开花了，夏天的繁花铺满草原，清人称之为"斗芳菲"。1805年谪戍伊犁的祁韵士在他的万里行程中写到了日暮时分的苜蓿之美："欲随青草斗芳菲，求牧偏宜野龁肥。

几处嘶风声不断，沙原日暮马群归。"（《西陲竹枝词》）

《突厥语大词典》收录了 11 世纪和 11 世纪之前流传在中亚丝路上的大量民歌和民谣，里面有数量不少的与马有关的诗歌，请读其中的两首——

其一
骏马在疾驰飞奔，
马蹄下溅出火星；
火星点燃了枯草，
火焰在熊熊燃烧。

其二
来了客人莫让他走掉，
要让他解除旅途的疲劳，
再给他的马儿弄来草料，
让马儿吃得毛色闪耀。

"马"和"草"在诗中是共存的意象。尤其是第二首，表现了西域人的好客、殷勤。来了远方的客人，要给他水、馕和瓜果，给他的马儿上好的草料。而最好的马料就是鲜嫩、多汁、美味的苜蓿了。哈萨克族谚语说，黄昏时放走一个客人，是跳进河里也洗不清的罪过。与诗中的意思是一样的。客人至上是古代中亚民族的一个待客原则。只有客人和他的马儿满意了，主人心里才没有遗憾。当他目送客人毛色闪耀的马儿离去时，脸上露出了欣慰的笑容。

没有苜蓿的苜蓿台

马蹄踏过天山

悬浮的
苜蓿草原
一张斑斓的天马飞毯

奔驰!如电!
苜蓿喂养的马蹄
马蹄下突然的花朵
紫和黄——

颤动的、繁星般的——

被禁锢的小火焰
怒放在
天山:一个时光脊梁
　　　　　——沈苇:《马蹄踏过天山》

海拔 2020 米。人随汽车上升到半空。

苜蓿台,一个平缓的山间台地,绿草如茵,像巨大的毡毯,铺向山梁,铺向天山哨兵般的云杉林。草的毡毯,有着自然而缜密的编织法。

苜蓿

时间是 5 月初，茂密的杂草间，开始绽放各种各样的野花，红、黄、蓝、白，点缀其间，构成一张毡毯上的优美图案。

风吹来，草起了浪，这张绿色毡毯微微抖动，好像是为了配合四周海浪般的阵阵松涛。仔细倾听，你能听到草浪起伏发出的声音。

"到 6 月底和 7 月初，草长到齐腰高，到处开满了野花，随便抓一把，就有十几种花呢！"从前在南山放羊，现在苜蓿台设了几顶毡房搞旅游的哈萨克族人海拉提说，"山里动物多得很哪，有马鹿、野猪、旱獭……"他边说，边将一块羊尾巴油抛向空中。随着羊尾巴油落地，一只盘旋了许久的鹰俯冲下来，准确地抓住了羊油，一个起身，又箭一般射向空中。抬眼望去，鹰正在天空就餐。——它的餐桌真大啊。

苜蓿台位于乌鲁木齐南山（北天山喀拉乌成山），离市区只有 50 多千米。在已经开发的几个南山景区中，它离市区最近，海拔也最高，因此有"空中花园"的美誉。站在苜蓿台上，可以远眺乌鲁木齐。达坂城的风车群也清晰可辨。远处，三峰并列的博格达峰，像是浮在半空的宫殿和庙宇，在云雾缭绕中时隐时现。

这是一片纯粹的风景，一切是那么清晰、洁净、静谧。空气里不含一丝杂质，把你的肺洗得有点发甜。近旁的岩石和远处的雪山，似乎都被染绿了，泛出玉石般的翡翠色。当草起了浪，浪花会溅湿你的身体，一直溅进你心里。

我的一位朋友是做房地产生意的，却是个风景痴迷者。他转遍了乌鲁木齐南山的沟沟壑壑，像水西沟、板房沟、庙儿沟、菊花台等，他都如数家珍。他认为苜蓿台是南山风景中最美的，可谓天山风光的"代表作"之一。他说，在苜蓿台，一个人可把自己的心思放下，让它在草地上美美地睡一觉。醒来，便发现自己被风景的纯美改变了。这是风景对人的洗礼。

但是，苜蓿台上无苜蓿。

我在苜蓿台没有找到一株苜蓿。我认识不多的几种野草都有，如雏菊、车前子、鸭茅、冷蒿、艾草等，但就是没有找到一株苜蓿。海拉提说，他小时候山上野苜蓿（黄花苜蓿）很多，6月中下旬开花时十分好看。现在野苜蓿已少得可怜，主要原因是放牧过度，杂草抢占苜蓿的地盘，将苜蓿淹没了。还有一个原因是，苜蓿像人一样，是有寿命的，苜蓿老了也会死去。

我看过一份资料，说苜蓿一般有20多年的寿命，最高能活45年。尤其是黄花苜蓿，能抗零下60多度的严寒，生命力比雪莲花还要顽强。所以黄花苜蓿很适合在北疆山区生长。

苜蓿台上无苜蓿，只留下一个地名。就像我们生命中曾经珍爱的事物一样，被抽空了"物"，只留下"词"。在一个词中有时光的流

乌鲁木齐南山苜蓿台

苜蓿

天山风光

逝、爱的错失、机遇的交臂而过，有我们的追忆和挽歌。这是词的空壳，也是我们的现实：天上每一阵风中都有消逝了的生命在飘荡。

苜蓿台是苜蓿的墓地，苜蓿的祭台。

一位气象学家告诉我，按照目前全球气候变暖的速度，80 年后博格达山上的冰雪有可能消失，天池也将干涸。我知道这不是危言耸听，他是有科学依据的。也许 80 年后，乌鲁木齐真的会失去它的保护神——博格达雪峰，我们也将看不到天山的一池碧水。就像苜蓿在苜蓿台的消失一样，我们拥有的只是没有冰雪的博格达峰和没有水的天池了。

但愿不会如此。

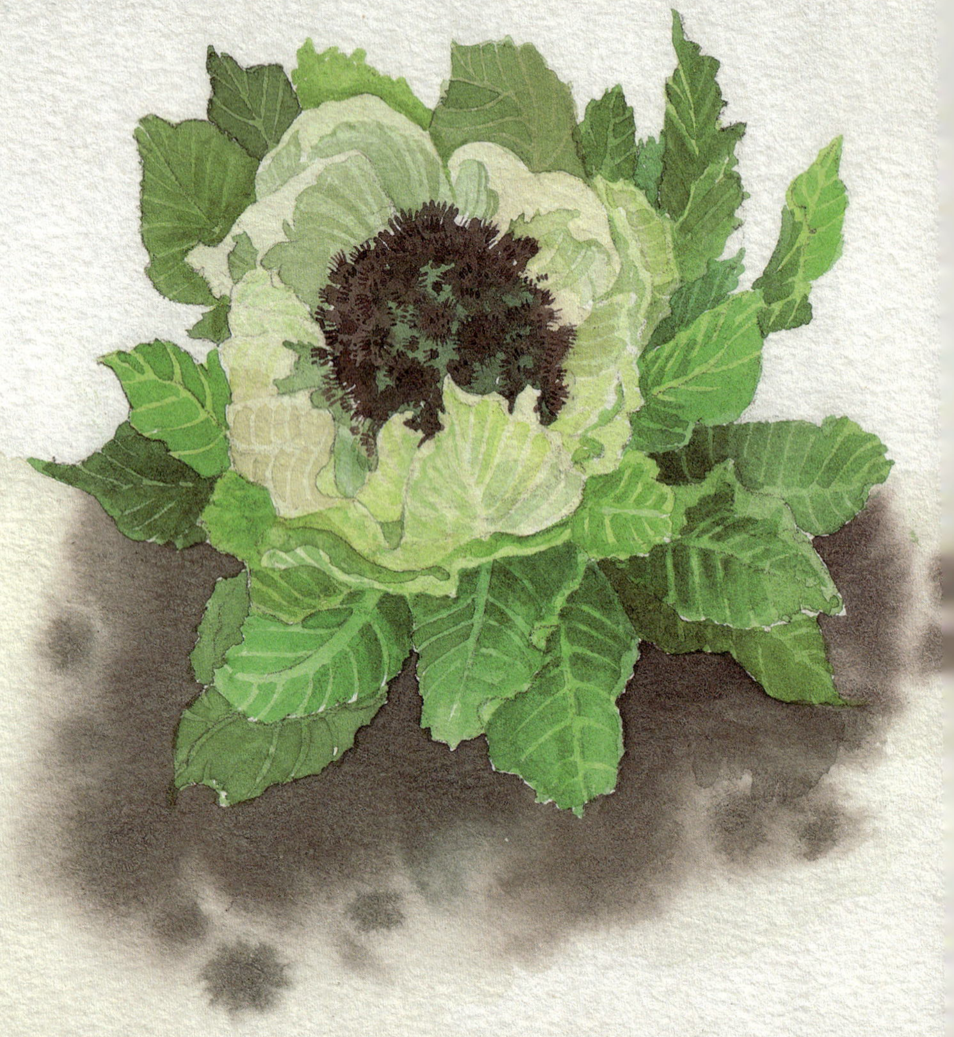

雪莲

冰山上的圣处女

耻与众草之为伍,何亭亭而独芳!
何不为人之所赏兮,深山穷谷委严霜?

——〔唐〕岑参:《优钵罗花歌》

雪莲颂

在高处，雪莲灼灼绽放。

她的纯粹取自一种高度：2000米到4000米。有时还会更高。阴坡开白花，阳坡开红花。阳坡的阳光太多了，使她脸色微红，被认为是羞涩，其实是高山反应。她低下了她的孤寂，她头痛欲裂……

在旅游景点、药材店、民贸市场，她被出售、贩卖，但无法贩卖的是她高洁的品质和个性。人类受益于她的是身体和心灵的双重治疗，就像一首古老的突厥民歌唱的那样："你看着我就是治疗我！"——一朵雪莲花看着一个萎靡不振、病入膏肓的人，慢慢地、一点点地治愈了他（她）。

她有寒风与冰雪构建的家园。她喜欢这里，喜欢高处的严寒和孤寂，并不想搬到别的地方去，譬如山谷和平原，那里有绿树和青草，但她不愿与它们为伍。她在冰雪中取暖，在寒风中摇曳。因为她是天山的花冠、天山的图腾。

孤单地坐在冰雪高高的台阶上，这位天山的圣女，为苍茫的人世，为羊群般流浪的白云哭泣。她有不易觉察的呼吸，图腾化抽象化了的身影；她有微弱的体温，血脉里的薄冰和无边的冥思……所有这些，都是她心灵的养分。

她的美带点孤傲、决绝和寒意。有时，从山顶投下几缕冷冷的目光，像是告诫和提醒。她不像水仙那样，在水中孤芳自赏、自怜自爱，如同一个绝望的洁癖症患者。她有一面天山的镜子，冰与雪的镜子，只是为了完成简单的梳妆。

天山雪莲　视觉中国

从一粒种子到一朵花，至少要历时五载。她生长、盛开，不需要掌声、赞美；她枯萎、死亡，没有遗言。她爱上高度就是爱上了遗忘，爱上了虚空的真相。她的纯粹，取自蛮荒，紧紧抱住自己缺氧的一生；她的绽放，也是无声的哭泣，接纳了天上的水和泪……

现在，天山上的雪莲已越来越少了，写给雪莲的诗篇也"每况愈下"。可从前不是这样的，人们高声赞美雪莲，以雪莲自喻，以她高洁的品质来要求自己。也许混沌而喧嚣的时世遮蔽了雪莲的倩影，也许我们的心灵已丧失了古人的细腻与敏感、自觉与自律。就拿我来说，总觉得自己写不好雪莲，总觉得我的文字还配不上对她的赞美。

在西域，哈萨克族人对雪莲有两个称呼：卡尔莱丽和火嘉雀朴。前者比较唯美，后者的意思是"植物之王"。但我觉得雪莲更像"植物之后"，是所有高山植物的皇后，冰雪帝国的皇后。哈萨克族人像崇拜天鹅一样崇拜雪莲，视她为爱情的象征。一位小伙子从高山上摘来雪莲献给心爱的姑娘，总能打动心上人的芳心。时至今日，在哈萨克族人的信仰中，雪莲仍是最好的爱情信物。

维吾尔族人称雪莲为塔吉莱丽。新疆的民谣歌手洪启有一首好听的《红雪莲》，词是他自己创作的，借用了一首苏格兰民歌的曲调。这首歌在国内得到了较广泛的传唱。它表达了爱的悲痛和忧伤、牺牲和死亡："有一天你上了天山再也没有回家来／在冰雪过后我找到了你那冻僵的身怀／你的怀中放着为我病中所采下的红雪莲／我知道了这是你对我最后的表白……"这几乎是白娘子为许仙盗取仙草故事的当代翻版。的确，雪莲花正是这样的一株仙草。

一朵雪莲接纳了天上的水和泪，接纳了高处的孤寂与虚空，而我们面对一朵雪莲，能否把低处的修为变成山巅的沉思与绽放？

岑参的雪莲和纪晓岚的雪莲

古代边塞诗对大意象有一种特殊的喜爱和迷恋。西域的苍茫和辽远，以及英雄主义、大丈夫气概、保家卫国的豪情与惆怅，是其显著的风格特征。"大"和"小"在边塞诗中仍是一对没有解决的矛盾。有的诗歌一味求大，变成了大而无当。

当然，唐代边塞诗是有气象的，这种气象是"大"的直接产物，也是盛唐气象在遥远西域的一种回音。不像清代那些流亡新疆的文人，开始关注"小"，关注那些风土人情、奇闻逸事和花花草草的细枝末节，虽细致入微，但容易陷入一种文人趣味的自我欣赏和自我把玩。

作为唐代边塞诗的领袖人物，岑参同样是"大"的崇拜者和追求者，他对西域的狂风、大漠、戈壁、山川、烟尘、长夜、明月都保持着一种特殊的敏感。《白雪歌送武判官归京》《走马川行奉送出师西征》等都是脍炙人口的诗篇。也许对于大丈夫来说，草木鸟兽虫鱼之类的"小"

雪莲

是不值得关注的，只要有浩瀚的天山松林和驰骋边疆的战马就足够了。

因此当岑参诗中出现一朵小小的雪莲花（优钵罗花）时，还是给了我们意外的惊喜。

岑参35岁后曾两度出塞。第二次出塞（公元754年）是作为北庭节度使封常清的幕僚。在交河，公务之余，喜欢在府庭内栽树种花，造山凿池，盘桓其间，寄托自己的傲世之情。有一次，一位地方官员送给他一朵从未见过的花，说是得之于天山之南。"其状异于众草，势笼众如冠弁；巍然上耸，生不傍引；攒花中拆，骈叶外包；异香腾风，秀色媚景。"此花有一个好听的印度名字：优钵罗。其实就是雪莲花。

岑参

面对这朵雪莲花，岑参感慨万千，觉得它没有长在中土，而在遥远的边地，从而使牡丹价重，芙蓉誉高，真是可惜啊！言下之意：倘若雪莲长在中土，哪里还有牡丹和芙蓉的位置呢？又觉得天地无私，阴阳无偏，万物随本性生长，岂能因偏地他乡而不生长，因无人喝彩而不芳菲？这朵雪莲花使岑参想到了那些怀才不遇之士，想到了难遇伯乐的千里马。如果没有这位交河小吏的发现，它可能将永远委身于深山穷谷，而不被世人所知。

感慨太多了，大概只能用一首诗来淋漓尽致地表达：

白山南，赤山北，
其间有花人不识，绿茎碧叶好颜色。
叶六瓣，花九房，

夜掩朝开多异香,
何不生彼中国兮生西方?
移根在庭,媚我公堂,
耻与众草之为伍,何亭亭而独芳?
何不为人之所赏兮,深山穷谷委严霜?
吾窃悲阳关道路长,曾不得献于君王。
——〔唐〕岑参:《优钵罗花歌》

这首诗是一个精辟的自喻。虽没到孤芳自赏的程度,却不乏某种自恋与自傲的倾向。它没有损害岑参的胸怀与抱负,而是真情实感的自然流露。

清代流放新疆的文人,大多对西域风物了如指掌,各有记述。纪晓岚(纪昀)是其中的一个。他的《阅微草堂笔记》收集了许多西域的趣闻逸事、志怪传奇,如风中飞人、墓地狐仙、山洞古画、通灵宝玉等。他是讲故事的能手,写笔记小说的高手。《阅微草堂笔记》写到了雪莲:"塞外有雪莲,生崇山积雪中,状如今之洋菊,名以莲耳。其生必双,雄者差大,雌者小。然不并生,亦不同根,相去必一两丈。见其一,再觅其一,无不得者。盖如菟丝、茯苓,一气所化,气相属也。"

纪晓岚说,发现雪莲时,要静悄悄地走过去,一声不吭地采摘,才能得手。如果大呼小叫,指指点点,雪莲就会缩入雪中,杳无痕迹。即使挖雪寻找,也是白辛苦一场。人们常说,人非草木孰能无情,其实草木也是有情、有觉的。雪莲受了惊吓,会像动物一样逃走。天山上的牧民曾告诉他,这是山神怜惜雪莲,使它有了这样的自我保护能力。

纪晓岚还将雪莲的品质特征上升到哲学高度。"此花生极寒之地,而性极热。盖二气有偏胜，无偏绝，积阴外凝，则纯阳内结。"他得到的启发是："盖天地之阴阳均调，万物乃生。人身之阴阳均调，百脉乃和。"从而阐述了他"中庸"的政治主张和社会见解。

纪晓岚

纪晓岚对雪莲的描写存在一个失误：认为雪莲是长在雪里的。连李时珍都说"雪中有莲，以产天山峰顶者为第一"。当然，李时珍对天山雪莲没有进行过实地考察。雪莲的确生长在冰天雪地，但它不是长在雪里，而是长在雪线以下海拔2600～4000米的石缝、岩壁、砾石坡地和湿润沙地上，还有的长在高山松林湿地。哈萨克斯坦的植物学家曾在海拔5000米的天山高处发现过雪莲，但这只是特例。

清代流亡文人中，还有不少写过雪莲的。如祁韵士的"一枝应折仙人手，岂向污泥较色鲜"，宋伯鲁的"铅华涤尽更芳菲，舞罢瑶台雪乍飞"，王树楠的"矗翠嶙峋石柱天，好花开遍雪中莲。世间冷尽繁花梦，天外飞来绰约仙"。或触景生情，或以莲自喻，个中滋味，值得细品。

江布拉克：乌鸦与雪莲

雪莲在我国云南、西藏、青海、甘肃、内蒙古、新疆均有分布，其中新疆是最重要的分布区。天山、阿尔泰山、昆仑山和帕米尔高原都产雪莲，尤以天山的雪莲分布最广。

去天山深处的江布拉克，一路风景如画。奇台是个好地方，有将军戈壁、恐龙沟、"旱码头"，醇香的古城酒，深厚的汉文化积淀，还有这处被誉为"生命之泉"的草原。

东天山在这里拐了个弯，江布拉克就像一个大兜，兜住了雨水、植被和秀美的风景。过半截沟镇，山坡上出现了农舍、麦田和红花。红花谢了，麦田向草场缓缓过渡，像一首乐曲出现了起伏。这是农区向牧区的一个过渡带，风景成为田野风光和草原景观的混合物，因而变得微妙、生动和丰富。

上刀条岭前，经过一个290米长的"怪坡"。司机往地上倒了一桶水，水往高处流去。挂了空挡的汽车也往高处徐徐滑行。有人说这是视觉错误，有人则认为是特殊的地球磁场造成的。还有人告诉我，"怪坡"上的公鸡也会下蛋。我不相信，去问这里的唯一一家住户。门紧闭着，挂着铁锁，主人不在。院子里有一群鸡在觅食，不知它们当中有没有会下蛋的公鸡。

看来，在这个"怪坡"上，高低、黑白、阴阳、公母都会发生颠倒和错乱。但至少，"水往高处流"这一亲眼所见的事实使我觉得，在生活中，向上的路和向下的路有时是同一条路。

宁静、安详、和谐，这是我对江布拉克的第一感觉。来这里的游客不多，因而风景也较少受到打扰。山坡上，猪像羊一样随意放养着，而羊像猪一样在睡觉。它们之间若即若离，相安无事。

即使一头最勇敢的牧猪
也无法越过大片的草场
去天山之巅吃一朵雪莲

雪莲

> 山路延伸着,一群绵羊在午睡
> 看上去像一些随意散落的白石头
> 它们偶尔睁开眼睛
> 欣赏一下牧猪的肥硕之美
>
> ——沈苇:《江布拉克》

我们来到了一个叫裁缝沟的地方。相传清末民初,奇台县城里的一位裁缝因赌博而倾家荡产,来到这里自缢在一棵大树上,这条沟因此得名。

沟里有一个精致的小湖,当地人叫"绿涝坝"。看上去只有100平方米左右的样子,呈椭圆形,湖水澄澈,碧绿如翡翠。传说从前有一位仙女经过这里,不慎将自己心爱的翡翠玉佩掉落,玉佩落地后化作了一泓湖水。仙女怜惜自己的玉佩,每年夏天都要变成天鹅,来看看这个翡翠湖。直到现在,每年夏天都有天鹅光临。

34岁的哈萨克族牧民萨迪克和他的妻子、3个孩子就生活在湖边。

萨迪克一家在裁缝沟以放牧为生。养了七八十只羊,一些牛和马。他向偶尔进山的游客出售酸奶疙瘩、奶饼子和马奶酒,以补贴家用。也做向导,向游人出租马匹,这样的机会不多,但收入可观。

他家有一间木屋,一顶毡房,两个带木栅栏的羊圈。靠着羊圈的一根木杆上,高挂着一只死去的乌鸦和几朵雪莲花,像是一面怪异的旗帜。

萨迪克说,乌鸦是用来吓唬包括乌鸦在内的鸟群的,防止它们偷窃奶制品。山里老鹰多,有的老鹰张开翅膀比人的手臂还长,来势猛,力气大,能把小羊羔抓走。老鹰也是害怕死乌鸦的,它才不愿意像乌鸦一样挂在木杆上呢。

新疆药铺，雪莲是必备草药

有人想买他的雪莲。萨迪克连忙摇头摆手："雪莲不卖，雪莲不卖！"

"雪莲不卖，雪莲救过我老婆和娃娃的命呢。"萨迪克说。

雪莲救过他老婆和娃娃的命是事实。6年前他老婆生第一个孩子时遇到难产，在半截沟镇医院折腾了一天一夜，也没把孩子生下来。后来还是喝了萨迪克妈妈熬的雪莲汤，事情才变得顺利，保住了母子俩的性命。

说到这里，萨迪克将6岁的大儿子搂进怀里，摸了摸他的脑袋，怜爱的神情像是从哪里捡回了一件宝贝。

我在一部药典上读到过，雪莲是上佳的妇科良药，除了有助于治疗妇女痛经、月经不调、阴道炎等症，还有利于收缩子宫的功能。因此雪莲能助产，它是大自然赐予人类的一位优秀的助产师。雪莲不仅给人助产，还给羊助产。在哈萨克草原上，每年春天产羔时节，难产的母羊要喝雪莲水才能顺利产下小羊羔。哈萨克族牧民的毡房，一般都要储备几朵雪莲花，以供人和羊急用。

现在，萨迪克每年都要去山上采几朵新鲜的雪莲，像神灵一样奉供在自己的木屋和毡房前，只是为了表达内心的感恩之情。

"雪莲救人"的故事使我对这种高山植物有了新的认识。江布拉克是一个盛产故事和传说的地方，譬如野人的故事、山洞宝藏的故事、奶子山的故事、镜湖大水柱的故事……风景因故事而神奇、迷人。

只要生活在继续，萨迪克的旗帜——乌鸦和雪莲——就不会落下。

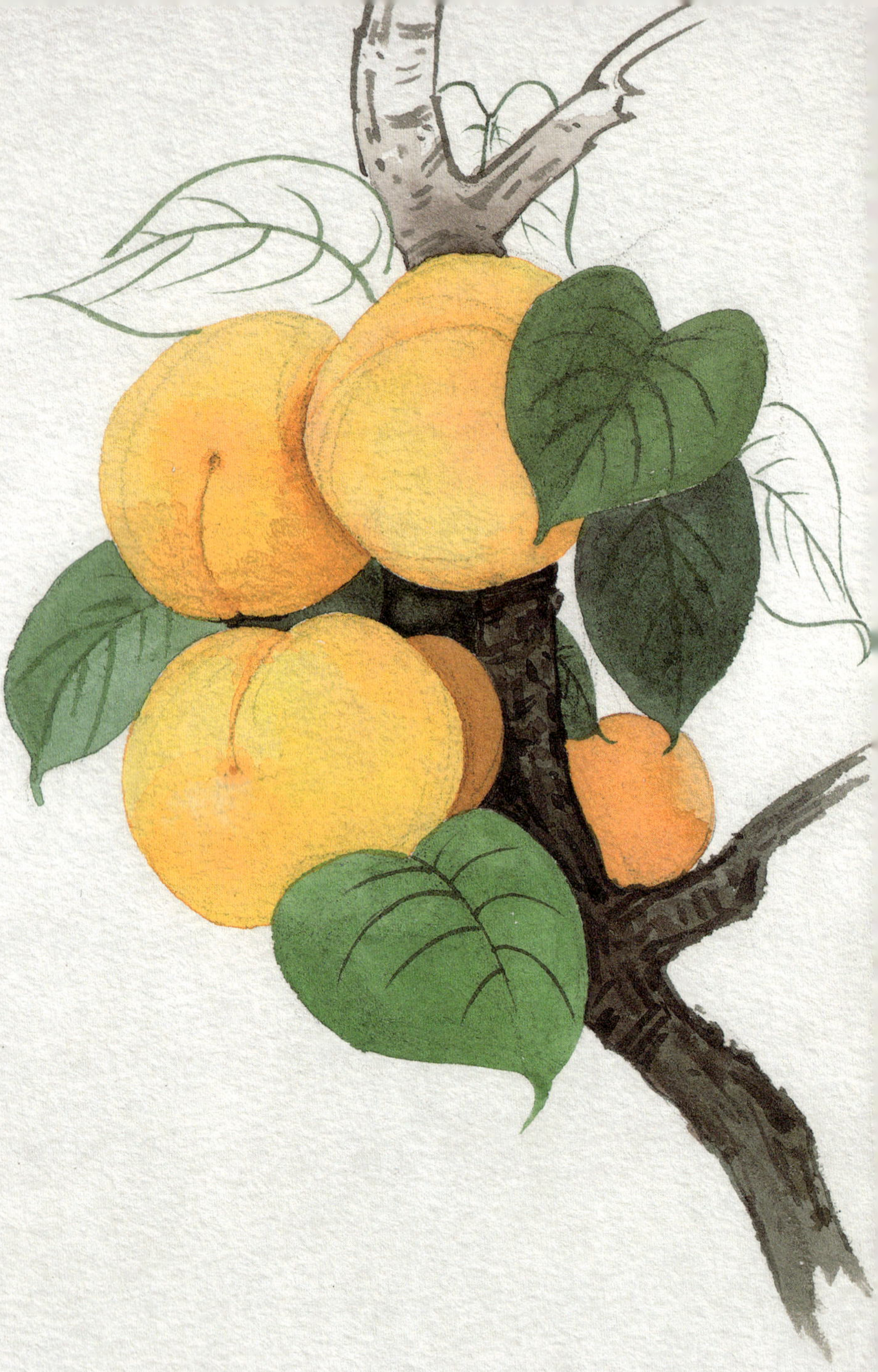

杏

灿烂龟兹

桑葚才肥杏又黄,
甜瓜沙枣亦糇粮。

——〔清〕林则徐:《回疆竹枝词》

龟兹之灯

《博物志》的作者朱尔·勒纳尔称植物是"我们真正的亲人",树与树绝不发生口角,有的只是一片柔和的细语。他认为,人类至少可以从一株树身上学到三种美德:一、抬头仰看天空和流云;二、学会伫立不动;三、懂得怎样一声不吭。

另一位更著名的法国人维克多·雨果则说,所有的植物都是一盏灯,而香味就是它们的光。

我把杏树叫作"龟兹之灯",那么按照雨果的说法,杏花的香气就是龟兹的光了。

在过去的龟兹,也就是现在的库车乡村,几乎找不到一家没有一棵杏树的农户。这不仅仅是对园艺的热爱和对生态的珍视,对于库车人来说,没有杏树的生活不能称之为真正的生活,正如没有杏花的春天只是一个打了折扣的春天。

环绕库车县城的是乌恰、乌尊、伊西哈拉三个乡镇的17万亩杏园和200多万棵杏树。每当春天来临,与其说库车坐落在一个正在苏醒过来的绿洲上,还不如说它正置身于一座生机勃勃的杏花园中。

有一首新疆民谣我们耳熟能详:"吐鲁番的葡萄哈密的瓜,库车的姑娘一枝花……"我坚信,歌中唱的花就是杏花。当我看到三三两两的姑娘走过乡间小路,顺手从枝头摘下杏花插在耳际时,我知道我的判断不会错。把美丽的库车姑娘比作含苞欲放的杏花,是再恰当不过的了。

3月底到达库车。显然,我来早了几天,持续的低温和浮尘天气

龟兹杏花

推迟了杏树的花期。我住下来,耐心地等待,像等待一个重要的节日。在接下来的几天中,我观察到了杏树开花的全过程:饱满的花蕾一点点张开它们的小嘴,似乎要向春天倾诉什么,直到五个花瓣全部打开、绽放——一年一度的杏花的节日到了。似开非开的花蕾是红色的,半开的花朵是粉红色的,盛开的杏花洁白无瑕,不掺杂一丁点儿杂色。杏园中繁花一片,如同雪花逗留空中,撒落枝头。

杏花开了,蜜蜂的部队嗡嗡嗡地来了,绕着花朵起舞、采蜜,赞美春天。蝴蝶也翩然而至,像对折的情书,在寻找杏花的地址。

一般来说,城里的杏树比郊外的先开花,平原的杏树比山区的先开花,这是气温差异造成的。而老树总比新树先开花,这究竟是什么原因,就不得而知了。也许开花是一门古老的技艺,老树比新树掌握得更娴熟、更出色吧。

初春的浮尘天气里,库车的天空灰蒙蒙的。树上,房顶上,行人脸上,迈着碎步的小毛驴身上,都落了一层尘土。这样暗淡的日子里,盛开的杏花是库车绿洲最明亮的部分,在修改生活的停滞与贫乏。杏花开了又谢,谢了又开,杏树不灭,为库车年年点灯。200万株杏树就是200万盏灯!

我离开库车时,雨后天晴,杏花怒放。库车远去,隐入蓝天下明媚的杏花园中……仔细想想,库车人多么有福,人均拥有9株杏树,等于每个人拥有9盏"龟兹之灯"啊。

苏巴什的杏核

一位朋友告诉我,有人曾在苏巴什故城发现过1000多年前的杏核。这是有关龟兹杏子史的重要信息。我要了车,直奔县城东北20多公里外的遗址而去。

这是一座规模宏大的地面寺院,遗址有大殿、佛塔、僧房和残墙,遗址内砾石遍地。苏巴什佛寺始建于魏晋,鼎盛于隋唐。它也叫雀离大寺、昭怙厘大寺,东寺和西寺隔铜厂河相望。唐玄奘西行取经路过龟兹,曾在此地开坛讲经两个月,说这里"佛像庄饰,殆越人工。僧徒清肃,诚为勤励"。9世纪后佛教在龟兹开始衰落,13世纪后苏巴什佛寺被废弃。

我运气不错,不到半小时,就在西寺大殿遗址的一堵残墙上找到三颗杏核和一颗桃核。由于雨水冲刷和风的侵蚀,杏核和桃核裸露在墙外。它们很小,需特别细心才能发现。擦去核上的泥土,它们的颜色有所不同,杏核呈淡褐色,桃核则为深褐色。

苏巴什佛寺遗址工作站站长王明革说,夯土时将杏核和桃核放在墙体内,一方面起加固建筑的作用,另一方面是为了驱邪避魔。古龟兹人将普普通通的果核加以妙用,实在富有想象力。他还说,在东寺的一块空地上,有许多杏核和桃核,估计是建筑寺院时没用完而遗留下来的。

几天前，王明革在东寺捡到一只小陶罐，里面有杏核。他拿出陶罐，打着手电让我看，底部的确有一只杏核，已与陶罐粘连在一起。杏核为什么出现在陶罐里？这是一个有待破译的谜。这只陶罐很小，看上去不是生活用品。

当天，在县城，遇到新疆维吾尔自治区文物局原局长岳峰。岳先生仔细鉴定了我从苏巴什找到的三粒杏核，肯定地说："它们是文物，时间不会晚于隋唐。"

1978年5月，自治区考古所在苏巴什佛塔附近挖掘了一座魏晋时期的女尸墓，出土的随葬品中就有杏核，还有桃核、核桃和木雕龙头。墓葬主人很有身份，有人推测可能是龟兹国的一位公主。在库车博物馆，我见到了这些1600年前的杏核，它们比我在苏巴什发现的还要早几百年。

最保守地说，龟兹栽种杏子已有一两千年的历史，实际时间一定

苏巴什故城　吉尔摄

比这早得多。杏子的原产地在中国,杏树是中国北方最普及的果树。我国在公元前3000年就开始大量栽培杏子,据说欧洲的杏子就是通过古代丝绸之路从中国传过去的。那么,作为丝绸之路上的重要一站——西域龟兹,其杏子,特别是有"白色蜂蜜"之称的小白杏,是不是来自内地?这有待进一步研究、考证。

有关龟兹国出产杏子的最早文字记载在《大唐西域记》中,书中说屈支国(龟兹国)"宜糜、麦,有粳稻,出蒲萄、石榴、多梨、柰、桃、杏"。刘锡淦、陈良伟著《龟兹古国史》说,龟兹国的主要经济作物有葡萄、棉花、桑树、核桃、杏子、石榴等。

在汉代西域三十六国中,龟兹是一个大国。到唐代,这个绿洲王国称雄于丝路北道。都城宏伟,王宫壮丽,物产丰富,街市繁荣。饲

库车小白杏

养孔雀,迷恋杏花,崇拜狮子,热爱音乐、幻术,成为一种社会风气。信仰小乘佛教的龟兹人开凿洞窟,潜心修行,乐于供养,同时举办一年一度的狂欢节——"苏幕遮"大会:巡游、泼水、唱歌、跳舞、演面具戏……修行者也不拒绝酒肉。"龟兹国足寺足僧,行小乘法,吃肉及葱韭等也。"(《往五天竺国传》)几乎家家户户都有酒窖,葡萄酒被一桶桶地享用,连守城的士兵也常在酒窖中酩酊大醉。"饶葡萄酒,富室至数百石。"(《旧唐书·西戎传》)妓院是公开化的,受到国家保护,成为税收的一个重要来源。"俗性多淫,置女市,收男子钱入官。"(《魏书·西域传》)

在奢靡的社会风气中,杏花成为享乐主义的一个灿烂符号,它就像孔雀开屏,就像集市上的麝香和安息香,使人迷醉、不可抗拒。令人感兴趣的是,在古龟兹人身上,享乐与修行从来都不是矛盾的,而是和谐的统一体:信仰之路和世俗之路同时行走。

清代,龟兹更名为库车。曾在新疆漫游的诗人萧雄对西域风土人情如数家珍,称赞从焉耆到库车一带"山北山南杏子多,更夸仙果好频婆"。流放新疆的林则徐写道:"桑葚才肥杏又黄,甜瓜沙枣亦糇粮。"随着桑葚和杏子的上市,瓜果的大军开始浩浩荡荡登场了。因此,桑葚和杏子是"瓜果之乡"的先遣队。

1917年6月5日,受北洋政府委派前往新疆调查财政的湖南人谢彬到达库车,他在日记中写道:"新疆民俗,喜建果园,贫者用供生计,富者兼资游观,一若南方之有花园,而库车特甚。每岁春夏,环城为香国。"(见《新疆游记》,1990年)包括杏园在内的库车果园,群果杂植,丛蔚可观,园中常举办舞会,且歌且奏,十分热闹。这一独特的果园文化一直延续到今天。

杏园札记

果树与库车人的生活密不可分。他们都是天生的园艺家。有果树的地方就有人烟,就有令人踏实、放心的生活。房前种桑栽柳,渠边植杨,院内植杏,屋后通常有杏园,菜园和果园又常以沙枣、酸梅等做绿篱。散植杏树居多,有时杂植于其他果木中,有时出现在田间地头。绿油油的麦地里,几株身披粉红或白色繁花的杏树,是初春库车乡村的一道迷人风景。

库车人最喜欢种的果树是杏树和白桑树。如果说种杏是为了生活,为了"稻粮谋",那么栽桑就是为了信仰。他们相信,生前栽种一棵白桑树的人,死后可以吃到天堂里的果子。民间有习俗,将白桑树的木炭和金戒指泡在水中,可治疗小儿惊悸、哭啼、尿床等症,据说很灵验。这源于维吾尔族古老的萨满教信仰。

一棵果树就是一座生长着的矿藏,人取自一棵杏树的东西是源源不绝的。四五月间,将青杏子煮在玉米粥或汤面里,取其酸味,做出来的食物味道更好。夏至前后,杏子黄熟,人们基本上以杏子为"糇粮"了。吃不完的杏子晾制成杏干,宜于保存,一直可以享用到第二年,与下一季的鲜果衔接上。做抓饭时放一些杏干,通常是必不可少的。杏子还可以酿酒,熬制果酱。从前,库车人用杏子和桑葚制作了一种混合果酱,味道绝佳,装在葫芦里经三四年而不坏。

——人取自一棵杏树的,其实是一棵杏树的慷慨和恩赐。

库车民谚说,乌恰的园子,比甲克的馕。还有一种说法是,不到乌恰等于没去库车。乌恰镇就在库车城南,离县城很近,更重要的是,乌恰拥有库车最大最美的果园。恋人们成双成对游玩乌恰果园,就像江南人逛苏杭一样，是爱情的必备项目。

乌恰果园是一座50多亩的大杏园，像这样规模的大杏园在库车一带是不多见的。两年前，就在这座杏园里，举办了南疆国际诗会的开幕式。诗人们喝了杏子酒，吃了烤全羊，观看了龟兹歌舞团的演出。诗人西川忽然说自己就像一个不劳而获的巴依（地主）。我知道，这话出自诚恳和某种自嘲：一名旅行者面对当地居民的惭愧之情。后来，在他寄来的散文体长诗《南疆笔记》中，我读到这样的文字："从右向左伸展的文字，像手抓饭一样油腻的文字：这是龟兹歌舞团欢迎巴依老爷的节目单。从右向左伸展的文字，也就是从右向左伸展的思想，这是孔子陌生的思想，就像孔子对巴依老爷的烤全羊一无所知。"

伊西哈拉距离乌恰不远，意为"看墓人居住的地方"。这里埋葬着伊斯兰教传入库车初期的几位知名宗教人士，故而得名。按照20世纪80年代出版的《库车县志》提供的线索，我们去伊西哈拉镇的夏玛勒巴格村寻访一棵百年老杏树。这棵杏树在当时已有95岁，树高13米。

找到了阿依罕·卡斯木家，但已没有记载中的老杏树。院子里简陋而萧条，是那种一目了然的贫寒破落景象。一位老太太从露天的木板床上欠起身，她就是阿依罕·卡斯木，今年已90岁。我们问起老杏树的情况，老太太说："20年前，我爸爸死了，杏树就跟着他死了……"

说着说着，她就哭了起来。树是她爸爸小时候栽的，20年前她爸爸去世时已80多岁。因此县志上对这棵杏树年龄的记载没有错。

老太太如今孤身一人，生活艰难，靠村里人集体供养。她说："树老了，虫子多得很，活不下去了。"

"连虫子也欺负老的。"陪同我的翻译古丽感慨道。

离开时，浮尘很浓。回头看去，尘霾中的阿依罕老太太颤颤巍巍、若隐若现，就像一棵活着的老杏树。

信仰与花

信仰与花究竟是怎样的关系呢？信仰把花放在一个什么样的位置？

佛教有 10 种供养：香、花、灯、涂、果、茶、食、宝、珠、衣。香和花居于前位。拈花微笑、花开见佛、舌灿莲花、镜花水月等佛教典故和用语，都提升了花的精神内涵。中国禅宗始祖菩提达摩有一首"花偈"："吾本来兹土，传法救迷情。一花开五叶，结果自然成。"

库车在历史上是西域三大佛教中心之一，龟兹千佛洞的总体规模要比敦煌千佛洞大，而且开凿时间更早。敦煌学有这样一个说法：打开莫高窟的钥匙藏在克孜尔。

克孜尔洞窟的壁画中有许多司散花之职的飞天。她们大多出现在佛龛两旁、说法图上方、有涅槃佛的甬道顶和后室窟顶上，个别的也画在主室窟顶上。大多飞天上身赤裸，下身着裙，怀抱琵琶，手托花盘，有的正在弹奏音乐，有的正在抛撒花瓣……她们是在做"花的供养"。《大般涅槃经》上说："诸天于空，散曼陀罗花（白团花），摩诃曼陀罗花（大白团花），曼殊沙花（赤团花），摩诃曼殊沙花（大赤团花），并作天乐，种种供养。"

佛经中说，花有柔软之德，使人心暖和。飞天撒下的曼陀罗诸花，既是对佛的供养，也是佛家"慈悲净心"的象征。

就这样，龟兹拥有了两种不同的花：洞窟之花和旷野之花——洞窟中的曼陀罗花和旷野上的杏花。"杏花龟兹"——莫非杏花是一种被洞窟放逐的散落民间的花？它是在尘世流亡还是修行？是否梦想着回到幽暗的洞窟，回到美丽的飞天手中？

　　在一首小长诗中，我曾写过一位名叫洛维莎·恩娃尔（1865—1935）的瑞典修女。20世纪初，她孤身一人来到库车，传播基督教，但20多年的传教生涯基本上以失败告终。在库车那么多年，她变成了一名赤脚医生，不传教义，却忙于为当地百

克孜尔千佛洞前的鸠摩罗什像　　卢山摄

姓治病。70岁那年，她感到自己快要死了，希望能葬到故乡去。她骑马翻过天山，爬上从塔什干到莫斯科的火车，结果病死途中，葬在莫斯科新圣女公墓。关于洛维莎修女的故事，我只在贡纳尔·雅林的《重返喀什噶尔》和斯文·赫定的《亚洲腹地探险八年》中看到零星的记载。

　　这位瑞典修女的故事深深打动了我。我在诗中称她是"龟兹的观音"。"你拖着衰老的身躯奔走、忙碌／药箱里装满纱布、紫药水、阿司匹林／全身散发医院和药铺的气息／但药品总是不够，总是追不上疾病的步伐／你献出自己，提炼自己，浓缩自己／将自己变成一粒小小的药丸。"（《无名修女传——悼洛维莎·恩娃尔》，2003年）

　　洛维莎修女一定年年目睹杏花盛开，并从中受到触动和启悟。她不是凋零的杏花，而是一朵永远开放在库车大地上的"基督之花"。

龟兹壁画　卢山摄　　　　　　　龟兹壁画　（中国艺术研究院临摹项目）

库车的一些老人至今仍记得她，称她为"玛利亚"。她的名字，像小德兰、大德兰、特蕾莎一样，在我心中占有重要的位置。

民歌、巴旦姆与苦杏仁药方

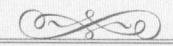

> 悄悄进入你的果园，
> 枝头杏子多么甜蜜。
> 温柔的黑眼睛的你，
> 啊，美人中的美人，
> 反复来到我的梦境。

正如美人常常来到梦中，杏花和杏子也常常出现在库车民歌里。它们和葡萄、石榴、苹果一样，是库车民歌中的常见意象。

杏花开了，意味着春天来了，恋爱的季节到了。情人们把姑娘的

136

脸庞比作杏子，美丽，饱满，闪着动人的光泽。在枝叶茂密的果园中，恋人的嘴唇像熟透的杏子一样甘甜。进入果园，就是进入一个爱情的圣地。被果园放逐，则意味着失去心上人，意味着爱的彷徨和苦闷，意味着独自一人背井离乡。

库车民歌不仅仅歌唱爱的快乐和幸福，还表达爱的忧伤和痛苦。譬如青杏子，就成为爱的苦涩的象征："从豁口溜进你的果园／采摘青杏不是我的夙愿／世间万能的上苍啊／把我和恋人无情地拆散。"

巴旦姆（巴旦杏）也是库车民歌中的一个古老意象，有典雅、唯美、旷远的意味。除了库车，巴旦姆主要分布在喀什、莎车、和田一带。新疆巴旦姆有40多个品种，按仁味分甜巴旦姆和苦巴旦姆两个系列。按核壳硬度分纸壳类、软壳类、标准壳类和硬壳类四大类。

巴旦姆源于波斯，大多生长在干燥的山地。"偏桃，出波斯国，波斯国呼为婆淡。树长五六丈，围四五尺，叶似桃而阔大。三月开花，白色。花落结实，状如桃子而形偏，故谓之扁桃。其肉苦涩，不可啖。核中仁甘甜，西域诸国并珍之。"（唐·段成式：《酉阳杂俎》）巴旦姆从波斯向西传播到欧洲，向东传播到印度和中亚。

巴旦姆坚果的形状精致、优美，好像某种高超手艺的产物。因此，巴旦姆图案在南疆手工艺的"无限图案"中深受青睐，出现在建筑、服饰、花帽、艾德莱丝绸、印花布、首饰、英吉沙小刀、铜器、木器、土陶等上面。在库车的日常生活中，巴旦姆图案无处不在。小白杏和巴旦姆，都是库车人的至爱。

巴旦姆营养价值极高，为同等重量牛肉的6倍。民间有这样的说法，日嚼10粒巴旦姆，祛病强身，精神百倍。苦巴旦姆也不是无用之物，蒙兀儿王朝时期，苦巴旦姆和丝束、布匹一样，被用作丝绸之路上的流通货币。苦巴旦姆杏仁中含有一种叫氢氰酸的剧毒物质，能驱虫、杀菌、治感冒。但20颗苦巴旦姆杏仁就足以毒死一个人。

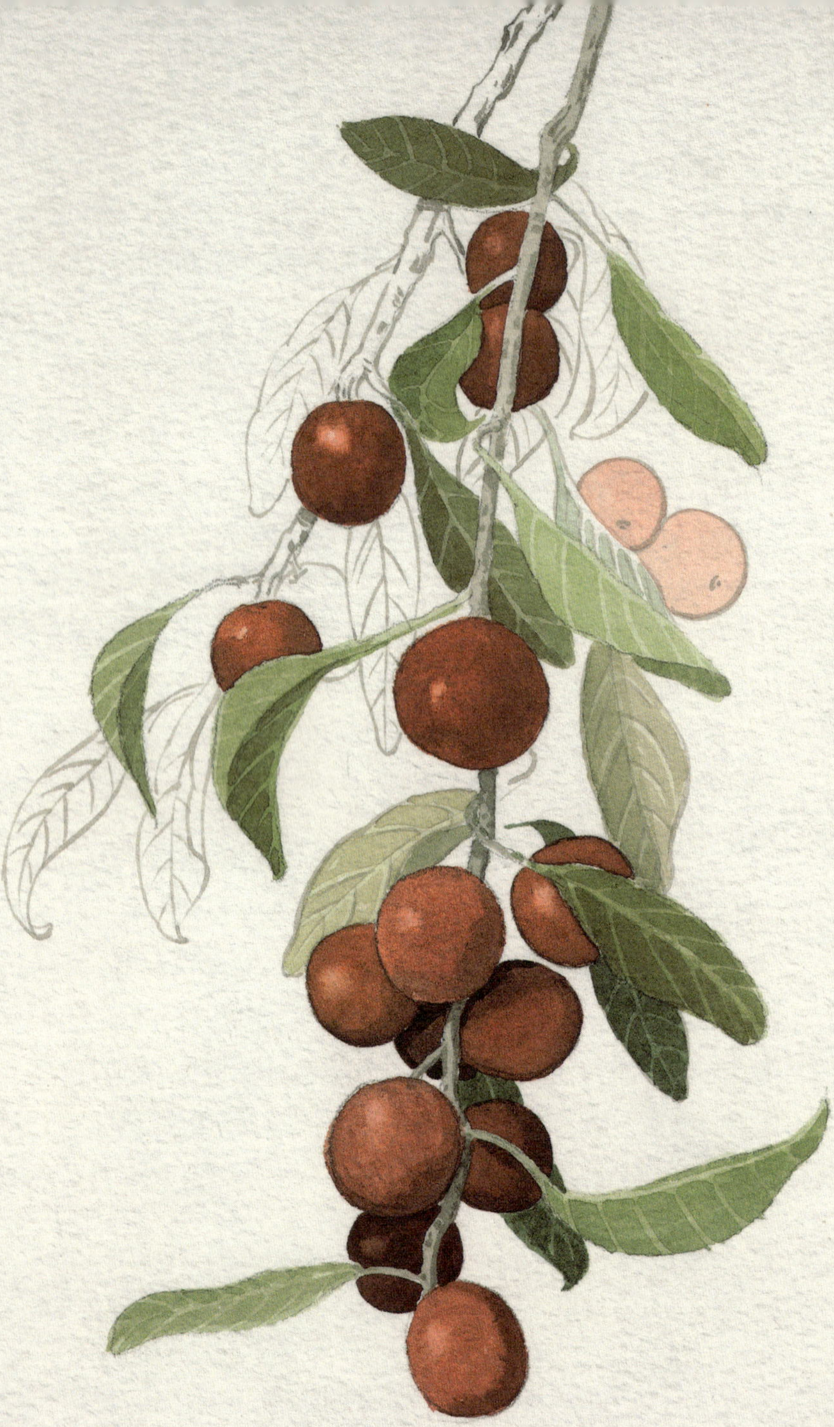

沙枣

中亚香水之树

> 树是一位女性,我在她的枝叶中
> 倾听大海在黄昏下滚动。
> 我将她具有时间味道的果实品尝,
> 这些果实就是认识和遗忘。
>
> ——〔墨西哥〕奥克塔维奥·帕斯:《四重奏》

沙枣花香的穿透力是惊人的。

有一次，我和几位朋友驾车在南疆旅行，路途漫漫，风景单调，我们开始瞌睡、打盹。但忽然间，我们被一种浓郁的花香惊醒了——原来我们正在穿过一片沙枣林，车内弥漫沙枣花香，车外沙枣树叶银光闪闪。

奇怪的是，车窗都关着，而且车是密封性能极好的崭新的丰田越野车——莫非沙枣花香能穿透玻璃和钢铁？莫非它是"子弹"或"箭镞"？

有朋友称沙枣树是"中亚香水之树"，妙极！内蒙古西部沙漠地区的居民称沙枣为"桂香柳"——飘香于沙漠的桂花之意。他们用沙枣粉烙饼、蒸馒头、做面条，还用它做糕点、果酱、酱油、糖、酒和醋的原料。沙枣之香，渗透了沙漠居民的日常生活。

是的，沙枣树就是中亚大地上的焚香和熏香。每年五、六月，它都把中亚大地变成一只巨大的香炉。沙枣花香浓郁而热烈，令人陶醉

沙枣果

而晕眩,有一种摄魂夺魄的魔力。有了它,我们就有了一年一度的嗅觉的盛宴、嗅觉的庆典。

正如帕斯所说,"树是一位女性"。沙枣树是干旱、贫瘠与荒凉中的女性之树。它的命运已与那些不能被遗忘的女性的命运融为一体了,弥漫的沙枣花香仿佛珍藏了她们的故事与传奇、容貌与眼神、歌咏与叹息。

现在正有两位女性:香妃和阿曼尼莎,出现在沙枣树下——她们的气息、她们的故事和传奇,散发着好闻的沙枣花香。

或许我们已失去了那个品尝果实的时代,但我们通过嗅觉记住了她们,再也不会遗忘。

香妃与沙枣花

如今,只有沙枣花香才能温暖她——伊帕尔罕的寒骨和芳魂,她不是作为紫禁城里的美人,而是以一位楚楚动人的思乡者的形象,出现在我们心目中的。

一个香喷喷的妃子,她是用香味来征服皇帝和世界的,同时也征服了我们的记忆和想象。

可以想象,皇帝一闻到她身上的香气就神魂颠倒了。后宫佳丽三千,唯独这位来自西域的喀什噶尔美人,让皇帝那衰老的心像一只马达重新发动起来了,死灰般的爱情又喷溅出了火花。至于美,皇帝已司空见惯了。令他怦然心动、魂不守舍的,是她身上散发出的好闻的沙枣花香,芬芳袭人,微微令人头晕,使人产生置身梦境般的飘飘欲仙的感觉。这种香气使皇帝上了瘾,成了他的迷魂药和兴奋剂。

香妃像 〔意大利〕郎世宁

香妃（伊帕尔罕）是被她哥哥图尔地当作一件礼物献给皇帝的。图尔地曾协助乾隆平定大小和卓叛乱，作为有功之士晋封辅国公，定居京城，拥有皇家拨付的一处大宅第和令其衣食无忧的万贯家产。从和卓叛乱时期流放伊犁的落魄者，变成京城新贵、皇宫座上客，享受很高的政治和经济待遇。伊帕尔罕进宫后，三个月内从秀女晋升为贵人。由于皇帝的宠幸和垂爱，几年后又从贵人晋升为嫔妃，在后宫眷属中名列第三位。她就是清宫文献中记载的容妃。

今天，香妃已被严重消费，她的故事被编排、演绎太多，从野史、诗词到舞台、电影、电视剧，达到了违背史实、以假乱真和面目全非的程度。

《喀什噶尔史话》上说，容妃在清宫中深得乾隆宠爱，皇帝还曾专门向她学习过维吾尔语，据说还讲得不赖，甚至到了能用维吾尔文书写的程度。每次去各地巡游视察，乾隆都喜欢让容妃随驾同行，时常按维吾尔族习俗为她封赏。

皇帝深爱着这位西域美人。为讨她的欢心，免除她的思乡之苦，使其尽早适应宫中生活，特意准许她穿本民族服饰。宫里增设了清真餐厅，为她制作南疆风味的可口饭菜。又从喀什噶尔请来一支乐队，供她排忧娱乐之用。皇帝还在宫中开辟了一个喀什噶尔花园，种上西域的玫瑰、石榴、白杨，建了清真寺、望乡塔。

沙枣

然而这一切并没有使香妃开心,她的思乡病和忧郁症一天天地加重。她常常愁眉不展地在花园里徘徊、呆坐,望着故乡的方向轻声叹息。

据说香妃写过一首思乡诗,请南疆来的乐师为它谱上古老的木卡姆曲调。这首诗出现在 20 世纪初 3 位法国女传教士写的一本书中,是她们从东疆民间采集来的。3 位女传教士在旅途中对有关香妃的传说时常耳闻,十分熟悉,并说沙枣花源源不断的香味是与一个家喻户晓的"喀什噶尔女郎"的故事联系在一起的。这首诗的全文如下:

这,真像我的家乡:
故国轻柔的语调飞扬,
将我家乡的歌儿唱
——在那晨曦初透的时光,
高塔的后方。
但,相似仅止于斯,
那只让我,想家想得更痴,
昔日同伴的语丝,
才能将我把乡愁医治。
这,真像我的家乡,
却总让我更添惆怅,
无尽的追忆,煎我愁肠,
我呀,但愿能够遗忘。
好意盖起的宫院,
却是赝品一件。
他要我的欢颜,
我却卸不下心中的怨。

为何翘首西盼?
只为啊!我的家
近在眼前,远在天边!

有一天,皇帝问香妃还有什么心愿,她说:"我渴望闻到一种树的香气——它长着银色的叶子,金色的果子。"香妃指的是沙枣树。记得在家乡的时候,她有一个特别的爱好,就是用浸泡过沙枣花的泉水沐浴,所以身上才会散发出好闻的沙枣花香味。用沙枣花来熏衣也是一个习惯。于是皇帝派使者火速前往喀什噶尔,找到了银叶金果的沙枣树,带回宫来种在她的花园里。

当沙枣树在花园里摇曳,飘来阵阵沁人心脾的芳香,她像看到了久别重逢的亲人一样,幽怨的心荡起了一点欢愉,脸上有了笑颜,觉得自己离家乡近了一些。

然而这仅仅是一个幻觉。皇帝的爱情也不能治好她的思乡病。等级森严、钩心斗角的紫禁城也不是她所爱的一个地方,她爱的是故乡的城市、绿洲、喧嚣的巴扎、芬芳的果园、明媚的阳光、亲人的脸庞⋯⋯当沙枣树因水土不服一棵棵死去的时候,她的花园萧条了,荒芜了,她的灵魂也随着散尽的缕缕花香而去了。

香妃死于1788年,享年55岁,葬在河北省遵化市清东陵的裕妃园寝中。

喀什东郊浩罕村里的香妃墓,其实是香妃的"衣冠冢"。她死后,嫂子苏德香将她的衣冠和遗物带回喀什,葬在浩罕村。香妃墓又叫阿帕克霍加麻扎。17世纪中晚期,阿帕克霍加以喀什噶尔为基地,统治南疆六城,创建了"霍加"政权。香妃作为阿帕克霍加的重侄孙女,在这个葬有5代72人的显赫家族墓地占有一席之地。

沙枣

但人们还是喜欢将阿帕克霍加麻扎称为香妃墓。善良的人们是希望香妃死后真的能回到故乡,使她的灵魂安息,再也不受思乡病的折磨。

现在,香妃墓是喀什的一个著名景点。它在当地女性心目中有很高的地位,历史上是她们占卜婚姻、祈福求子和倾吐心事的地方。清代诗人萧雄说,香娘娘(香妃),乾隆间喀什噶尔人,降生不凡,体有香气。其后甚著灵异,凡妇人求子、女子择婿或夫妇不睦者,但手捧门锁尽情一哭,闻往往有验。

我去过香妃墓不下六次,对那里的建筑和景物了如指掌。20多米高的陵墓,有着方形的底部和半球形的穹顶,四角耸立圆柱体的邦克楼,陵墓的外墙镶嵌绿色琉璃砖,夹杂着蓝色和黄色,通体呈现庄重、稳定、圣洁的建筑特征。还有绿拱北、高低寺、门楼、水塘、果园和花圃。

香妃墓

丝路：行走的植物

白杨、沙枣树和香妃墓

这是一个让人流连忘返和无限遐想的地方。

我徘徊在香妃墓的四周，试图找到一些沙枣树，但找来找去只找到了五六棵，而白杨、榆树和苹果、香梨等果木倒有不少。我感到很遗憾。不知是人们没有想到还是有意忽略，香妃墓的沙枣树实在太少了，少得寒碜、落寞，少得令我要站出来为香妃打抱不平。

在我并不过分的希冀和想象中，香妃墓的四周都应该种上沙枣树，让香妃安息在大片的沙枣林中。当人们前来凭吊时，在沙枣树的浓荫中去回忆、认识和想象这位传奇的西域美人，在沙枣花的缕缕清香中去感受芬芳的香妃之魂。

沙枣

阿曼尼莎的十二棵沙枣树

继昆曲和古琴之后，维吾尔木卡姆成为我国第三个获得联合国教科文组织"世界非物质文化遗产"称号的艺术样式。这是一种极高的荣誉和褒奖。在今天的荣誉中，我们不能忘记一位女性的名字——阿曼尼莎。

她是一位才女，也是一名王妃，但对她的历史记载可谓凤毛麟角。叶尔羌汗国后期米儿咱·马黑麻·海答儿的历史巨著《拉失德史》没有提到这位女艺术家。19世纪和田人毛拉·艾斯木吐拉·穆吉孜的《乐师传》写到了维吾尔族历史上的17位音乐大师，阿曼尼莎在末位，对她用的笔墨却是最多的。

1514年，察合台后裔苏丹·萨义德建立了叶尔羌汗国，其都城就在莎车（现莎车老城）。当时的都城有6个城门，10多个花园。在长达160多年的叶尔羌汗国时期，莎车一度成为新疆和中亚地区的政治、经济、文化、艺术中心。那个时期群英荟萃、崇尚艺术的良好氛围，至今为人们津津乐道。汗国扩建了哈喀尼亚经学院，办起了高等学府，新建了图书馆（迪迈哈那），成为学术交流中心。宫廷里聚集了大量的乐师、诗人、史学家、翻译家，文职官员中诗人占了多数。莎车成为中亚地区令人心驰神往的艺术之都、诗人之城。

开国之君赛义德是一位诗人，第二代汗王拉失德更是酷爱艺术，是一位多才多艺的诗人、音乐家和书法家。《拉失德史》说："他那高雅的谈吐，宛如绝世无双的明珠。对于某几种乐器他是技艺娴熟，对于所有的艺术和工艺都卓具才能。"

相传有一次，拉失德带着随从沿叶尔羌河去塔克拉玛干打猎。每

阿曼尼莎 〔中国〕克里木·纳斯尔丁

到夜晚,他就化装成农民到乡村借宿,借以查明官员们是否有欺压百姓的情况。一天,他来到一户贫穷的打柴人家。樵夫名叫马合木提,有个女儿叫阿曼尼莎。拉失德进去后,见墙角上挂着一把弹拨尔,就请主人弹几首曲子。马合木提说:"我不会弹,这琴是我女儿的。"拉失德就请阿曼尼莎弹奏。阿曼尼莎用弹拨尔弹奏了潘吉尕木卡姆,弹得异常绝妙,使拉失德万分惊奇。令他更为惊奇的是,阿曼尼莎采用的是自己填的词。拉失德不禁对她产生了强烈的爱慕之情。

姑娘还拿出自己写的几首诗,说自己的笔名叫"乃裴斯",已写了好几年。拉失德发现她的诗句和书法像她的面容一样美丽。他有点不敢相信自己的眼睛,难道这荒郊野外还有这等才女?就请姑娘当场写一首诗。姑娘拿起笔,写下了这样的诗句:

上苍啊,你的奴仆在怀疑地看我,
今晚这屋里长出了刺,在逼着我!

拉失德十分佩服,公开了自己的身份,请求主人把女儿嫁给他。

沙枣

阿曼尼莎很快成为拉失德的王妃，时年15岁。他们共同生活了20年。

阿曼尼莎进宫后，由于她和拉失德的共同爱好与一致推动，叶尔羌汗国的王宫成了音乐、诗歌和艺术的殿堂。拉失德将全国各地的乐师、诗人、歌手召集入宫，在阿曼尼莎和宫廷首席乐师喀迪尔汗的带领下，收集整理民间流传的木卡姆诸曲，首次形成规范化的木卡姆套曲，共16部，后来又演变成十二木卡姆。

十二木卡姆继承了疏勒乐、高昌乐、龟兹乐等西域大曲歌、舞、乐三位一体的艺术形式与结构，同时受到中亚西亚和丝绸之路多元文化的影响，经过叶尔羌汗国时期的规范化整理，进入了艺术发展的成熟期。其中，阿曼尼莎的贡献是毋庸置疑的。

"历经多次在太平盛世由民间上升到宫廷、富宅、名刹，战乱时又由宫廷、富宅、名刹下沉至民间的锤炼之后，在公元16世纪叶尔羌汗国的宫廷中形成了16套大型的歌舞套曲形式，十二木卡姆是其中的精华。它集维吾尔木卡姆之大成，不断演化流传至今，并对其他维吾尔聚居区的木卡姆从形式到内容产生了深远的影响。目前在新疆各绿洲流行的多种木卡姆，都与十二木卡姆有着直接或间接的关联。"（《中国新疆维吾尔木卡姆艺术》申报书）

《乐师史》对阿曼尼莎的评价是："她作为当代唯一的一位女性诗人，著有《精美的诗篇》这部语言极为优美、甜蜜的书。她还是一位书法家。在音乐方面达到了炉火纯青的境界。……除《精美的诗篇》外，她还著有《美丽的情操》以及对妇女进行训诫的美学作品。还写了一部关于诗歌、音乐、书法的书，名叫《心灵的协商》。这些著作都是当代第一流的。"

木卡姆的搜集、整理、成形，注定了一位女性的使命，是冥冥中上苍的选择。首次规范化整理，如同把散佚民间的点点金屑重塑为一块金砖。在叶尔羌汗国时代，从王宫到乡村，诗歌和音乐是维吾尔人

阿曼尼莎出生村庄的一户人家

餐桌上每日必备的食粮，时代氛围犹如果园的芬芳。十二木卡姆就是从枝头摘下的十二串葡萄，十二只咧嘴歌唱的石榴。"从国王到穷人。从圣人到异教徒，所有的人都从音乐这个形式里得到兴奋和娱乐。"(《乐师史·绪言》)

34岁时，阿曼尼莎死于难产。但木卡姆是顺产的，它诞生于叶尔羌大地，也诞生于阿曼尼莎的子宫。十二个歌唱的婴儿，他们的音乐传遍中亚大地，他们心中有一位年轻的呕心沥血的母亲：阿曼尼莎——木卡姆之母。

阿曼尼莎去世后，拉失德为爱妃服丧志哀，最后在她的墓地因过度悲痛而逝世。《拉失德史》中保留了他写给阿曼尼莎的一首诗，这首悼亡诗更像是一首炽热的情诗——

晨风啊，带去我心中的秘密吧。
请向我的爱人送达我的问候。

沙枣

清晨或黄昏你挨近她的身边，
请转述我对她朝夕不断的思念。

古典的华美，时光枯枝上的辉煌……从十二木卡姆开始，维吾尔民族有了一根完整的歌唱的神经，它柔韧而不可折断。一个歌唱的民族是不会消亡的。人离去，歌声留下。

据有关专家考证，阿曼尼莎的出生地是莎车县喀尔苏乡夏布都鲁克村。这是叶尔羌河东岸的一个村庄，毗邻沙漠，离县城50多公里。

我在莎车新认识的朋友努尔顿开车带我去。他不知道村庄的确切位置，但说通过打听是可以找到的。这使我放心了。

路不太好走，穿行在尘土飞扬的乡间公路上，经过一座座村庄、一片片田野。一所小学的孩子们在白杨林带里上课，在老师的带领下琅琅诵读。正值六月初，水渠边沙枣树的叶子在阳光下银光闪闪，阵阵沙枣花香混合着扑面而来的尘土气味。新建的叶尔羌大桥沟通了两岸。河水若有所思，静静流淌，带走了此时此刻，也带走了往昔岁月，包括以这条河流命名的一个汗国的历史。

现为九华山法师的女诗人铁梅在写作《琴弦上的叶尔羌》一书时，曾到夏布都鲁克村做过实地调查。她说这个村庄是她见过的最孤独的村庄，甚至村里阳光也被染上了孤独色彩。

此时我正置身在这个孤独的村庄。村里静悄悄的，敲了几户人家的门，都没有应声——人都到哪里去了呢？我们在村里瞎转悠，村路上浮土没踝，院落四散，树木零乱。终于遇到了一个名叫艾则木·依则木的中年男子。他说村里人都收麦子去了，他是来看看女儿们放学回家了没有。当我问到阿曼尼莎时，他脸上的表情变得友好而生动，就

阿曼尼莎陵墓

像我们在打听他的一位亲戚那样。他把我们领到村里的一块麦地旁。

那里有一座孤零零的荒坟。

艾则木说,这就是阿曼尼莎的墓。

微微隆起的坟丘上是乱石和土块,上面长满了芦苇和杂草,似乎还有一个七零八散、朽烂了的抬尸架。围着荒冢,种着一圈沙枣树,看上去已有五六十年的树龄了。我数了一下,不多不少,刚好是 12 棵!它们惊人地符合我的预感和想象。12 棵沙枣树,是对十二木卡姆最恰当的比喻,显然也是后人对阿曼尼莎最好的纪念。

夏布都鲁克村的村民们都认为阿曼尼莎死后是埋在这里的。这样,阿曼尼莎就有了两个安息地:夏布都鲁克和阿勒屯鲁克(叶尔羌皇家墓园,位于莎车县城内)。孰真孰假,其实并不重要,重要的是人们心中对她的缅怀之情。一个人死后能拥有这么多的家乡，是多大的幸福和荣耀啊！

艾则木告诉我，这个村有80多户人家，家家户户都有人会唱木卡姆。他小时候听爷爷说，从前每年都要在阿曼尼莎麻扎边举办一次大型的木卡姆演唱会。人们通宵达旦地唱歌跳舞，热闹极了。莎车各地的人都来了，连麦盖提、叶城等地的歌手也会从远道赶来。也许12棵沙枣树正是在那时栽种的。

艾则木邀请我们去他家坐坐。两个女儿也放学回来了。14岁的乌尔克赛腼腆羞涩，7岁的努尔阿米娜调皮可爱。努尔阿米娜给我们端来了一大碗酸奶，还有两个馕。乌尔克赛有一个小本子，她给我们看，写的是一些诗歌体的东西。陪同我的努尔顿说是乌尔克赛写的"歌词"。他试着翻译："鸟儿飞走了……花还在花里……开花……"接着抓耳挠腮，翻译不下去了，因为他的汉语水平只够用来日常交流。

他请乌尔克赛唱几句，但含羞的姑娘撒腿就跑，转眼就不知躲哪儿去了。

"鸟儿飞走了，花还在花里开花。"虽然只有一句，却足够了，并深深地印在了我的脑海里。这样好的句子，很难让人相信出自一位14岁女孩之手。它更像阿曼尼莎的所闻所见、所思所想，在今天通过家乡的一位少女得到了迟到的表达。

在夏布都鲁克，在一户普通农家，我仍能感受到阿曼尼莎的存在——荒冢边的12棵沙枣树，散发着她音乐才华的气息和芳香。

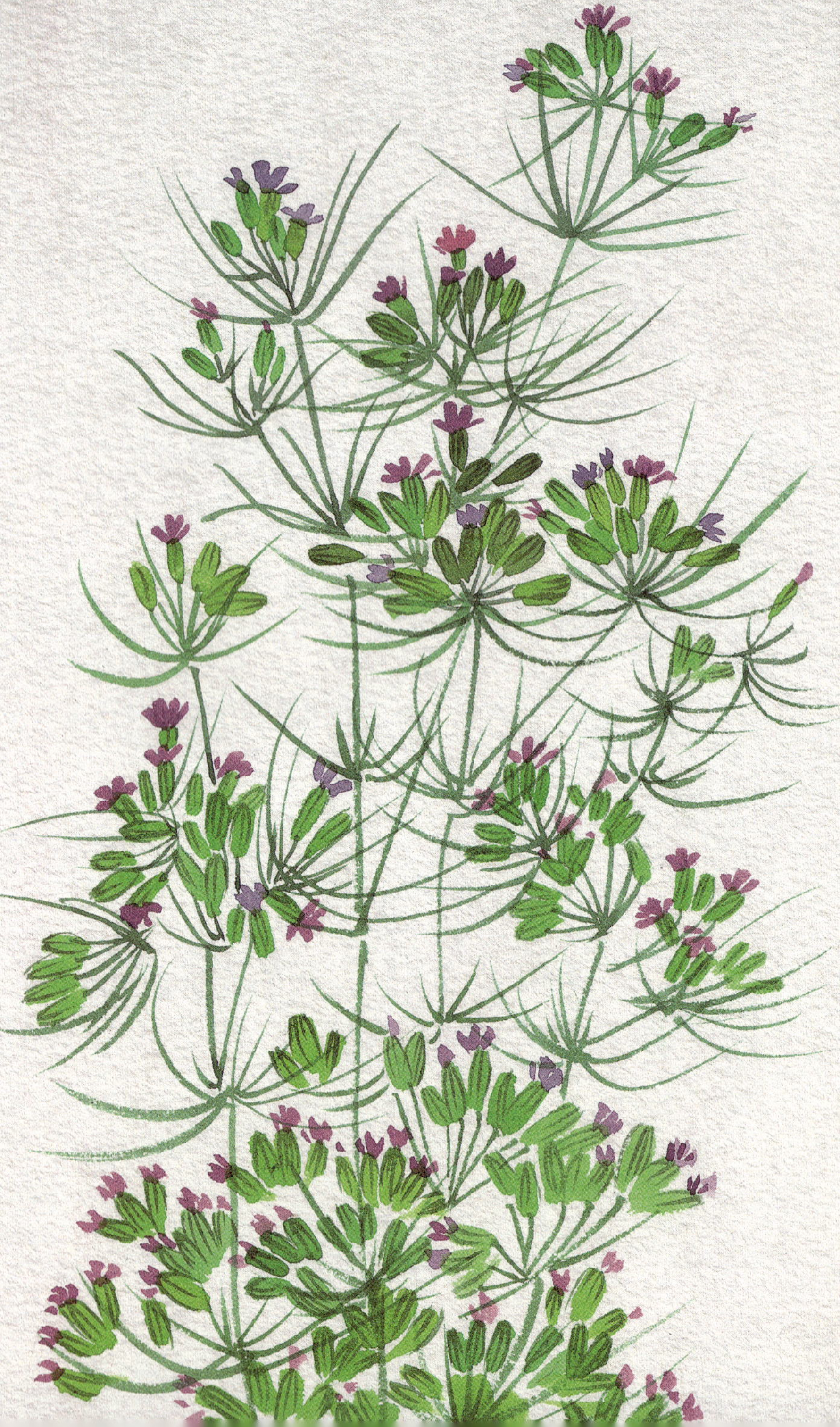

孜然

西域味道

香料滋润人们的生活，使生活变得更为丰富多彩。

——〔英〕托比·马斯格雷夫：《改变世界的植物》

烤羊肉是离不开孜然的

没有一个西域人的生活是可以和孜然毫无关系的。孜然渗入西域饮食的方方面面。烤肉就不用说了，没有孜然就没有新疆烤羊肉。烤全羊、烤包子、薄皮包子、馕、原始抓饭、南疆药茶、不蘸小料涮羊肉等，也普遍使用孜然。作为新移民的我，出于对西域美食的热爱，也自然爱上了孜然的味道、孜然的异香。我甚至用孜然蒸过带鱼，味道绝美。

孜然是当之无愧的西域第一调料。所谓的西域味道，某种程度上来说就是孜然味道。我想一个人，在西域生活了足够长的时间之后，他的身体、他的心灵以及他的气质，就会散发这种独特的味道。

孜然的学名为枯茗，也叫安息茴香、野茴香，原始产地在北非和地中海沿岸地区。目前世界范围内种植孜然的主要国家是印度、伊朗、土耳其、埃及、中国和苏联的中亚地区，基本上分布在从北非到中西亚的干旱少雨地区。

新疆孜然为伊朗型，品质介乎印度型和土耳其型之间。它是通过丝绸之路从波斯传入古代西域的，与胡椒、没药、安息香的东传有着大致相同的线路。新疆曾经是我国唯一的孜

孜然开花

然产区，近几年从新疆引进后，内蒙古、甘肃和云南也有了一定数量的种植，但新疆的种植面积仍占到全国的80%以上。位于吐鲁番盆地的托克逊县是我国孜然的重要产区。

此时是5月上旬，我站在托克逊县夏乡色日克吉勒尕村的大片孜然地里。这片孜然有数百亩的面积，是成片单播。但更多的孜然套播在棉花地和玉米地里。此时的孜然，一半在开花，一半开始结果。细小的紫色花朵缀满枝头，随风摇曳，闪现在一望无际的绿色中。村民们在为孜然除草，近旁的麦子在静静抽穗。

孜然开花的特点是"无限花序"。也就是说，每一株孜然都在尽最大的努力，使自己的复伞形花序无限繁衍、开放。这几乎是对自我极限的一次挑战。打个不太恰当的比喻，孜然开花就像节日的焰火在夜空盛大绽放。所不同的是，礼花过后是空洞的夜晚，孜然花开过则是芬芳的丰收的原野。

托克逊：零海拔之下的孜然

三疆交汇在城外，打的每人要一块。

> 古丽妹妹不怕晒，气温四十说凉快。
> 夏天床铺院子摆，活人愣往沙里埋。
> 四季无雨不见白，村里老树一边歪。
> 自流井水不用采，路边小溪上坡来。
> 石刻水系山上呆，零点标志睡楼台。
> 蜂窝小屋戈壁盖，干鲜葡萄一块卖。
> 屋顶上面堆棉柴，高粱面馕如花开。
> 夏乡都种乡下菜，联栋大棚像大海。

这是一首名为《托克逊十八怪》的新民谣，它准确而生动地道出了托克逊的地理、气候、风土、人情等方面的特征。民谣中的夏乡，位于县城东南，不仅是蔬菜基地，还是一个重要的孜然产区，全乡种植面积上万亩。

托克逊是我国唯一的零海拔城市。"黄海零海拔"就刻在县委县政府综合办公楼的第九个台阶上，为了区别于其他台阶，这个台阶特意用了鄯善红大理石。楼前则是新建的"零广场"。

从县城大十字往东南方向，我们已行走在黄海海平面之下了。我忽然想到：原来大名鼎鼎的托克逊孜然是生长在零海拔之下的！

事实上，从托克逊县的夏乡到吐鲁番市艾丁湖乡，构成了新疆孜然的最大产区。这是一个巨大的地理斜坡，从零海拔到海拔-155米，孜然在海平面之下找到了适合它们生长的家园。

我们知道，孜然是抗干旱、耐瘠薄的植物，但也要选择一定的气候、土壤、光热等条件。新疆农科院曾在北疆的玛纳斯等县试种孜然，就未获成功。莫非孜然对海拔条件也有自己的要求？但并非海拔越低，孜然的品质就越好。吐鲁番人就承认，托克逊的孜然比他们产的更香，

孜然

味道也更浓。

　　色日克吉勒尕村，桑树掩映下的一个小村庄。10年前，在村委会主任吾甫尔·托乎提的带领下，村里开始种植孜然。现有栽种面积4000多亩。全村510户人家，有420多户种孜然，是一个名副其实的"孜然村"。他们的孜然，大多套种在棉花地和玉米地里，可使土地的效益成倍增加，因此村民们的种植积极性很高。

　　"色日克吉勒尕的水好，土壤好，孜然就长得好。"吾甫尔·托乎提说，"去年每公斤孜然卖到了20块到25块，这是从来没有过的，今年大家的劲头更足了。"

　　当桑葚成熟时，孜然也开花了。紫红色的钟状小花，密密麻麻，层层叠叠，原野上如同铺上了美丽的花毯，煞是好看。孜然总是一边开花，一边结果，黄褐色的双垂果，如同挂在枝头的小小的珠玑。

　　孜然的生育期不到90天，一般3月下旬播种，6月中下旬成熟。

托克逊农民在孜然地里除草

159

当全田85%成熟时，就可收获了。此时，植株由绿变黄，田野上飘着孜然的奇香。农民们将成熟的孜然连根拔起，在麦场上阴干、打碾、扬尘、收储。这时候，色日克吉勒尕完全变成了一个香喷喷的村庄。村道上、树荫下、打场上、房舍里，到处弥漫孜然的香味。农民的手上、衣服上也粘了浓浓的香气，几天也洗不去。甚至牲口圈里都是孜然香——农民将孜然秆放在里面，可防蚊虫叮咬他们的牛羊。

孜然的亩产量一般是几十公斤，而色日吉勒尕村去年平均达到了100公斤。吾甫尔·托乎提说，今年孜然长得好，亩产量不会少于120公斤。我问是什么原因。他说："是因为风少。"

风少或风小，这在托克逊是个奇迹。在新疆，谁都知道托克逊是著名的风区。若要评选托克逊的第一"特产"，非大风莫属。在这个县的历史上，曾有一年刮108天大风的记录。每年3月到5月，大风刮倒大树、房屋乃至汽车、火车的事情，常见诸新疆的媒体报道。在托克逊县城和乡下，我看到的树木和庄稼基本上都歪向东南方向，这是西北风常年的劲吹造成的。

有人说，托克逊的树是歪的并不奇怪，风实在太大了，把老爷爷的胡子都吹歪了。还有人说，托克逊几天不刮风，孩子们就不习惯了，他们就玩风的游戏，相互用嘴吹风。风停了，就开始在孩子们的嘴巴里"呼呼呼"地刮。

风小，是老天爷对孜然的眷顾和保佑；风大了，长在地里的财富就会被吹跑。

由于种植孜然，色日克吉勒尕村出现了10多位孜然经纪人。他们将农民手中的孜然收集起来，卖给内地来的客户。而这些客户又将这些孜然贩到全国各地乃至沙特阿拉伯、阿联酋等国。如此说来，一个偏远小村庄的孜然已经走出国门了。

21世纪初，新疆农科院粮食作物研究所在国内首次对孜然进行攻关研究。通过对 30 多个农家种的搜集和筛选,培育了两个优质高产的孜然新品种:新孜然一号(Cumin 99-1)和新孜然二号(Cumin 21-6);研制开发了两个新产品:液态烤羊肉调味油和粉末状烤羊肉调味油,获国家发明专利;首次建立了孜然产业化的技术标准体系,并已发布、实施。

对托克逊的考察已过去几年,对它独特自然环境、孜然、拌面等的记忆,如今化为一首诗——

感谢托克逊的大风吹歪你的胡子
无风的日子,孩子们玩起刮风游戏
风在他们嘴里呼呼吹,没日没夜
直到他们长大,告别贫瘠乡土

游子归来,从南疆,或北疆
坐在一盘托克逊拌面前,轻声嘘叹
人在世上走散,房子被大风吹歪
乡愁,从一只颠簸的胃里升起

感谢托克逊的一块石头变成了挑战
当你咬不动它的时候,就为自己
找到了亲吻的理由,如同
四十度高温,还要声称的凉快

在某个瞬间,世界会变成托克逊
变成不高不低的零海拔广场

从天山到艾丁湖，一度吹散的生活
回来了，一度瘫痪的日子
突然陡峭地站了起来……

当你久久潜泳于沙漠戈壁
并奋力跃出托克逊的海平面
你要么是一头蓝色巨鲸
要么是一朵淡紫的孜然花

——沈苇：《托克逊》

孜然飘香的街区

在乌鲁木齐二道桥、喀什老城、和田大巴扎等一些孜然飘香的街区，孜然为我们打开了一座城市的门扉。借助孜然的香味和感官的陶醉，我们似乎能一下子抓住城市的灵魂。因此，我称这些地方为"孜然街区"。它们常常是城市最古老的部分，是热闹的商业饮食区，同时也是最具魅力、最让人流连忘返的地方。

不少旅行者是通过气味发现并喜欢上乌鲁木齐的。这座城市大街小巷到处弥漫着烤羊肉串、各色馕饼、热腾腾的抓饭的香味，尤其是孜然这种首席香料的气味。它先是抓住你的嗅觉，继而征服你的胃口。就像普鲁斯特笔下的小玛德莱娜点心，多年之后当你在别的地方闻到类似的气味时，会情不自禁回想起在新疆旅行时度过的难忘时光。

作为乌鲁木齐最著名的少数民族聚居区，二道桥是中亚美食博览中心，是一席流动的色彩、音响、气味的盛宴。当然，我更喜欢那个

孜然

"沿街为市"的老二道桥，街上人头攒动，烤肉炉烟雾缭绕，古旧的建筑有时光的沧桑感，给人一种踏踏实实、真真切切的"在人间"的感觉。而改造过的二道桥，尽管洋气了，现代化了，却多了些刻意的香艳色彩，少了些原初的朴素和世俗化的亲切。假如有一天，烤肉炉和馕坑纷纷向室内转移，古老的街区将变得面目全非，留下的只有空洞和叹息了。

在二道桥，孜然独特的芳香来自烤肉炉、馕坑，来自快餐店、宴会厅，来自调料铺、药材店……孜然无处不在，它的芳香四处飘游、弥漫。是孜然激发了西域饮食的特点：质朴、浓郁、热烈。这种特点与西域大地呈现的气质和风格是一致的。一个地方散发的气味和气息也会打上这片地域的印记。

我不知道孜然这种波斯香料是什么时候传入西域的，但回顾人类的历史，无论是东方人还是西方人，对异域香料的需求和热爱都由来已久。马可·波罗在描述13世纪的杭州时说，这座城市一天就运来了5吨波斯胡椒。他还说，在中国南方，有钱人可以享用好几种香料腌制

和田巴扎上的烤蛋　　　　　　　　　　　　刀郎烤鱼

而成的肉,下层民众的盘子里却只能嗅到大蒜味。

爱德华·谢弗在《唐代的外来文明》一书中指出,几乎所有的香料都经历了一个从神坛走向世俗的过程。古时候人们常常在祭祀用的酒和肉中加入香料作为调味品,目的是防止祭品腐坏,增强祭品对于神的吸引力。后来,香料渐渐世俗化了,走下了神坛,上了贵族的餐桌,甚至还进入了寻常百姓家。

我不知道孜然是否也经历了从神坛到世俗的演变。但细究孜然的风格特点,会发现它的身世与沉香、没药显然是不一样的。它绝对不是养在深闺人未识的那种。它的芳香浓郁而热烈,紧贴着大地。其天生就属于民间,属于大众,属于世俗生活的光阴和食谱。

二道桥,孜然焚香的街区。一只二道桥的烤肉炉就是一只世俗的肉感的烟雾袅袅的"焚香炉":"一串肉在火上尖叫就是一只羔羊/在火上尖叫,是一百只羔羊在火上尖叫/——多少羔羊葬身人的口腹之坟"。(沈苇《混血的城》)

维吾尔族人称烤肉为"喀瓦普",是对烤羊肉串、烤全羊、馕坑烤肉的统称。当然还应该包括南疆更为原始的烤肉:立体烤肉(架子烤肉)和火埋羊肚子烤肉。在新疆城市街头,烤肉是最为普及的风味快餐。一只烤肉炉,一点细盐、孜然、辣椒面,就能烤出美味可口的羊肉。滋滋冒油的肉串,孜然的香味,还有烤肉师傅的吆喝声,构成一幕幕生动的街景。三五朋友,围着一只烤肉炉,喝着"夺命大乌苏"(啤酒),海阔天空地聊着,不亦乐乎?不亦快哉?

值得一提的是,南疆和田等地的一些烤肉师傅从来不用辣椒面,只用孜然和盐。因为在他们看来,辣椒面既改变了烤肉的风味,又能掩盖羊肉的不新鲜。为了烤肉的纯粹,他们只信任孜然和盐。

一只烤肉炉不仅用来烤羊肉串,还能用来烤羊排,烤羊杂,烤羊肉丸子,烤牛肉,烤鸡肉,烤鱼,烤玉米,烤蔬菜,等等。一只普普通通的新疆烤肉炉，轻而易举就能烤出一席街头盛宴。孜然与新疆烤羊肉难分你我，已融为一体了。孜然几乎能把所有的肉类都变成烤羊肉的味道，如牛肉、鸡肉、猪肉、鱼肉等。这正是孜然的神奇、孜然的魔法术。

如今，随着新疆烤羊肉走向内地，越来越多的人对孜然有了认识，知道安息茴香、安息香和小茴香是三种不同的植物香料。孜然飘香，勾起了人们旅行中的西域记忆，也激起了尚未到过的人们对西域的神往。

我想起多年前听说的一个故事：20世纪80年代初，有两位新疆的小商人去了澳大利亚。他们知道澳国是畜牧业大国，羊很多，就带去了一包孜然，本来是准备自己用的。澳大利亚人没见过孜然，但他们很快就接受了这种中亚调料，并到了迷恋的程度。就这样，哥俩干脆做起了孜然生意，几年时间就从小商人变成了大商人，意外实现了自己的"淘金梦"。

孜然的味道，就是今日新疆的味道，也是古老西域的味道。

在二道桥，我常常感到孜然的香味不仅仅来自各种美食，还来自别处：来自古老的中亚音乐，来自艾德莱丝绸的绚丽，来自民居里的壁挂和地毯。还可能来自几家旧书摊，在那里，我买到过维吾尔文和汉文对照的《弥勒会见记》、12本的《维吾尔十二木卡姆》和汉译《纳瓦依诗集》。那么，孜然的香味有可能来自纳瓦依的诗集，来自他的一组格则勒，来自诗中的新月、美人、花瓣和露珠……

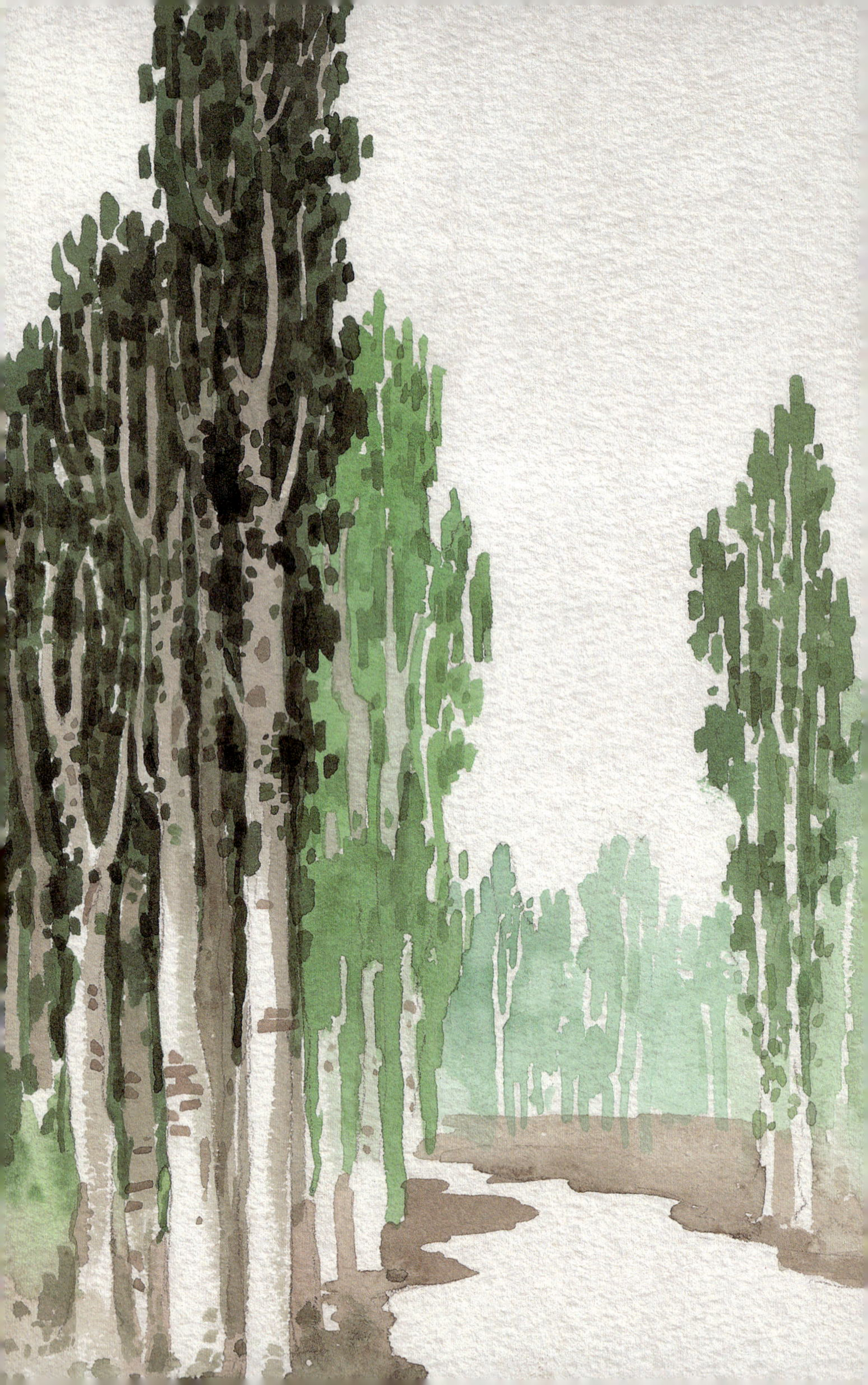

白杨

绿洲上的银柱

> 在两种流动之间
> 你是一棵银柱!
> ——在我心灵和心之间
> 撑着你这理想的躯干!
>
> ——〔西班牙〕希梅内斯:《白杨》

我的白杨礼赞

白杨是西北最常见的树。无论是在黄土高原还是戈壁荒滩,有白杨树的地方就有村庄、人烟,有世代延续的生活。人类凭借高高的白杨树支撑起屋顶与苍穹,也支撑起自己的生活。

在荒郊野外和人迹罕至的穷乡僻壤,白杨树长得尤为高大、挺拔,似乎荒凉与贫寒是它最好的养料,而穷人、失败者、落寞者的生活最需要白杨树的支撑。在日复一日俯身大地的劳作中,白杨树成为他们身体的另一种姿势——一个直立起来的隐喻。

人在白杨树下筑居,安身立命,游魂般的命运从此有了原点和根基。那些被白杨树包围的无名村庄,哪怕只有一两株孤身挺立的白杨树,也透露着一种温暖人心的家园感和归属感。而田野上成排成行的白杨树,则是庄稼的篱墙和农耕文明的卫士。

于是,我们在大西北看到了如此众多的以白杨命名的村镇、沟谷、河流……打开一张新疆地图,沿天山北麓,在乌鲁木齐南山、米泉、阜康、吉木萨尔、玛纳斯、乌苏等地,有许多名叫白杨河或白杨沟的地方。我想,这不是因为人类语言的贫乏,而是出自对这种乔木的珍视。戈壁新城石河子因白杨树多而被誉为"白杨城"。北疆的裕民原名"察汗托海",蒙古语的意思是"白杨众多"。

白杨下,人类聚居,河流蜿蜒向前。有的地方,白杨树消失了,只留下了一个地名——树的遗址。仿佛白杨树抽身离去,却将根系留下了。一个树的名址以根植于大地的词的力量,留住了人们对树的记忆和想象。

白杨树下　赵君安摄

曾在新疆游历的清代诗人萧雄写道:"红柳花妍莫可俦,白杨风惨易悲秋。"意思是白杨树是与生活的艰辛感和人类的悲秋意识联系在一起的。萧雄是一位出色的风物学家,他将白杨树的形态描述得十分生动:"白杨葱茏无曲,枝桠稠密,附干直上,无离披歧出者,状甚棱,高者十数丈,望若攒笔,圆匀挺秀,皮多白色,叶薄而稍圆……每于人家屋侧或茔园城市间,偶见数株,皆排列整齐,大多栽植使然也。"

中国古人用青、白、赤、黄四色来区分杨树。在西北,白杨最常见,有钻天杨、银白杨、箭杆杨、密叶杨、群众杨、俄罗斯杨等十几个品种。最早写到白杨的是《诗经》中的《东门之杨》:"东门之杨,其叶牂牂。昏以为期,明星煌煌。东门之杨,其叶肺肺。昏以为期,明星晢晢。"它描写了男女相恋,约会于黄昏后的情景。贾思勰在《齐民要术》中称白杨是"高飞"和"独摇",十分切合白杨的形态特征。唐诗中有"肠断白杨声"(李白)和"白杨多悲风,萧萧愁杀人"(佚名)之句,说明白杨树常常是和人类的悲秋意识联系在一起的。女人伤春,男人悲秋,说明白杨是具备男子汉特质的。

在西域，诗与歌是一个襁褓，能把一株小白杨哺育长大，长成一个英姿勃发、顶天立地的小伙子。"六七只鸽子落在白杨树上，追呀，追上穿红衣的小姑娘！"这是吐鲁番十二木卡姆中的白杨树。愿歌声中的小姑娘长大，嫁给白杨一样挺拔的棒小伙。

哈萨克族人的白杨树是高塔，用来眺望远方的心上人。有一首民歌唱道："我爬上高高的白杨，不为观赏树叶银色的闪光，只为眺望远处的毡房，那里有一位戴圆帽的姑娘。"

因此，哈萨克族人的白杨由眷恋与深情喂养，与这个抒情民族的内在气质是一脉相承的。行吟的阿肯们弹着冬不拉，总在鼓励年轻力壮的小伙子爬得高些，更高些。

伊犁民歌《高高的白杨》在新疆广为传唱。我曾在酒桌上看到一个朋友唱得热泪盈眶，那时他患白血病的女友刚刚去世。多么好的歌词啊："孤坟上铺满丁香，我的胡须铺满胸膛。"陈词滥调的流行歌曲，即使几首加起来，也比不上这两句。经王洛宾先生整理、改编的歌词，第一段如下：

高高的白杨排成行，
美丽的浮云在飞翔，
一座孤坟铺满丁香，
孤独地依靠在小河旁，
一座孤坟铺满丁香，
坟中睡着一位美好的姑娘。
枯萎的丁香引起我遥远的回想，
姑娘的衷情永难忘。
……

白杨

南疆的白杨村庄

乡村公路伸向远方。两旁的白杨越长越高,微微倾斜着身子,树梢像两群人的额头碰在一起了。这样的白杨路犹如"白杨隧道",在炎炎夏日给人们带来扑面而来的阴凉。这种清凉感是绿洲上的向导,一直把我们引向白杨掩映中的大大小小的村庄。

西域谚语说:"绿洲上没有树荫,还不如在戈壁滩上活。"在沙漠边缘,绿色是如此奇缺和珍贵,必须将它一点点积攒下来,储蓄在孤岛般的绿洲上,才能与狂暴的沙漠抗衡。因此,种树、爱树成为深入人心的传统,成为人与大自然之间的契约。一个人来到新的居住点,简单地盖了房子,然后会郑重其事地在房前屋后种树,并为自己的树林挖一个浇灌用的涝坝(水塘)。等到他的孩子长大了,这些树木也就可以为下一代人所用了。一代又一代人就是这样生活的。

曾在和田生活了 30 多年的小说家程万里告诉我,在和田人的意识中,宅院内外是不能缺少树木花草的。男娶女嫁,一个重要步骤是看对方家的树木花草是否繁茂。光秃秃的房屋和院落,说明这家人是懒鬼或不务正业的混混,谁家也不愿意把女儿嫁到这样的人家去。

白杨村庄正是这样诞生的。除了白杨树,葡萄长廊和果园也是必不可少的。只有这样,才能构成一个像模像样的值得居住的白杨村庄。和田的白杨村庄是很有魅力的,因为白杨林严密而茂盛,还出产人们喜爱的黑白桑葚和大马士革红玫瑰。

白杨树是这些村庄的支柱,支撑起房屋、村公所、礼拜寺,也支撑起时而晴朗时而黄沙弥漫的天空。仿佛是在白杨树的率领下,绿洲植物纷纷向高处生长,或扶摇直上,或努力攀爬。在争夺阳光和天空

南疆乡间的白杨路

的过程中，白杨树永远立于不败之地，将别的植物置于自己的水平线之下，好像它们是它的一群长不大的孩子。

因此，白杨树承担的责任尤为重大。因为深知绿色在沙漠里的脆弱和稀有，所以它必须成为树中的男子汉和伟丈夫，必须出类拔萃。我们很少看到轻易倒下的白杨树，即使狂风也奈何不得，除非被人砍伐。在村庄里，它是庇护者，使村庄扎下根来，不被大风吹跑，不被沙尘掩埋。而在田野上，成排成行的白杨犹如一处处树木的围栏，庄稼从此可以像牛羊一样驯养了。

人在白杨树下生存，然后死去，懂得了世代如落叶的法则。正如行吟的荷马歌唱的那样："为什么问我的家世？正如树叶的枯荣，人类的世代也如此。秋风将树叶吹落到地上，春天来临，林中又会萌发，长出新的绿叶，人类也是一代出生，一代凋零。"

白杨

《尼雅遗址农业考古研究报告》说，精绝人栽植的木材树种主要是白杨树和柳树。那是人们为改善生活环境和建筑用材所栽培的。在已经发掘的多个遗址中，白杨枯木整排倒在古灌溉渠和村落废墟的旁侧，这些白杨树是人工栽植的，并在失掉水源以后自然枯死。这表明，白杨村庄很早以前就在南疆出现了。在克里雅、牙通古斯等地方，自然生长的胡杨和人工栽培的白杨共同保护了沙漠里的村庄。

白杨村庄的孩子

黄、绿、白——沙漠、绿洲、白杨——构成了南疆乡村独特的"三原色"，在生活与自然的调色板上，幻化出贫乏与丰盛、荒凉与灿烂。

刀郎人的白杨村庄飘荡着木卡姆的旋律和穆赛莱斯的醇香。与新疆别的地方的木卡姆相比，刀郎木卡姆个性更突出，风格更鲜明，它的旷野色彩和野性气质是独一无二的。我称刀郎木卡姆是胸腔里的牧歌，喉咙里的决口，仿佛琴弦在流泪，嗓子在开花。因全力以赴地歌唱，许多老艺人患上了职业病：疝气。他们是激情飞扬的歌手，也是饱受折磨的病人——"音乐的患者"。

有人说，刀郎人是用歌声攀越天空。歌手们聚在一起就来劲了，要比一比谁的歌声爬得更高。在我看来，刀郎人的白杨树就是一把把笔直的尺子，用来丈量歌声的高度和人类嗓音的极限。

你房后有一棵白杨树，
我的山鹰在上面飞落。
你用甜蜜的话语，
在我心里种下了情火。

——《刀郎木卡姆》

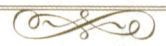

在亚洲腹地，白杨与白雪一样，可以孵化一个人的白日梦，孵化记忆胶片上的黑与白。每次离开南疆，我总会回忆起那里的白杨村庄：阳光、尘土、树荫、葡萄架下切开的甜瓜、村路上迈着碎步的毛驴、摘玫瑰的少女、摇桑葚给我吃的小男孩、村民们纯朴的笑脸……这样的情景，常常像一个远去的梦，变得不真实了。然而，每次我都会借助白杨树的指引，去捕捉这一溜走的梦境，使它重归一个整体，一种重塑的真实——

从一粒尘埃到一声鸟鸣，村庄一点点缩小自己，成为大地上遗弃的一枚纽扣，深秋枯黄草尖上的一点微颤。不，不是村庄太小，而是风太大，旷野过于辽阔，荒凉无边无际。它被种植在遗忘中，成为时间灰色之壳包裹的一粒杏仁，宁静的种子长眠于哪个隐秘的角落。到处是北方，向西的北方，木栅栏打开荒原、耕地和北方，村庄在乞讨一件贫寒的衣衫，譬如风：一份北方的赠礼。晨光俯身低矮的屋顶，乡村教堂之上，一轮新月像古老的刑具仍留在那里。生锈的农具挂在墙上，一个问号，一声金属的叹息。大白菜在地窖里哭泣，静静地腐烂。一头老驴亮出背上、后臀的鞭痕。烈酒毁坏的喉咙突然唱起沙哑的歌……但更多的细节在风中散佚，在消失中继续消失。在大地将村庄连同它的

白杨

呼吸、心跳、造型和气味全部收归尘土之前，无名的生土建筑的村庄适宜于烧制成一只崭新的陶罐，出现在汲水少女柔弱的肩头（她长长的睫毛如同一泓清泉边茂盛的芦苇）。少女用心爱护这只陶罐，好像它就是她未来的婴儿，她是不会让它破碎的。为此，她的身子有点微微倾斜。为此，她娇嫩的脸上提前出现了一层淡淡的母爱的光晕，和一点不易觉察的沧桑。为此，村庄在肩头的晃动和少女羞怯的步履成为一个整体，并通过我们的眼睛和心灵，得以挽留一种卑微，一份美的凋零。

——选自沈苇《新疆词典》

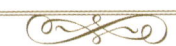

滋泥泉子：冬天的白杨树

"冬季将人驱向自我，检验着它自娱的能力。"（约翰·巴勒斯：《醒来的森林》）那么，冬天是否也在检验一棵白杨树的自娱能力？

时隔多年后，我又回到了滋泥泉子。

寂寞而破旧的小镇只是多了几家新店铺。以白杨木打制家具的两家木器店尚在，它们同时是阴郁的棺材铺。我曾经住过的镇上唯一一家招待所拆了，那里建起了一个农贸市场。街上没有几个行人，高音喇叭播放着铿锵的秦腔。家家户户的小煤炉冒着烟，呛得人直流眼泪。

滋泥泉子是北疆的一个大镇，拥有白杨河与黄山河之间广袤的原野、10多万亩的耕地，出产小麦、玉米、油葵等。

此时，一望无际的雪原闪着白光，像一张巨大的白纸铺向远方。一排排、一行行整齐列队的白杨分割了休耕的田野，将田野变成正方形、长方形、梯形、三角形等等，使大地有了错杂的几何图案。积雪掩盖了疯子下巴上胡须一样的麦茬，却将光秃秃的白杨树变成了一柄柄刺向天空的利剑和长矛。冬天的白杨树，看上去更加挺拔、笔直，也更加简洁、尖锐。

冬天的乡村是一幅黑白木刻画，白杨树为它添上果敢而遒劲的一笔。当树木卸下一身繁华的绿叶时，似乎也卸去了前世的恩怨，村庄静了，时光慢了。村庄显现了曾经被浓荫掩映的拙朴面目：低矮的砖房、黄泥小屋，牲口棚，越冬取暖的煤堆，挂在屋檐下的辣椒串，地窖里储存的土豆、白菜和萝卜。

在北疆，长达半年的冬季将农人从户外人变成了室内人。他们拥有室内的自娱方式：喝酒、打麻将、看电视、烤火炉、睡觉……那么冬天的白杨树，它们的自娱方式又是什么呢？是沉思、低语，还是半睡半醒地仰望天空？叶子是树的语言，在春天会唱不同的歌。没有叶子的白杨树则丧失了它的语言和表达，成为冬眠之树、哑默之树。

20世纪90年代初，也就是我刚到新疆的时候，曾在滋泥泉子待了一个多月。每天都写诗、做笔记，不为别的，只是为了打发孤单寂寞的时光，忘却自己置身异域他乡的失语。在这个小镇上，我写下了进疆后的第一批诗作，其中一首《滋泥泉子》写到了几株小白杨：

在一个叫滋泥泉子的小地方
我走在落日里
一头饮水的毛驴抬头看了看我
我与收葵花的农民交谈，抽他们的莫合烟
他们高声说着土地和老婆
这时，夕阳转过身来，打量
红辣椒、黄泥小屋和屋内全部的生活
在滋泥泉子，即使阳光再严密些
也缝不好土墙上那么多的裂口

鸟儿飞过冬天的白杨

一天又一天的日子埋进泥里
滋养盐碱滩、几株小白杨
这使滋泥泉子突然生动起来
我是南方人，名叫沈苇
在滋泥泉子，没有人知道我的名字
这很好，这使我想起
另一些没有去过的地方
在滋泥泉子，我遵守法律
抱着一种隐隐约约的疼痛
礼貌地走在落日里

不是因为我这个异乡人的偶尔到达，而是几株小白杨的出现，才使滋泥泉子变得生动起来，并使这个地方值得逗留和居住了。今天，我用诗歌喂养的几株小白杨应该长大了，或者如人们说的那样，应该成材了。我想，它们可以用来制作家具、门窗，至少能用作某户农家

冬天的白杨树

越冬的劈柴了。

我找到了当时的笔记本，里面有一些关于白杨的片段：

"白杨之门打开的旷野，大自然显示了一种绝对的权威。稀疏的白杨树之间，有一道道通往风景深处的门扉。而密集的白杨树如同一排排白色的琴键，适宜四季阳光漫不经心的弹奏。"

"……秋深了，树叶黄了，白杨的鹅毛笔成排插入大地。如果大地是一只墨水瓶，白杨树就有足够的墨水用来痛哭。"

"风的起义，白杨的揭竿而起！——风与风、树与树之间，缔结古老的姻缘，一种无名的力在寻找生与死之间的裂隙……"

白杨

清代诗人纪晓岚经过滋泥泉子时，看到的是一片无人居住的荒野："南山口对紫泥泉，回鹘荒滕尚宛然。只恨秋风吹雪早，至今蔓草幂寒烟。"直到民国初年，才有一批沈姓的内地移民来到滋泥泉子。他们先是生活在一个名叫锅地坑的山间小盆地，放羊、种地。这里三面环山，林木茂密，泉水汨汨，是一个"小桃源"。随着人口的增加，他们开始向山外转移，开垦处女地。后来，陆续有甘肃、陕西、青海等地的移民来到这里，渐渐形成了 20 多个村落。

滋泥泉子白杨树多。对于西出阳关、闯荡新疆的汉族移民来说，只有在一个地方种下几株白杨树，盖几间简陋的土坯房，才算结束了居无定所的漂泊，在远方终于有一个家了。当生活了三代、四代、五代，乃至更多代后，他们就变成了新家园的主人。白杨树的根系犹如他们沾满"紫泥"（滋泥）的手指，穿过戈壁滩、盐碱地，替他们抓住了异乡的土地。从此，他们就与这片土地不分离了。

1933 年 6 月 12 日，滋泥泉子成了一个杀声震天的血腥战场。军阀盛世才和马仲英的部队在这里进行了一场激战，史称"盛马之战"。

战场如今变成了耕地，呈现出一片和平宁静的景象。当地农民下地劳动时常挖出尸骨、枪支和断剑。寒风中的白杨树显得庄重、肃穆，树梢上挂满雾凇，一副白发苍苍的样子。

——年轻的躯干，老年的头颅。古战场上的白杨树似乎沉浸在回忆中。它们的祖先一定目睹过战争的血腥残酷，而今，白杨树和它们脚下的土地，不需要鲜血和暴力的滋养。

每年冬天农闲时节，滋泥泉子人都要为白杨修剪树枝。到春天，树的伤口长好了，就变成了一只只"眼睛"。滋泥泉子人坚信白杨树是有眼睛的，能看到人的心里去。由于站得高，白杨树大概要比我们人类看得远。

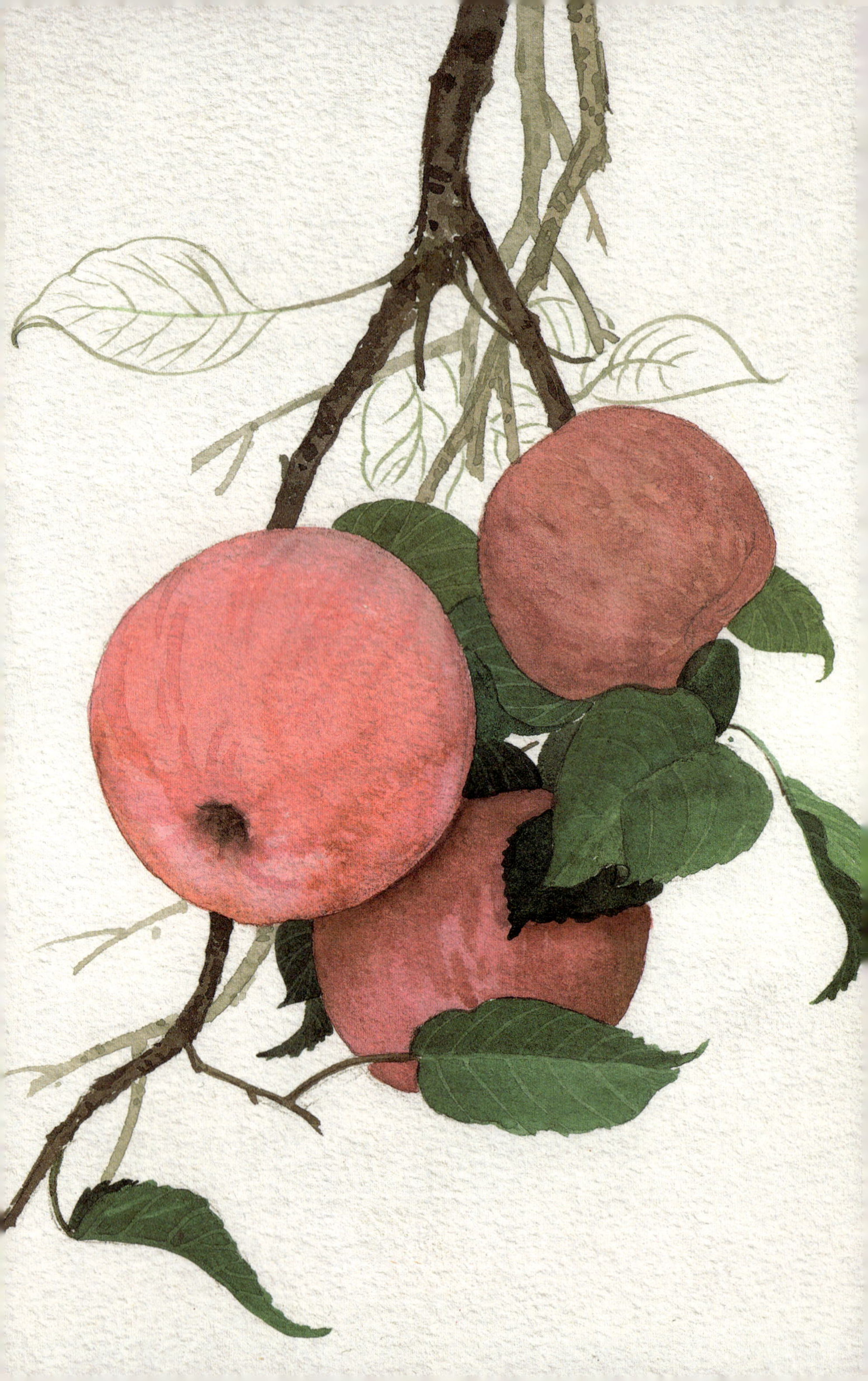

野苹果

苹果之父

野苹果看起来和吃起来,就像是上帝关于苹果是什么的最初的一些草稿。

——〔美〕迈克尔·波伦:《植物的欲望》

大众水果与民主水果

时至今日，苹果是世界范围内仅次于香蕉的第二种"大众水果"，大半个地球成为苹果树的生长地。

苹果不仅仅是水果，还是点心、饮品、地名、手机和时装品牌等。它是"温驯"和"甘甜"的化身。西方一位植物学家说，苹果是"真正的民主的水果"，它乐意在任何地方生长，不管是被忽视、被虐待、被放弃，它都能自己照管好自己，并且硕果累累。

印象派大师塞尚是一个"苹果控"，他为"立体派"开启了新思路，用客观地观察自然色彩，来区别于以往绘画中理智地或主观地观察。苹果成为他观察、沉思和表现的客观物，他说："我只有在画苹果时，才感觉到清醒。……苹果对我而言，相当于人体。"他甚至宣称："用一个苹果，我可以颠覆整个巴黎！"

而今天，人类关于苹果的观念越来越狭隘化了。我们对苹果的要求不外乎：好看，甘甜，个大。凡是不符合这些标准和要求的，既没有市场，也激发不起我们的胃口。只有少数的苹果品种，才能通过我们关于"甜"和"美"的狭隘观念的针眼。我们对甜的追求，已甜得没了方向，忘记了野生苹果有甜、酸、苦等多种滋味。习惯上认为苹果是圆的，殊不知野生苹果有扁的、长的，还有卵形和圆锥形的。当植物的"多样性"被观念的针眼挡住，剩下的是人类对单一的固执和迷信。

对苹果的驯化是2000年前的事，而野生苹果却有2000多万年的历史。这人工的2000年是站在野生的2000万年的时间基石之上的。然而，

苹果　〔法〕塞尚　　　　　　　　　苹果和橘子　〔法〕塞尚

正如我们常常用某个瞬间来抹杀时间的长度，苹果史的2000年足以遮蔽2000万年的真实。面对一只新鲜而香甜的苹果，人们对它的身世和起源，对它漫长的演变演化过程，已无从知晓。

迈克尔·波伦在《植物的欲望》一书中写道："对苹果树的驯化已走得太远，走到了这个物种在大自然中的适宜点已被危及的地步。苹果品种减少到只剩下若干个遗传上同一的嫁接品种，以适应我们的口味和农业生产，它们失去了那种至关重要的可变性：野性。这种可变性是有性繁殖所赠予的。"

波伦再三强调野性的重要性，因为植物的驯化依赖于野性——所有东西都依赖于野性。"没有野性就不会有文明。一棵树会提醒我们：如果它那苦涩的反面缺席的话，甜也就没有了。"

梭罗在《瓦尔登湖》中说得更干脆："在野性中保存着这个世界。"在这篇随笔中，我不想过多谈论苹果数千年的驯化史，而要越过这段历史追溯一种野性的身世和起源。

野苹果，是上帝关于苹果的最初的草稿，是驯化苹果的祖先，也即"苹果之父"。这个苹果的父亲至今仍隐藏在亚洲腹地的天山深处。

天山：世界苹果基因库

天山横亘于亚欧大陆中部，东西长 2500 公里，南北宽约 400 公里。东起星星峡以东，穿越新疆中部，向西绵延至中亚的哈萨克斯坦等国。在新疆境内长 1700 公里，是新疆地理和人文的分界线，将新疆分成南北两部分。

天山是名副其实的"野果天堂"。天山野果林以其生态环境的优越性和生物物种的多样性，成为早期人类的栖息地和历代古人的活动中心。

公元前后乌孙人的国都赤谷城，唐代西突厥人的弓月城，元代蒙古人的阿力麻里城，都建在天山野果林分布区的下限。果实累累、动物繁多的野果林为古人提供了充足的食物、燃料和建筑所需，成为他们理想的生存场所。

游牧民族在居无定所的迁徙生涯中，有时会被野果林散发的缕缕果实的芳香所吸引，在它附近暂时定居下来，建起了城池，升起了炊烟。这是和平年代游牧民对家园的理解和要求，是他们驰骋草原时的一个停顿和喘息。

现在，我们来描述一下天山野果林的分布图：东起新疆伊犁的新源县和巩留县，向西经昭苏、察布查尔、霍城三县，延伸至哈萨克斯坦的阿拉木图州、塔尔迪库尔干州，再至吉尔吉斯斯坦的伊塞克湖州、塔拉斯州，最西到达哈萨克斯坦的希姆肯特州和乌孜别克斯坦东部的费尔干纳州。

事实上，这正是天山野苹果的分布区。分布带东西长 1200 公里，南北宽 300 公里。因此，西天山被誉为"世界苹果的基因库"。

作为第三纪冰期的残留物种，野苹果经历了诸多植物灭绝的大荒时代，如同远古的遗腹子，最后躲进了天山深处——天山成了它的"避

野苹果

难所"。这是地理学和物种学上选择与被选择的结果。今天,它们分布在海拔 900～1600 米的天山前山地带,继续保有 2000 万年前的基因密码——它们是天山深处的"植物活化石"。

以前有观点认为,苹果的原产地在欧洲东南部、中亚西亚和中国新疆一带。但这种观点在后来的实践和考察中得到了修正。苏联的一些植物学家认为,欧洲东南部只是苹果的二级发源地。最古老的起源地应该在中亚山区。栽培苹果在向西引种过程中,在欧洲形成了二级地理和遗传中心,但并不构成原始基因中心。

打开一张天山地图,你会发现许多与苹果有关的地名,涉及首都、城镇、村落、消失的古城。如哈萨克斯坦前首都阿拉木图(意思是"苹果之父"),伊犁霍城县的阿力麻里古城,新源县的阿勒玛勒镇,巩留县的莫乎尔乡阿勒玛勒村……它们为天山作为"世界苹果的基因库"提供了有力的地名学佐证。在伊犁各地,以"阿勒玛勒"为名的地名是十分普遍的。

哈萨克斯坦前首都阿拉木图坐落在西天山北麓一个巨大的洪积扇

西天山

绿洲上，是一座名副其实的"森林之城""绿色之城"。占城市四分之一的南部市区曾经是大片的野果林，一直绵延至覆盖附近的丘陵和山坡。1929年，俄国生物学家尼古拉·瓦维洛夫首次发现阿拉木图一带的森林是"野生苹果的伊甸园"。他在考察笔记中写道："在城市的四周，可以看到大片的野生苹果覆盖着山脚，一个人可以用自己的眼睛，亲自看到这个美丽的地方就是种植苹果的源头。"

有一次，生活在乌鲁木齐的哈萨克族女诗人阿依努尔从哈萨克斯坦旅行归来，带来了一首阿拉木图民歌，我至今记得其中的几句歌词：

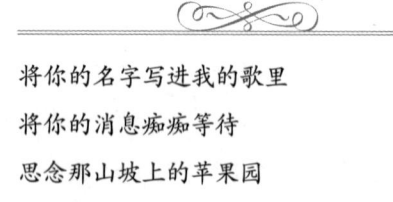

> 将你的名字写进我的歌里
> 将你的消息痴痴等待
> 思念那山坡上的苹果园
> 我那景色怡人的阿拉木图

对于阿拉木图人来说，野苹果的方向就是家园的方向，思乡者的歌声散发着野苹果的芳香。哈萨克族是一个跨国民族，世世代代游牧在中亚草原上，也游牧在永不消失的歌声中。

伊犁苹果

喀拉阿勒玛：黑苹果

查易阿勒玛：茶叶苹果

野苹果

苏特阿勒玛：奶子苹果

卡勒都什卡阿勒玛：洋芋苹果

斯塔克阿勒玛：枕头苹果

布都尔格阿勒玛：酒瓶子苹果

索尔格阿勒玛：犁尖苹果

乃什普特阿勒玛：香宝宝苹果

……

不要以为这是一首诗。这只是伊犁苹果的一些品种。然而当它们分行排列时，的确是可以当作一首诗来朗读的。

这里所说的伊犁苹果不是指天山野苹果，而是属于栽培型的本地苹果，俗称"绵苹果"。我想，将它们称为"土著苹果"或许更确切些。它们大多是由野苹果直接培育而来的，还有一部分是很早以前由中亚和俄罗斯苹果培育而成的。现在伊犁的果园里大多是这些品种，一些品种还引种到了南疆和内地。

古人称苹果为柰、林檎、苹婆等，突厥语为"阿勒玛"。伊犁土著苹果也即栽培苹果的出现至少已有2000年的历史。公元3世纪的郭义恭在《广志》中记载："柰有白、青、赤三种。张掖有白柰，酒泉有赤柰。西方例多柰，家以为脯，数十百斛以为蓄积，如收藏枣栗。"显然，这里所说的"西方"指的是天山地区，而河西走廊的苹果是引自天山一带的驯化苹果。

13世纪的耶律楚材在《西游录》中写道："……出阴山（果子沟），有阿里马（阿力麻里）城。西人目林檎曰'阿里马'，附郭皆林檎园，故以名。"这是对伊犁栽培苹果和苹果园（林檎园）的最早记载。

伊犁野苹果主要分布在天山支脉的那拉提山北坡、阿布热勒山、

瓜果时节（刀郎农民画）

婆罗科努山和伊什格力山等地。在巩留县的大莫乎尔沟和小莫乎尔沟，新源县的交吾托海沟和两侧山区，霍城县的大西沟、小西沟和果子沟，伊宁县的吉尔格郎沟等地，形成较大的分布群落。

据调查，野苹果在伊犁共有84个类型，品种上更难细分。由于野苹果树是异花授粉、种子繁殖，与人工方法的无性繁殖完全不同，它是真正意义上的"杂种"。可以说，一株野苹果树就是一个苹果品种。有时，我们是很难区分野生苹果与土著苹果的。正如20世纪初有人在阿拉木图一带看到的："在这里，野生的苹果与栽培品种难以区分，森林中某些苹果的品质和大小是如此优良，可以直接把它们移植到果园中去。"（瓦维洛夫语）伊犁的情况也大体相似。

元代的苹果城阿力麻里消失了，如今取代它的是一座新的苹果城——伊宁。作为伊犁哈萨克自治州的首府，伊宁素有"花城""白杨城""果园城"之称。街上白杨成行，绿树成荫。爱树种花是伊宁人的一个传统，他们在能种花的地方都种上花，如庭院、阳台、窗台、屋顶，甚至种在用于人工降雨的炮弹壳和"伊力特"酒瓶里。每当春夏时节，边城伊宁就变成了一片花果的海洋。

我记忆中的伊宁被果园包围着，被苹果和苹果花香笼罩着。环绕这座城市的是郊外汉宾、巴彦岱、喀尔墩等乡的几个大果园。这些果园出产品种繁多的本地苹果。每个果农对苹果的改良、对新品种的发明都十分痴迷。例如他们将内地梨子与本地苹果嫁接在一起，培育出了一种新的水果品种——苹果梨，吃起来甜脆多汁，十分可口。

每次去伊宁，我都喜欢去伊犁河畔的果园。在那里，你常能遇到各种各样的聚会并融入其中：维吾尔麦西来甫，哈萨克阿肯弹唱，以及俄罗斯风格的婚礼。当欢快的手风琴声响起，说明今天又有一对新人结合了。青年男女在手风琴的伴奏下载歌载舞，尽情狂欢。果园歌曲自然离不开爱情与苹果的主题。

伊犁民歌中的苹果至少有三重寓意：

一是表达对姑娘的赞美。我们常常把"苹果脸蛋"用在心爱的姑娘身上，而在哈萨克族人民看来，最美的姑娘应该有一个"苹果脖子"——它散发着苹果的芳香。脍炙人口的伊犁民歌《燕子》中的燕子姑娘是有一个苹果脖子的，但汉文翻译成了"脖子匀匀"，改得离谱且没味道了。

二是代表爱情的信物。如："你给了我一只苹果，我看上了你的身段。""情人啊，我奉献给你的不是苹果，而是整个灵魂。"

三是家园的象征，传达对远方和新生活的渴望："我的家要迁到盛产苹果的地方，山坡上的绿色如湖水般荡漾……"

从库尔德宁到交吾托海

从库尔德宁到交吾托海，我对天山野苹果进行过一次实地考察。

一路上，穿越的是大小莫乎沟。连绵的山岭上蕴藏着品种繁多的野果林，有山杏、马林（树莓）、黑加仑、沙棘，当然最多的还是野苹果。或成群成片，或星星点点，往高处延展，与雪岭云杉林连接。也有三三两两的野苹果树站在简易公路两旁，树上果实累累，坐在车内也能伸手可摘。

我住在牧民帕孜里家，他今年73岁。他用奶茶、馕和自家做的马林酱来招待我和女儿。他说，以前家里也用野苹果做酱，不过现在已不做了，因为要耗费大量的白砂糖和蜂蜜。野苹果大多是酸的、涩的、苦的，不用糖和蜂蜜，味道是不行的。哈萨克族人做野苹果酱最早是向生活在天山森林里的俄罗斯族人学来的。帕孜里老人说，从前俄罗斯族人用野苹果做"裤带"（果丹皮），他小时候吃过那种"裤带"，味道挺不错的。

帕孜里家的老木屋在一个山坡上。从这里望过去，对面山坡上的风景一览无余。成片的野苹果林看上去无精打采，有些发蔫、枯萎的样子，与身边高大的云杉和红桦相比，它们是一群矮子。这片野苹果林正受着小吉丁虫的病害，但我知道，当小吉丁虫来临的时候，它的天敌——一种寄生蜂也出现了，接下来是它们之间旷日持久的战争。

木屋附近有一棵孤零零的野苹果树，树上拴着一匹马。马和苹果都是人类驯化的物种。眼前的情景看上去好像是一株野苹果树在驯化一匹马。成熟的果子掉下来，落在马的脊背、臀部。它微微颤动着，仿佛内心的惊讶和喜悦在身上泛起了阵阵涟漪……

如果说库尔德宁的野苹果林是残余部落的话，交吾托海的野苹果林就是浩瀚的植物群落，呈现出完全不同的蔚为壮观的景象。从新源县城以东的柯克恰克山北麓一直延伸到那拉提风景区，成片面积2万多亩。这样的规模，在整个天山山区是十分罕见的。

由于茂密森林改善的小气候，交吾托海成为一个雨水充沛的地方，往往是新源别的地方在闹干旱，这里却是甘霖频顾。因此连山前丘陵

花毯般的伊犁天山草原

地带的旱地作物，如小麦、亚麻、甜菜、玉米、土豆等，也是长势喜人，连年丰收。在交吾托海这样一个丰饶的地方，靠天吃饭是可能的。因此，当地人称它为"小特区"。

进入野苹果林，树木的密集程度令人吃惊，几乎使人透不过气来。已是8月下旬，成熟的果子告别枝头，落在草丛里、沟渠中，有的地方铺了厚厚一层。到处是苹果的芳香。芳香太多了，太浓了，同样使人喘不过气来。

落地的野苹果腐烂了，果香中散发着令人微醺的酒精味。这些野苹果树已有两三百年的树龄，黑簇簇的树干上、枝丫上，爬着蜗牛、青苔，结着蛛网，时光仿佛在这里停下了脚步——寂静中，连时光都在倾听果子落地的声音。

我们知道，野苹果树是异花授粉、种子繁殖，这造就了多样化的生态特征，不同的树有不同的株型、果型、果味、色泽和熟期，它坚守并保有原始物种的多样性和差异性。

野苹果树就是这样：一棵树绝不雷同于另一棵树——每一棵树都是唯一，是"孤本"。

阿力麻里：消失的苹果城

阿力麻里位于婆罗科努山南麓，天山野果林下限的旷野上。

沿今天的312国道（沪霍线），从上海出发，经江苏、安徽、河南、陕西、宁夏、甘肃6省区，到达新疆霍尔果斯口岸附近时，就到了阿力麻里。

大概没有一座都城比阿力麻里消失得更加彻底，更加无影无踪。在霍尔果斯旷野大片的榆树林和玉米地里，除了乌鸦的聒噪，时间不留下一点曾经辉煌的迹象。除了农民耕作时偶尔翻出的陶罐、玉器和石磨，没有东西能让人想到这里曾是阿力麻里的所在地。它300多年的存在几乎是一种不真实的幻觉。

然而从13世纪初到16世纪中叶，这座以"苹果"命名的城市曾是察合台汗国的首都，丝路北道上的国际都会。1225年，成吉思汗将征服的欧亚大陆的广袤土地分封给四个儿子，次子察合台被封于中亚。著名的察合台汗国就以阿力麻里为都城。"察合台常驻夏于阿力麻里之地，地在阔克（克干）诸高山及忽惕山之附近。"（《多桑蒙古史》）察合台的领地东至伊犁河流域，南到南疆焉耆以西，西至阿姆河，包括河中地区在内。由于它位于蒙古帝国四大汗国的中央，阿力麻里被欧洲人誉为"中亚乐园""中央帝国都城"。曾3次到过阿力麻里的波斯历史学家志费尼在《世界征服者史》中说"察合台的宫阙成了全人类的核心"。

在它的鼎盛时期，城池周长25公里，仅东西大道就长达5公里。它有两个巨大的城门，分别向着东方和西方敞开。向东朝着果子沟，向西面向霍尔果斯旷野。春天，城里到处弥漫苹果花的芳香。当时环卫工人的职责之一是清扫苹果花，将它们一车车运往郊外做肥料。因此郊外的土地变得肥沃，更适宜五谷生长。成熟的五谷煮在锅里散发

野苹果

淡淡的苹果花香。秋天，市场上的苹果多得可以随意取用。家家户户制作苹果酱，波斯面包蘸果酱、蜂蜜，成为一种时尚的食用方式。

这座言语杂多、习俗各异的城市成为东西方文明的一个交汇点。街上流动着各种肤色的面孔，有来自西方的旅行者、香料贩子、圣方济各僧侣，本土的小商贩、舞女、运送粮草的庄稼人，来自汉地的兵士、流浪汉、摘棉花的季节工。当时，蒙古贵族与汉民混居，萨满与巫师同行，伊斯兰传教士与基督教僧侣共处，显示了它海纳百川的胸襟和气魄。它的开放程度极高，可以称得上是一座没有城门的永不设防的都城。

在霍尔果斯旷野上，有一座孤零零的遗址，它就是秃黑鲁·铁木尔麻扎。秃黑鲁·铁木尔是成吉思汗第七世孙，一位令人畏惧和富有传奇色彩的察合台后王。他18岁时信奉了伊斯兰教，几年后率所属16万蒙古人皈依了伊斯兰教。作为成吉思汗的后代，秃黑鲁·铁木尔继承了察合台的伟业，试图重振帝国雄风。在位期间，发动了统一河中地区的战争，再一次短暂地统一了察合台汗国。他死后葬于阿力麻里东郊。

而消逝的阿力麻里，不知藏身于时间的哪个暗角？也许在苹果花的芬芳中吧。因此，当风送来伊犁原野上阵阵苹果花的清香时，人们会情不自禁地自言自语："哦，阿力麻里……"

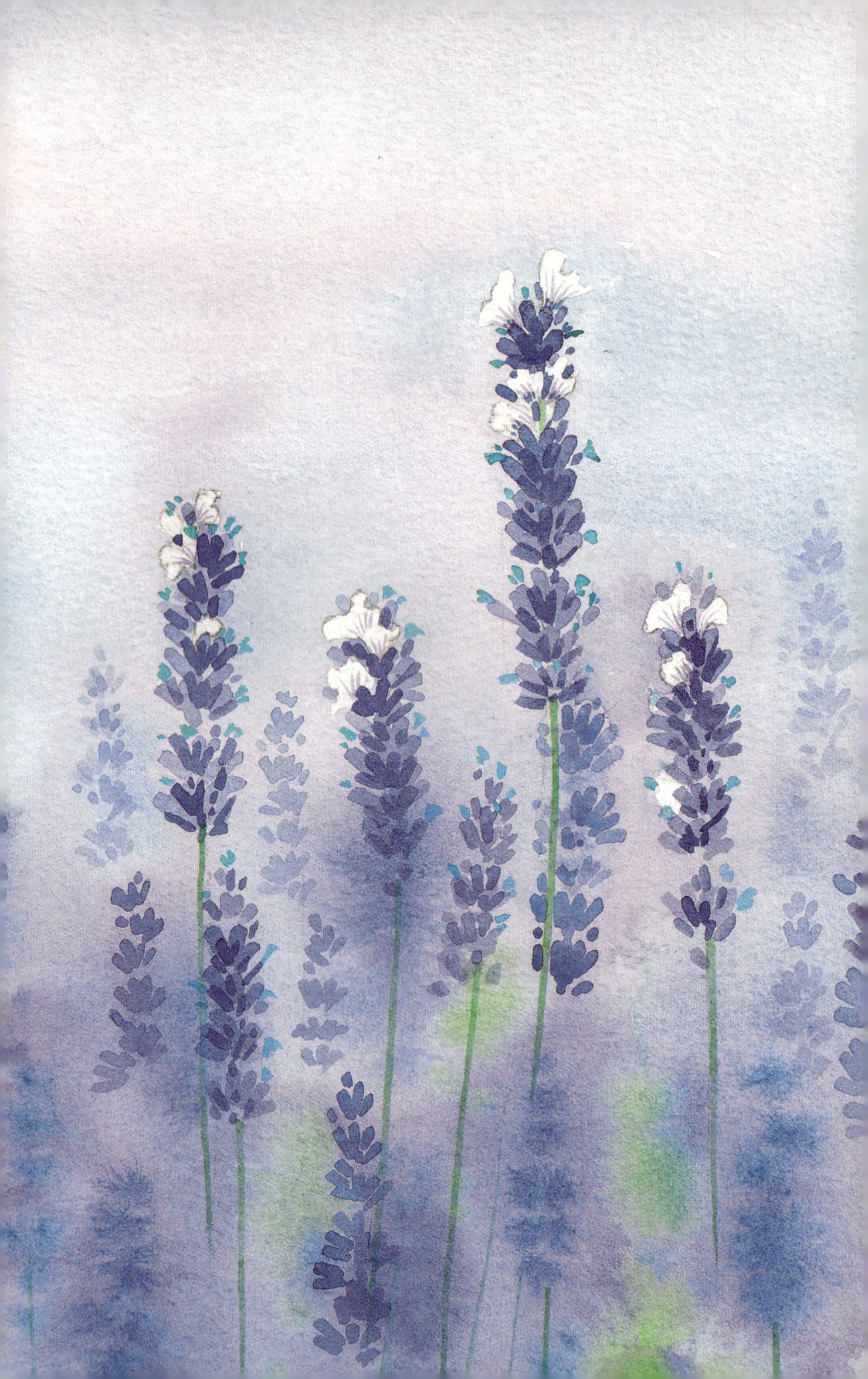

薰衣草

从普鲁旺斯到伊犁

以鹰的眼睛看景,
用狗的鼻子寻香。

——伊犁民谚

1964年，当三个品种的法国普鲁旺斯薰衣草从北京植物园引种到伊犁河谷时，国家轻工业部也同时在云南昆明、陕西西安和河南豫县试种薰衣草。

几年中，上述三个地方的薰衣草试种先后以失败告终，或者退而成为植物园里的观赏性花卉。只有伊犁河谷让远行的薰衣草在异国他乡真正扎根落户了。连前来考察的法国香料专家也发出惊叹："伊犁薰衣草的品质和长势不亚于普鲁旺斯！"作为"植物移民"，在经历了半个世纪的岁月变幻和时光流转后，薰衣草终于在异乡建立了新的故乡。

如今，伊犁已成为我国薰衣草的唯一产区，种植面积达2万多亩，产量占全国的95%以上。主要分布在伊犁河谷农四师的几个团场：霍城县65团、伊宁县70团、新源县71团、巩留县73团和察布查尔县67团、68团。中国伊犁和法国普鲁旺斯、日本北海道、俄罗斯高加索地区，被誉为世界薰衣草的四大产区。

薰衣草能在伊犁安家落户并茁壮成长，究其主要原因是这里拥有与普鲁旺斯相似的地理和气候条件，如纬度和海拔的惊人一致，阳光的充足，气候的温润，等等。伊犁河谷平原三面环山，向西开敞，是大西洋暖湿气流最远到达的地方。它向西开敞的胸怀，在历史上接纳了西来文明的影响，也接纳了来自遥远的地中海沿岸普鲁旺斯的缕缕薰衣草的花香。

薰衣草最早在霍城县的65团试种，以后陆续推广到邻近的几个团场。当时65团主要种莫合烟、罂粟、红花、蓖麻等经济作物。它是国家唯一指定的罂粟种植基地，出产的鸦片专供医疗机构使用。罂粟种植要求甚严，许多人都不知道它为何物，只知道它的代号——"一百号"

放射状开花的薰衣草

或"百号"。收割时由部队专门负责,民兵和贫下中农才有资格去帮忙。"文革"后期,因为数10公斤鸦片被盗又长久不能破案,国家将罂粟种植基地转移到了别的省区。

薰衣草到达伊犁不久,"文化大革命"就轰轰烈烈开始了。在那个年代,一切事物都被归入了政治范畴。花卉更是一种敏感的令人生疑的东西,尤其是来自西方的薰衣草,代表了资本主义腐朽的生活方式和低级趣味,是一种需要批判的"毒草"。有人就指出,资本主义的花开在社会主义的大地上,这是一个十分严重的问题。亲历者心有余悸地说,如果不是地处边远以及兵团特殊体制的保护,薰衣草在"文革"期间大概早被当作资本主义的"毒草"铲除了。

今天,我们的土地已经能接纳并欢迎更多远方的奇花异草了。就像地处伊犁河谷的65团,它是国家命名的"中国薰衣草之乡",同时也是椒样薄荷、罗马洋甘菊、新疆红花、灵芝草、啤酒花等的重要产地。可以说,时代的丰富多元在边疆的田野上得到了生动而恰当的体现。

普鲁旺斯：薰衣草的故乡

我们知道，法国南部地中海沿岸的普鲁旺斯是薰衣草的故乡。一般观点也认为，薰衣草的原产地为地中海沿岸地区。但也有文献报道：薰衣草原产于波斯和加那利群岛，后来由航海的腓尼基人引进到地中海之滨的法国南部。

事实上，人类很早就被薰衣草馥郁的芳香所吸引，发现了它在杀菌止痛、安宁镇静、洁净身心等方面的神奇功效。希腊人曾用它来治疗感冒咳嗽、支气管炎、哮喘病等症，将它誉为"芳香药草之后"。在古希腊俄耳甫斯教的焚香仪式上，薰衣草和月桂、麝香、鼠尾草、岩蔷薇、甘松香等植物香料，通常用来祭祀女性神灵，如赫拉、雅典娜以及自然女神、时序女神、命运女神、水泽女仙等，而沉香、安息香和没药则用于取悦男性神灵。

到了古罗马时期，人类的欢娱追求达到了一个顶峰。古罗马人的欲望和欢娱通过行为方式呈现在我们面前，他们将"热爱生活""要面包也要娱乐"的人生信条展现在建筑、节日、饮食、休闲、情色、审美等方方面面。

与希腊人不同，罗马人喜欢洗澡，一般人每天要在公共澡堂里消磨两个小时左右。因此公共澡堂被誉为"穷人的天堂"。据公元前33年的统计资料记载，当时的公共澡堂有170个，两个世纪后增加到950多个。香料贩子出入公共澡堂，向人们兜售特制的香脂香膏。对于罗马人来说，泡澡后接受按摩师的服务，再搽点芬芳的油脂软膏，洗澡才算真正结束了。

罗马人认为鲜花和香水有辟邪作用，可以驱除妖魔鬼怪。皇帝埃

薰衣草

拉巴卢斯曾下令在全国各地遍种玫瑰、百合、紫罗兰、薰衣草等芳香植物。贵族就餐时,要在餐厅里洒百花香精,这是有钱人纷纷效仿的一种时尚。有人说,罗马人在宴饮时还没喝酒,就被香水的味道熏醉了。

我不禁想到,也许我们现在所说的"罗马式的鼻子"不仅仅是指其造型和长相的优美,还应该包含嗅觉的敏锐、对香味的天然鉴赏力,就像法国人对品香师和调香师的称呼——"香鼻子"。

法国南部的普鲁旺斯人无疑继承了这种"罗马式的鼻子"。在罗马帝国时期,普鲁旺斯曾是它下属的一个省,从现存的圆形露天剧场、凯旋门、古城堡遗址,可以看出罗马文化对这个地区的影响。尤其是公元1533年,罗马教皇的侄女凯萨琳下嫁法王亨利二世,带来了丰富瑰丽的意大利文化和生活方式,从而成为法国香水文化的"始作俑者"。早期的法国香水店兼售毒药,因为香水和毒药都是热恋中的男女所需要的。

作为"香水之国",香水文化已成为法国文化密不可分的一部分,也是法国人心灵的一个要素——香水与其说是身份的象征,还不如说最能体现法国人性格中的细腻、敏感、优雅,以及天生的浪漫主义情怀。

普鲁旺斯是芳香植物的重要产区,为香水制造提供了源源不断的原料。薰衣草是这个地区居于第一位的香料。地中海边的小城格拉斯被誉为"世界香水之都",而历史名城阿维尼翁有一座著名的香料博物园,它向游人展示用古老的蒸馏法提取薰衣草香精的工艺流程。普鲁旺斯的薰衣草,主要用于香水制造。

明媚的阳光,蔚蓝的天空,连绵起伏的丘陵,还有大片大片的薰衣草田,这就是人们记忆中的普鲁旺斯。从南部蓝色海岸的丘陵地带,到北部阿尔卑斯山区,普鲁旺斯拥有15万亩薰衣草,主要有原生薰衣草、长穗薰衣草和混种薰衣草三个品种。夏天,薰衣草开花了,紫蓝色的花海随风起伏、变化,如同大地上延展的一个广袤梦境。这使人产生一种梦觉:薰衣草的蓝色不是临摹普鲁旺斯天空的蓝,就是取自地中海的蓝。

作家让·吉奥诺说,薰衣草是普鲁旺斯的灵魂。

普鲁旺斯人则将薰衣草称为"宁静的香水植物"和"蓝色金子"。

德国作曲家提姆·怀特的低音长笛曲《薰衣草的阴影》是一首十分有名的曲子,如泣如诉,令人百听不厌。我收藏的音乐专辑《左岸·香颂》中有这样一首法国怀旧歌曲:

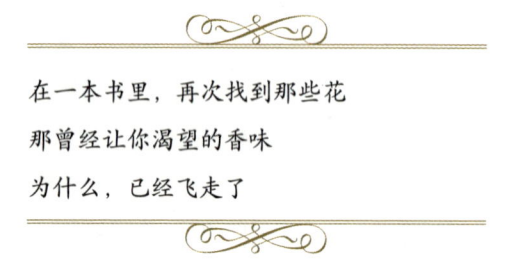

> 在一本书里,再次找到那些花
> 那曾经让你渴望的香味
> 为什么,已经飞走了

歌中唱到了普鲁旺斯,唱到了薰衣草——那些飞走了的花和转瞬即逝的爱,一种淡淡的、萦绕不去的忧伤。

写到普鲁旺斯,不能不写到生于这片土地以及在这里生活过的艺术家,他们的创造是否和薰衣草存在一定的关联呢?

普鲁斯特曾经谈到花香对记忆、想象力和性欲的唤醒。他在《追忆似水流年》中写道,当一个人步入芬芳的田野,意味着他再也出不来了。波德莱尔则说,香气能渗透一切物体,操纵我们心灵的生与死。香气有时是"可爱的瘟疫"和"贵重的毒药"。波德莱尔的"恶之花"是西方现代主义艺术的"开篇之花"。

普鲁旺斯的薰衣草不是"恶之花",它是宁静之花和魔力之花。普鲁旺斯耀眼的阳光、色彩斑斓的丘陵和蓝色海岸的薰衣草田,仿佛是

薰衣草

普鲁旺斯 视觉中国

蓝色金子薰衣草

上帝专门为画家们准备的调色板，这使普鲁旺斯成为现代艺术的一个圣地。毕加索、马蒂斯、高更等都在这里生活过，并从普鲁旺斯的风景与人文中汲取过绘画的灵感。1870 年，塞尚从巴黎重返故乡定居，从此再没离开普鲁旺斯，仅表现家乡圣维克多山的风景画，他就画了 60 多幅。

为了"观察别样的光线"，1888 年梵高从荷兰来到普鲁旺斯。他人生的最后 3 年是在小城阿尔度过的，他沉醉于表达的快乐和创造的激情中。南方的阳光给他的画面注入了一种强烈的色彩，内心大自然般的力量被普鲁旺斯的景物所唤醒。阿尔时期是梵高绘画的创世纪，也是其自戕前的顶峰。他画普鲁旺斯的麦田、杨树、冷杉、橄榄树、金合欢、向日葵、玫瑰、蒲公英……尽管没有直接画到普鲁旺斯随处可见的薰衣草，但他画作中流淌着的漩涡般的蓝，如同

梵高蓝，或许取自普鲁旺斯的薰衣草

薰衣草

薰衣草的蓝色花海占据了乡村和田野、大地和天空。画家们所说的"梵高蓝"是色彩纯净与激情奔涌的代名词，大概只有普鲁旺斯的薰衣草才能与之媲美。

阿尔丰斯·都德是普鲁旺斯人，他的《磨坊书简》是我年轻时喜爱的一本书，尤其是前半部写得甚为精彩。都德曾用不多的一些法郎，买下了阿尔郊外山岗上一座荒废了20年的磨坊。它成为他远离巴黎、归隐乡间的庇护所。站在这里，普鲁旺斯的美丽景致尽收眼底：阳光下的松林，远处的阿尔卑斯山，寂静中传来的牧笛声、驴子的铃声，还有薰衣草丛中的声声鸟鸣……

在《磨坊书简》中，都德写到了一座名叫"知了"的图书馆。为了查找"教皇的母骡"的故事，他在这座奇特的图书馆里待了整整8天，最后在一部"蔚蓝色的手稿"中找到了有关情节。"这部手稿散发着薰衣草的香气，还有系着圣母像的丝带书签。"他写道。

在今天，假如我们的图书馆都弥漫这样的香气，我们捧读的一册册书籍都能散发薰衣草的芳香，那么，我们的阅读会更加宁静、深入而持久。

伊犁河谷的薰衣草

伊犁河谷是芳香植物的宝库，已知品种有近百个。除我们熟悉的沙枣、玫瑰、薄荷、蓖麻、甘草、桃、杏、芫荽（香菜）等外，还有一些较为冷僻的品种，如黑种草、新塔花、欧亚活血丹、欧夏至草、白苏、裂叶荆芥等。

所谓芳香植物是指植物体器官中含有芳香油的一类植物。芳香油

伊犁农家

亦称精油或挥发油，是芳香组织经过水蒸气蒸馏等得到的挥发性成分的总称。古老的蒸馏法仍为今天的我们所使用。薰衣草芳香油的提取也是如此。其主要成分为乙酸芳樟醇、丁酸芳樟醇、薰衣草脂及香豆素等，它们是芳香的主要原因。但薰衣草芳香油的构成远远不止这些，已知成分已达230多种。

作为引进品种，如今薰衣草是伊犁河谷芳香植物最杰出的代表。它是大自然为伊犁河谷谱写的赞美诗，是原野上徐徐铺展的蓝色画卷。

白杨林带下的薰衣草田。水渠边的薰衣草田。麦地里的薰衣草田。薄荷与蓖麻之间的薰衣草田。黛青色远山注目下的薰衣草田。将村庄包围起来的薰衣草田。……薰衣草田是伊犁河谷芬芳的几何图案，是

薰衣草

原野上蓝色花朵编织的毡毯——不，是大地上美轮美奂的"补丁"，修复着原野的空旷和苍凉。

蓝色！确切地说是紫蓝色。是蓝中带紫，介乎蓝色与紫色之间的微妙颜色，是画家的笔难以描摹的天赐般的蓝。薰衣草田涌动的蓝色在与天空静谧的蓝色叫板——它争夺了天空的一部分蓝色，几乎把自己上方流动的空气染蓝了。一个人步入薰衣草田，他的呼吸是蓝色的，心情也变成蓝色了。这是一种宁静的归宿性的蓝。所以每到薰衣草开花的季节，背包族们总在网上相约：让我们去伊犁看薰衣草吧，卸下内心的负担，得到一个芬芳而蓝色的拥抱。

芬芳！薰衣草是名副其实的"香水植物"，它的香味馥郁悠远，芬芳怡人，沁人心脾，极具穿透力。因品种的差异和生长情况的不同，每一块薰衣草田里花的香味也有细微区别。花香常能传递到五六公里开外的地方，并且在中午时分达到香味的最佳状态。65团有近万亩薰衣草，如同伊犁河谷里的"蓝色海洋"。生活在65团的人说，在薰衣草开花的6月，站在一个连队，能闻到另一个连队飘来的花香。

蜜蜂一般不去薰衣草田采蜜。不是它们不喜欢薰衣草，而是薰衣草田太香了，使它们晕头转向，而薰衣草的安神催眠作用又使它们昏昏欲睡。许多蜜蜂进入薰衣草田后只知道瞌睡、打盹，忘了采蜜，工作效率不高。所以薰衣草蜂蜜的产量很低，整个伊犁河谷一年只有两三吨，属名贵蜂蜜。打开一瓶薰衣草蜂蜜，能闻到淡淡的薰衣草香味。

薰衣草为半灌木（亚灌木），寿命15年左右，3～6年的开花最盛。6月上旬开花，花期一个多月。花形呈小麦穗状，茎干细长。一株成年的薰衣草，无数的茎干呈放射状，如同一次爆炸的突然凝固，又如一个半圆形的"大馒头"。薰衣草开花的特点是自下而上，一股劲地往上蹿，一轮又一轮地开花。因此称它为"轮伞花序"。一般有五六个花序，茎干们看上去像一座座微型"观光塔"。2004年9月，65团的

伊宁郊外的薰衣草田

100克薰衣草种子搭乘我国第20颗返回式科学与技术试验卫星进行太空育种,经过18天的太空旅行返回地面。这些用太空种子种植的薰衣草,花序大多在10轮以上,香气变浓,精油产量也明显提高。

薰衣草的收割是一项细活,以前是用剪刀剪,一般剪到花瓣以下三五厘米的地方,不能有多余的枝叶,活也由心灵手巧的妇女们来干。剪(割)花时要避开早晨的露水,中午和下午的鲜花香气最浓,到下午6点又变淡了。但是现在,在收割时间上已没有这么讲究了。为了提高效率,加快收割速度,男人们挥舞着镰刀、开着收割机纷纷上场了。

伊犁河谷的薰衣草,每亩可提取精油5公斤左右,最高可达7公斤以上。理所当然,精油是薰衣草的精华,是液体的"蓝色金子"。每公斤精油国内市场价格是200～400元,出口价格则更高。尽管现在也采用CO_2萃取和乙醇浸取的精油提取法,但古老的蒸馏法仍在普遍使用,连法国普鲁旺斯也不例外。

65团的每个连队都有自己的薰衣草加工厂,即蒸馏车间。红砖结构的厂房高大坚固,但内部昏暗,设备简陋而陈旧,看上去像是废弃的原始作坊。除了采收加工季节，大部分时间厂房都闲置着。但即使闲置了一年，当你开门进去时，也能闻到很浓的薰衣草香味。薰衣草就像一个芬芳的游魂，徘徊在空荡荡的厂房里，久久不愿离去。薰衣草香有极强的渗透力，连砖墙也渗透了它的香味。厂房里鸟儿飞来飞去，燕子和麻雀在房梁上筑巢，它们大概是受了芳香的吸引，找到了安家的好地方。

整个 6 月，连队里的男人们忙坏了。他们 24 小时两班倒，争分夺秒地工作，提取梦寐以求的薰衣草精油。薰衣草的花期十分短暂，是不能错过的，当天收割的鲜花必须当天加工完，否则到第二天，出油率和精油的品质都要大打折扣。蒸锅，冷却，分油，经过这三道工序，精油就出来了。在热气腾腾、芬芳四溢的车间里，男人们汗流浃背地工作着，一点也不敢疏忽和倦怠。薰衣草的香味渗透了皮肤，渗进了他们的血液，将这些劳动的男人变成了香喷喷的男人。

一位提炼工人告诉我，去年一个加工季下来，他去附近的小镇购物，一进商场，女人们都疑惑地看着他，并窃窃私语："咦，这个男人咋这么香啊？"

芬芳专卖店

这是一些专门出售香味的商店。这是一个被移植的香妃。她翻越天山，从喀什噶尔来到伊犁。——一个被修改的香妃，她身上好闻而令人头晕的沙枣花香被更加怡人又迷人的薰衣草香味所替换。

伊帕尔汗是香妃的维吾尔名字。香妃离开喀什噶尔去了京城，成为紫禁城里的宠妃和思乡者，而伊帕尔汗走出伊犁，走向内地，在全国建立了自己的网络——300多家连锁店，形成了一个庞大的伊帕尔汗家族。她的愿望是：让芳香深入每个人的心田。

在伊帕尔汗专卖店，芳香有了色彩、质地和造型，有了自己的栖息地。精油以单方和复方两种方式出售，这些液体的"蓝色金子"，只需小小的一滴，就足以杀死你内心的忧愁和沮丧；化妆品系列，如眼霜、凝露、保湿霜、嫩肤水、美白乳、精华素等，专门用来取悦女士们的皮肤和容颜；薰衣草娃娃受到了孩子们的喜爱，小姑娘们将它们当作自己的娃娃来照料，向它们倾诉内心的想法；薰衣草枕头是专门为失眠者准备的，它使你精神放松，忘却焦虑，安然入梦，有时在睡眠的深处能梦见伊犁原野上大片大片的薰衣草田。而薰衣草花茶，使你的舌尖品尝到伊帕尔汗的味道……

除了薰衣草芳香，专卖店里还有玫瑰、薄荷、迷迭香和罗马甘菊

薰衣草笔会

薰衣草

的香味，它们都是伊犁香料的下游产品。

营业员几乎是清一色的女性。你很难在别的商店找到比伊帕尔汗的她们更加心平气和、和颜悦色又笑意盈盈的营业员，仿佛她们的笑容都散发着薰衣草的芳香。芬芳的工作环境唤醒并加深了她们内心的温柔、体贴、善解人意，使她们散发出一种女性的天然魅力和吸引力。

可以说，她们都是香妃的姐妹。当然，香妃在伊犁河谷还有古代的姐妹，如乌孙国的细君、解忧公主（"解忧公主"也是一个著名的薰衣草品牌——何以解忧，唯有薰衣草）。从古代乌孙到现代伊犁，从香妃到女性营业员，每一个伊帕尔汗专卖店都变得如梦似幻，让人有了某种超越时空的感觉。

店里明亮洁净，芳香袭人。但对于营业员来说，久闻其香已不知其香了，在她们的认识中，空气就应该是这个味道的。她们最大的感慨是从来不知失眠是什么滋味。"睡眠总是不够，总是不够……"一位营业员对我说，她的脸上因充足的睡眠而焕发着动人的光泽。她的走动像半是工作半是做梦，她可爱的抱怨听上去宛如一首可爱的歌谣。

无论是远道而来的旅行者，还是附近街区的居民，都喜欢到伊帕尔汗专卖店坐一坐，与营业员聊聊天。买方和卖方也不再是纯粹的商业关系，他们如朋友般叙旧、拉家常。有的人只坐了一会儿，就开始瞌睡、打盹，不知不觉就进入了梦乡。——每一个伊帕尔汗专卖店都是一个芳香的集散地，也是一首摇篮曲和催眠曲。

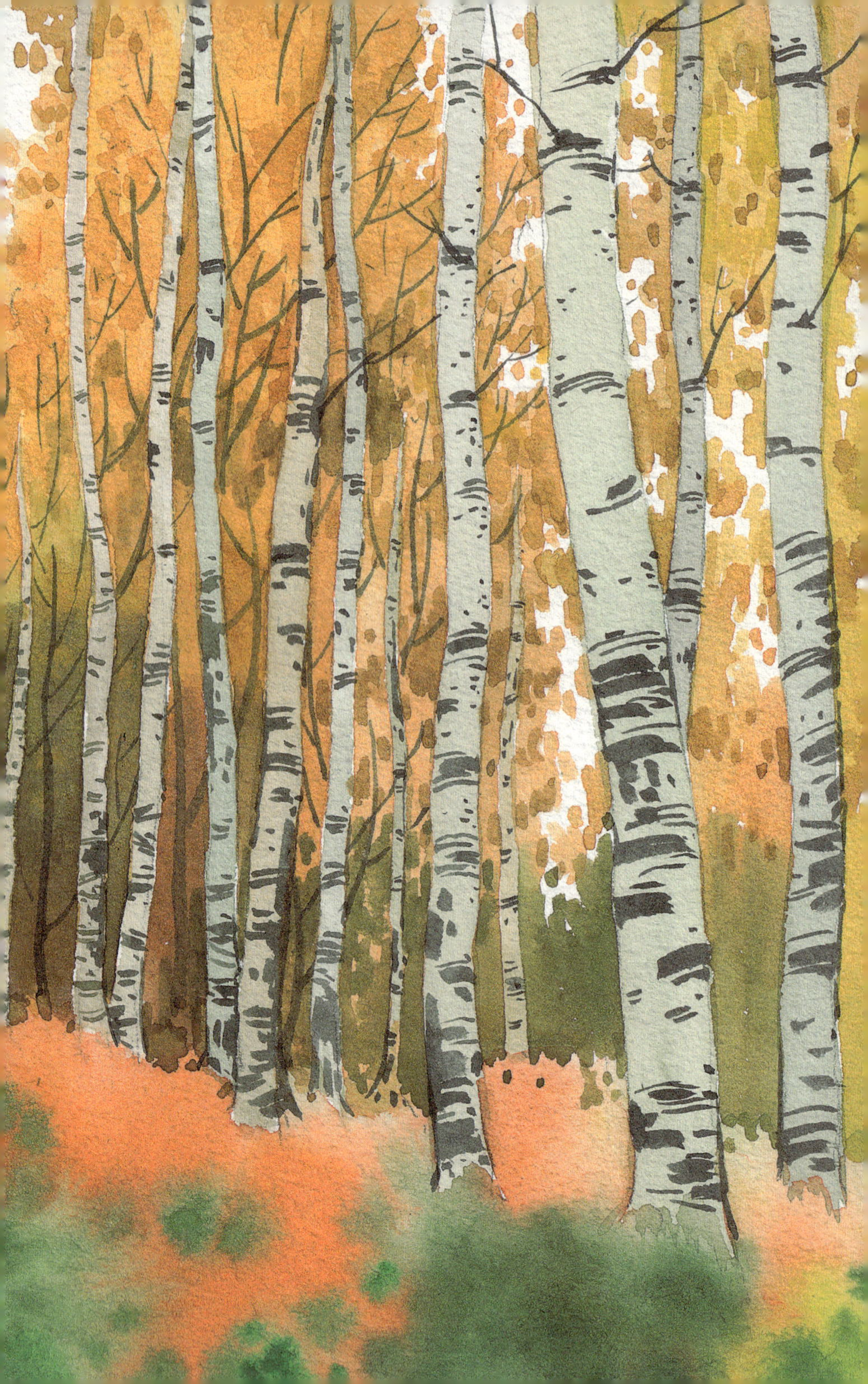

白桦

向着北方的朝圣

当我所有陈旧的思想像河冰一样四分五裂时,正是白桦树液流淌的时候。

——〔俄〕米·普里什文:《大地的眼睛》

风景的圣地

每年 9 月底和 10 月初，诗人、画家、摄影家和众多游客便开始了向着新疆北部阿尔泰山区的旅行。在喀纳斯、禾木、额尔齐斯河畔以及阿勒泰和哈巴河的白桦林公园，到处都有他们的身影，有他们于无边秋色中深深的陶醉。

一个人的一生中可以有各种各样的旅行，但这样的旅行是用耐心、期待以及长途跋涉换来的，将迎来人生中难得一遇的被大自然彻底征服的时刻，也许只是短暂一瞬，却会成为一生中悠长的回味。

秋天的白桦林

白桦

这些人,大自然的朝圣者,是朝着阿尔泰的金秋而去的,更是向着金秋的白桦林而去的——

……一滴水的圣地
山之阶梯上,风景朝圣者攀登
仿佛他们爬山涉水
阅尽人间缤纷画卷
只为了找到喀纳斯这一页:
失落的神圣一滴!

——沈苇:《喀纳斯颂》

此时的阿尔泰山区,俨然成了自然界巨大的调色板,成了色彩的交响乐。可以说,大自然本身就是一座色彩辉煌的宫殿。而作为山中骄子的白桦树,它金色的树冠和洁白的树干,使之真正成了由"黄金"和"白银"共同塑造的树。每一株阿尔泰的白桦树,都是如此非凡的树。

曾经多次,我也是朝圣队伍中的一员。这样的金色旅行,如今是弥足珍贵的个人记忆。我写过:"金色!金色统治准噶尔盆地/挺拔的白杨部落,沧桑的胡杨部落,/还有隐居群山的白桦部落/在金色中团结一致。——金色是秋天的可汗!"(《金色旅行》)也写下:"当我在桦林中行走,看到了人的眼睛/一个王国男女老少的眼睛/集体性放大安宁和惊诧。"(《植物颂》)

作为西伯利亚泰加林在我国的唯一延伸带,阿尔泰山区有着恢宏壮美的原始森林,是由红松、落叶松、五针松、云杉、冷杉等针叶型树种和白桦、欧洲山杨等阔叶型树种混生而成的景观独异的针阔混合林。

这里的白桦树学名叫疣枝桦，又叫疣桦、垂序桦、疣皮桦，是欧亚大陆温带古老的小叶型阔叶树种，也是新疆北部山区重要的乔木树种。

白桦是喜光、喜水和耐严寒的树种，主要分布在阿尔泰山阴坡中下部山谷、河滩和比较湿润的坡地上，常与别的树木混交，有时也形成独立的纯白桦林，面积从数百平方米到几十平方千米不等。

白桦树的耐寒能力令人惊叹，在零下四五十度的极端气温和寒流袭击下，也安然无恙，很少有冻梢现象。因此，白桦树堪称北方的支柱、北方的森林之魂，它既支撑起金秋的壮丽时刻，也支撑起随即来临的冬天的严寒和苍凉。

在金秋的白桦林中，画家们看到了大自然最杰出的印象派作品，每一株白桦树都是一个色彩大师，也是色彩的挥霍者，足以令无数个梵高疯狂。摄影家虽然大多是技术主义者，但他们用镜头捕捉的"客观性"，构成了对一些作家、画家表达过度的"主观性"的挑战。

纷至沓来的游客，特别是有着浪漫情怀和远方之梦的背包族们，徜徉在白桦林中，久久不愿离去。他们跋山涉水、远道而来，只是为了与一个金色瞬间相遇，白桦树仿佛是等候着他们的远方亲人。当他们依依不舍地走出白桦林时，好像身体和精神都沐浴过了一般，觉得自己真正做了一回"自然之子"。当然，他们也把自己视为金秋北方的"捕梦者"。

而诗人们嘛，似乎保持了沉默。"黄金在天空舞蹈，命令我歌唱。"（曼杰什坦姆）当黄金叶片在枝头舞蹈，诗人们却用缄默来表达内心的虔诚和敬意。这大概是一个白桦林朝圣者的基本礼仪和功课。在旅途中一路留下蜻蜓点水式诗篇的诗人，往往不是最好的诗人。到了需要表达的时刻，好诗人的抒发是最为激情、大胆和准确的。例如诗人蓝蓝，将新疆的白桦林比作"金色的桌子"，她写道：

白桦

> 新疆，给那走近你的人片刻牧场的安宁
> 给他以白桦林金色的桌子和
> 　　引向星辰的灯

喀纳斯：我的白桦之旅

我的白桦之旅的基本线路是：布尔津—杜来提—五彩滩—冲乎尔—禾木—喀纳斯。将这些地名翻译过来，就变成了："放养三岁公驼的人"—"灌木丛生的兔子窝"—"雅丹、河流与白桦林的三位一体"—"山涧盆地"—"哈熊肚子上的肥油"—"王者之水"（另有"陡峭""圣水""峡谷中的湖"等意思）。

布尔津是一座美丽的带点异国情调的小城，城里有大量新建的欧式建筑和苏联领事馆等俄式老建筑。如果不是街头众多国人面孔的提醒，你会怀疑自己是走在欧洲的哪座小城里。

这里是去喀纳斯和下山的必经之地，也是游人们喜欢逗留的一个地方。额尔齐斯河从城边静静流过，在城郊西南处接纳了布尔津河的河水。两河交汇处生长着茂密的白桦林，这是离县城最近的一处白桦林。河边夜市，每到晚上就热闹非凡，除了南腔北调的国人、兴高采烈的老外，还有吆喝声和烧烤的香味。坐在夜市上，品尝额尔齐斯河的野生烤鱼，喝俄罗斯族人用啤酒花和蜂蜜酿造的"格瓦奇"（一种低醇饮料），是长途旅行时穿越准噶尔盆地之后的最好享受。

在县城，我结识了一对俄罗斯族夫妇：小白鹿家庭旅馆的主人维克多·伊万和他的妻子廖丽娅。他们的汉语名字是任玉青和梁凤英。

维克多1949年出生在布尔津,父母于1938年日本人侵占东北后迁来新疆,先人生活在远东的哈巴洛夫斯克。他回忆说,20世纪50年代,布尔津县城只有一条街道,发大水时在街上划木筏子,蚊子特多,家家户户门口点燃麦草压上苦豆子来驱蚊。额尔齐斯河一度通航,从苏联运来汽油,从布尔津运走北疆的宝石、皮子和羊毛。

维克多夫妇的家庭旅馆是典型的俄式建筑,院子里有一片菜地,种着十几棵挺拔的白桦树。我发现夫妇俩喜欢用白桦来处理许多细节:"小白鹿"三个字是用白桦枝拼缀的,壁炉里是烧焦的桦木,博古架上有几个桦皮盒子,院子里用细小的白桦枝为一丛柳兰花搭了一个立体架子……维克多是一个热情而健谈的人,一说到俄罗斯人和白桦树,就显得格外兴奋。

喀纳斯五彩滩

去喀纳斯路上

他说："所有树木中，俄罗斯人最喜欢白桦树，白桦是俄罗斯的国树。"每年年初，俄罗斯人都要喝白桦液来迎接春天。这时土地刚刚解冻，树木尚未发芽，白桦液是最好喝的，清澈似泉水，有一股淡淡的松木味道，它有降血脂、软化血管的功效。

在东正教礼拜仪式上，牧师用白桦枝条沾圣水来祝福信徒。而在日常生活中，在洗俄式桑拿时白桦枝条用来抽打身体，去污、活血。要选用刚发芽的枝条扎成小束，抽打时芽叶不会掉落。洗浴者坐在河边的木屋里，一边往烧烫的石头上泼水，一边用枝条自我抽打或相互抽打，一直抽打到身体泛红，污垢和病气全无，抽打到白桦枝香气散发，弥漫整个木屋。

"从前，洗澡仪式是额尔齐斯河边的一道风景。在现在的布尔津，这种情景已看不到了。"维克多感慨道。

我对他掌握的白桦知识颇感兴趣。维克多还说，从前俄罗斯人用白桦皮熬煮和蒸馏白桦油。油是黑色的，放在家中第二道门口，可起杀菌、驱蚊虫、防感冒的作用。白桦油抹在马车和牛车的车轱辘上，是很好的润滑剂。

冲乎尔是去喀纳斯路上的一个山间小盆地。离开县城70多公里都是平坦的旷野，随着地势突然下降，我们眼前蓦然一亮，冲乎尔秀美的风光出现在我眼前和脚下：盛开的葵花，玉米地和黄豆地，白桦林掩映的村庄，自北向南穿过盆地的布尔津河……这是一个精致的袖珍盆地，面积只有60平方公里，人数不多，却由十几个民族组成，人们过着半农半牧的生活。

布尔津河边，牧草快要收割了，长得几乎与车子和人身一般高。在冲乎尔出生的散文家康剑说："牛羊吃了这样的草，像新疆人吃了豪华拌面一样高兴。"

河谷中的白桦林沿河流走势向前延伸，林中人迹罕至，十分幽静，不时可见野蘑菇和草灵芝。出桦林，经过一个名叫喀拉克木尔的村庄，看到几户哈萨克族人家将马头挂在院子里的白桦树上。马头已经风化，很白，很干净，与白桦洁白的树干融成了同一种颜色。

哈萨克族人认为马和诗歌是他们的翅膀。宰马时要念经，举行隆重的仪式。将马头挂在白桦树上是仪式之一，就像蒙古人将马头奉供在山顶一样，是出于信仰的需要。当马头从高处投来俯视的一瞥，他们过的是一种有敬畏的人生。

离开喀拉克木尔村，路上有很长一段时间，我仍能感受到白桦树的眼神和马头眼窝中空洞的目光，好像它们一直在跟随我。这是大自然的眼神，来自另一个世界的幽幽眼神，在将人间久久地打量、审视。

白桦

禾木——"哈熊肚子上的肥油"

能像肥油一样的地方岂能不是一个好地方?

如今背包族和山友们称禾木为"边疆的世外桃源",还将它比作神的自留地、牧主的庄园。这里四面环山,山地阴坡森林茂密,苍翠欲滴,阳坡则绿茵遍地,繁花似锦。站在山上,图瓦人的原木小屋如同梦中的场景、童话中的世界。山坡上、山脚下的白桦林在阳光下银光闪闪,将整个村落包围起来,仿佛一圈闪着光芒的栅栏。禾木,这座原生态村庄,如同白桦襁褓中沉睡的孩子。

这里的一切都是静谧的、闲适的、安然的,尘世的喧闹和时光的

白桦树与枣红马

流逝被挡在了山外。斜尖顶的木屋经长时间的日晒雨淋变暗、发黑，散发着松木好闻的香味和时间古老的气息。

> 草地上的羊毛，苇席上的奶酪
> 木栅栏形同虚设，各家的门
> 随意敞开着——
> 仿佛在欢送一种忧愁的离去
> 迎接祖先们无时无刻的归来
> ——沈苇：《喀纳斯颂》

村庄里人畜共居。禾木独有的白头牛沿村道四处游荡，有几只慢悠悠走过禾木河上的木桥，去山上享用喷香的牧草。牧草正在被收割，一片又一片倒地，在明晃晃的阳光下很快就晒成了干草。鹰的盘旋和滑翔，在天空留下流畅的线条。几只被圈养起来的马鹿，目光中含着天真的哀怨。而图瓦人的孩子，眸子像牛马的眼睛一样明亮、纯净。

图瓦人称白桦为"哈英"。在蒙克巴也尔喇嘛的家庭博物馆里，我才知道"哈英"与图瓦人的日常生活是如此密不可分，他们的许多生产生活用具都是以桦树为原料制作的，如爬犁、雪橇、草叉子、捣窝子、马鞍、耕犁、木锹、捣酥油的木桶、存放盐糖酥油的桦皮盒子等。

禾木有一个爬犁队，有十几架桦木做的爬犁，冬天专门为村里运送面粉、大米、油盐、茶叶等生活物资。山路上是走不成爬犁的，要沿河道在冰面上走，从冲乎尔到禾木一般要走四五天，雪大时得走10天左右。到了晚上，运输队就睡在冰面上。

在与图瓦人的接触中，我明显感受到他们文化中的某种"白色

喀纳斯禾木村

禾木村的冬天

崇拜"(帕米尔高原的塔吉克人也有"白色崇拜",崇拜太阳、面粉、奶等)。白桦树和白头牛就不用说了。男女相亲、完婚有4道程序,第一道就是"送白",即男方要向女方家送去白色食品(奶酪、奶疙瘩、奶酒)和白色布匹。每年春节,图瓦人都要祭雪敖包,在一张雪桌子上放羊头、牛肉、酒、油果子,大家一起饮酒吃肉,欢度旧年的离去和新年的来临。我猜想,图瓦人的这种"白色崇拜"是否源自对白桦树的衷情呢?

从布尔津出发,经冲乎尔、禾木,到达喀纳斯,白桦树一路伴我而行。它是我的路标和向导,指引着旅行的去向。

终于第三次见到了喀纳斯湖,不禁想起蒙古史籍中成吉思汗的一句话:"我三次到过喀纳斯。"

对喀纳斯的赞美我已听得太多。然而再多的添加都不是多余的。许多朋友像我一样热爱喀纳斯——这处风景的杰作。他们当中有人愿意做喀纳斯的一棵树,有人则希望做喀纳斯的一只虫子,而我,更愿成为喀纳斯的一滴水,回到水的浩渺、幽深和湛蓝中去。那是一种非人间的蓝,归宿性的蓝。此时,在旅行终点的这一滴蓝色中,倒映着天空、云朵、群山和喀纳斯的白桦林。

星子们的回旋,绕膝于一个光芒中心
汲取了永不枯竭的母性甘泉、星光甘泉
——喀纳斯不是别的,不是景色的大地
而是景色的星空:一个风景的小宇宙
　　　　　　　——沈苇:《喀纳斯颂》

白桦

大地上的"指北针"

突厥语、蒙古语和通古斯满洲语等阿尔泰语系民族，都有"世界生命树"和"宇宙中心树"的概念，认为人来自树，树是人类的始母。突厥语系诸民族自称是狼的后代，也是树的儿子。维吾尔人就认为自己是云杉和白桦树的后代。

13世纪波斯史学家志费尼在《世界征服者史》中写道："畏兀儿人认为他们世代繁衍，始于斡儿寒河畔……河边长着两棵紧靠的树：其中一株，他们称为忽速里（云杉），形状似塔松，树叶在冬天似柏，果实的外形和滋味都与松仁相同；另一棵他们称为脱思（白桦）。两树中间冒出一个大丘，有光线自天空降落其上，丘陵日益增大，眼见这个奇迹，畏兀儿各族满怀惊异，敬畏而又卑躬地接近丘陵，他们听见歌唱般美妙悦耳的声音。每天晚上都有光线照射在那座丘陵30步周围的地方。最后，宛如孕妇分娩，丘陵裂开一扇门，中有5间一样分开的内室，室内各坐着一个男孩……他们断了奶，便能够说话，马上就询问他们的父母，人们把这两棵树指给他们看。他们走近树，像孝子对待父母一样跪拜，对生长这两棵树的土地也表示恭敬和尊敬。这时，两棵树突然开口说话：'品德高贵的好孩子们，常来此地走动，恪尽为子之道。愿你们长命百岁，名垂千古！'"这5个男孩各有其名，他们是畏兀儿（维吾尔）人的祖先。

通古斯满洲语系萨满教有一个完整的植物神灵系统。萨满视白桦树为神树，在树干上刻的横道，其数量象征天穹的层数。"（北方的）中国人用桦树的皮做火炬，或装上蜡当蜡烛，用做内衣和靴子的填料及衬里，做刀柄或弓上的饰品，这弓叫作'桦皮弓'。西伯利亚诸部普遍使用桦树皮做桶子、篮子和盘碟,以及盖屋顶。"(劳费尔:《中国伊朗编》)在北方,桦木和树皮既用于建屋、造船,制食具、炊具、箱盒,也用于做神匣、神偶等。萨满教的神像大多奉供在森林深处的桦皮棚里。

人们在20世纪30年代的田野调查中发现,通古斯人(鄂温克人)的萨满教祭祀仪式大量使用白桦木。祭场中央立3根萨满柱,柱的两侧对称立起两排桦木,每排9棵。其东南也有9棵桦树,放9张供桌,上供9只动物的肉和骨头。"9"在阿尔泰语系诸民族中是一个神圣吉祥的数字,这从鄂温克人的萨满教祭祀仪式中明显可见。

喀纳斯卧龙湾

在远东,在西伯利亚,白桦树的形象已和俄罗斯精神融为一体,以至于每当我们提到白桦树,就会不由自主想到俄罗斯,想到俄罗斯大地和发生在这片大地上的故事。

在俄罗斯诗歌、音乐、绘画艺术中,献给白桦树的作品可以车载斗量。白桦树扎根于俄罗斯大地的辽阔、寒冷和苦难中,它理解母性、人道、悲悯的力量和要义。它金色的树冠如同不灭的精神圣火。它屹立在茫茫雪原上,光秃秃的枝丫是刺向天空的长剑,而挺拔不屈的躯干是伟大精神的化身。

俄罗斯的灵魂曾在荒原上放逐、游荡,最终有了归宿:栖息在圣母和始母般的白桦树上,寓居于白桦树银柱般的躯干中。

普里什文称白桦树是"由树干的专权统一的一个国家"。他赞美

白桦

白桦丛 〔俄〕列维坦

它的贞洁白净,"越到上面,树皮白净得就像人的脸"。与此同时,他也注意到白桦树的死亡特征:"白桦树是从内部开始腐烂的,你还一直将它的白树皮当作一棵树,其实里面早已是一堆朽物了。这种海绵似的木质,蓄满了水分,非常沉重。如果把这样的树推一下,一不小心,树梢倒下来,会打伤人,甚至砸死人。"

白桦树是北方的树,是大地上永远的"指北针"。生活在西伯利亚的小说家阿斯塔菲耶夫(《鱼王》的作者)有一次去南方疗养院疗养,当他在滨海公园漫步时,认识了许多南方植物,还发现了三棵有儿童手腕粗细的小白桦树。它们居然在南方、在异邦的林木间,活了下来。这使他倍感意外和惊讶。

阿斯塔菲耶夫写道:"这些小白桦树是连同草根一起装上轮船运来的,给它们浇透了水,精心侍弄它们,它们终于在这里成活了。可是白桦树叶依旧还是面向北方,树冠也是……"

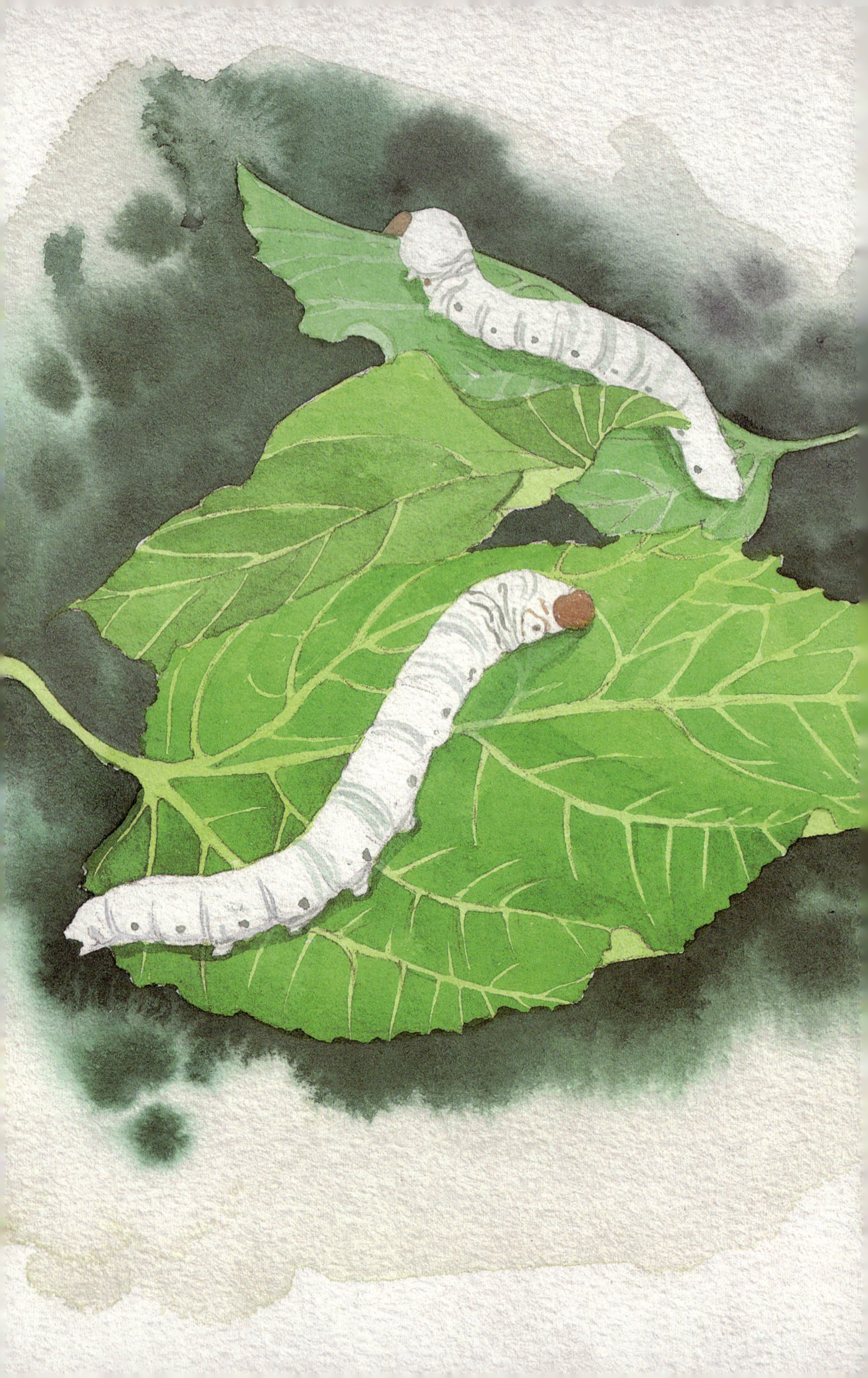

桑

前世今生

世方喋血以事干戈，
我且闭关而修蚕织。

——〔清〕袁枚：《重修钱武肃王庙记》

钱山漾：丝绸之源和石头博士

一株孤零零的高秆桑站在钱山漾，站在世界丝绸之源。

郁郁纷纷的矮秆桑站在浙北平原，站在号称"丝绸之府""鱼米之乡"的湖州。

每一种植物都有它的前世今生。如果说高秆桑是矮秆桑的前世，那么，矮秆桑就是高秆桑的今生了。

江南所剩无几的高秆桑是宋代以前的桑种，它的身世可以追溯到六七千年前，那时中国人已开始种桑养蚕。唐代，吴绫（湖丝）与蜀锦齐名，都是上贡贡品。宋室南渡后，湖州成为京城临安（杭州）的辅京，"耕桑之富甲于浙右"。到明清，"辑里湖丝"蜚声海内外，湖州"无不桑之地，无不蚕之家"，因蚕桑而富足，成为江浙两省最发达的地区。在明代，湖州蚕农对高秆桑进行驯化、矮化，采用"嫁接""矮秆""养拳"三法，培育出全国最优良的桑树——湖州矮秆桑，俗称"三腰六拳"。

丝绸也有它的前世。它的前世藏在钱山漾的地下幽冥世界。

漾为小湖，大小介乎湖泊与池塘之间。钱山漾遗址位于湖州市东南郊外八里店镇潞村，东苕溪支流黄泥港从西侧流过，遗址红线内有大片的水田和纵横交错的河道，间杂桑园和荒地，两排高大的水杉树、三株古香樟和一株孤零零的高秆桑成为地望标志。1956年和1958年，文物部门对钱山漾遗址进行了两次考古发掘，出土新石器时期石、陶器数百件，其中陶制纺轮就有50多件。更重大的发现是，出土了那个时期的绢片、丝带和丝线，经鉴定，距今约4200年，是地球上发现的

桑

湖州驯化桑树"三腰六拳"

钱山漾遗址

最古老的丝绸文物。

2005年，钱山漾又出土大量陶、石、玉、骨和木质器物。这处遗址表明，当时的南方土著文化，时间上相当于北方中原的"龙山文化"，但"比龙山文化进步"，它填补了"良渚文化"和"马桥文化"之间的断档，是一种全新的文化类型。

2015年6月，国家有关部门组织专家评审，授予钱山漾"世界丝绸之源"的称号。

钱山漾的发现者是潞村人、"石头博士"慎微之。有人说，慎微之摸螺蛳河蚌时摸出了一个钱山漾！此话不假。

慎微之父亲早逝，家境贫寒，但他聪慧懂事，小时候常去漾里抓小鱼虾、摸螺蛳河蚌，以改善家里的生活。14岁考入杭州蕙兰中学（现杭州第二中学），后就读于上海沪江大学（现上海理工大学）。当时，西方新式教育已传入国内，蕙兰中学和沪江大学深受熏染，慎微之对地理、历史、人类学、社会学等新学科产生了浓厚兴趣。他想起小时候捕鱼捉虾时发现过有人工痕迹的石头，村民们种田时也发现过石器和陶器，感到漾里藏着玄机和秘密。于是，每年寒暑假回到村里，他就去漾边浅滩里寻找各种古怪的石头，并乐此不疲。1934年，湖州大旱，钱山漾露出湖底三分之二的面积，慎微之采集到大量镰、刀、斧、锛、犁等石器，由此揭开了这座新石器时代遗址的神秘面纱。

两年后，慎微之发表重要论文《湖州钱山漾石器之发现与中国文化之起源》，其中的观点与卫聚贤、何天行、施昕更等学者发起的"吴越史地大讨论"形成呼应。这次大讨论，纠正和改写了长期以来"黄河流域是中华文明唯一发源地"的观点，强调以"河姆渡文化""良渚文化""钱山漾文化"等为代表的长江中下游古吴越文化，其发展历程"几与中原并驾齐驱"。在当时，这一观点可谓石破天惊，引起学界广泛关注和共鸣。2019年，良渚申遗成功，不应忘记20世纪30年代这些学者的先见和功绩。

湮没的历史需要再审视、再发现。我们今天所讲的历史，大多是成功者的历史，帝王将相、大事件和英雄们的历史，鲜有失败者和黎民百姓的历史。北方的黄帝打败了南方的炎帝、蚩尤，历史就从黄帝一脉沿袭下来了，造成的误会是：北方文明早于南方文明，黄河文化早于长江文化。连养蚕的始祖也归于黄帝元妃嫘祖的名下。有观点认为，中国蚕桑起源于黄河流域，中唐之后，中心才转移到长江中下游的江南地区。殊不知，考古已证实，南方蚕桑与北方蚕桑是同步发展的，只是唐代之后，中原黄河流域的蚕桑丝绸业明显衰落了。

汤斌昌是潞村乡贤、吴兴农民协会纪念馆馆长，他为我找到了江苏研究社1937年版《吴越文化论丛》的影印本，刊有慎微之《湖州钱山漾石器之发现与中国文化之起源》一文。这篇文章，今天读来仍是充满洞见、十分超前的，而且经过了作者的辨析与实证。慎微之说："黄帝与蚩尤大战于涿鹿之野。当时蚩尤在南方，已能铸铜为兵器，做刀戟大弩，为炎属之后，爱好和平；黄帝居北方，好战伐，以弦木为弧，剡木为矢，而霸中国。故当时北方之文化尚不及南方，自黄帝战败蚩尤后，遂尽力吸取南方文化之精华，发扬而光大之。但终究不能因此而谓南方之后于北方也。"他认为，钱山漾大部分为古城市之旧址，"古时之钱山漾，曾一度人烟稠密，嗣因洪水泛滥，古陆沉，始成今日之一片汪洋"。这位业余考古学家进而得出结论："中国之文化，起于东南之说，则因钱山漾石器之发现，成为确定之事实矣。""中国文化起于东南"之说或许有失偏颇，但南方古吴越文化与北方中原文化同步之发展，当是无可置疑的。

据汤斌昌介绍，近年来还在钱山漾发现了高秆桑木桩和金丝楠木。生活在水乡泽国，钱山漾先人采用的是干栏式建筑（干栏巢居）。这一建筑样式最早出现在河姆渡，是南方百越部落常见的建筑风格，类似于现在江南古镇的水阁和西南少数民族地区的吊脚楼。高秆桑作为建筑基础的干栏木桩可以理解,而金丝楠木有何用场、来自哪里一直是谜。

1940年,慎微之赴美国宾西法尼亚大学攻读人类学博士,学成回国后,先后出任沪江大学商学院教务长、之江大学教育系主任等职。他魂牵梦绕的仍是钱山漾,教学之余,频返故乡,像从前那样,赤着双脚,提一个篮子,继续在漾边寻找石器、陶器。村民们称他是"石头博士"。他写下的14个考古笔记本,现保留在湖州市博物馆,尚未整理出版。

因基督教信仰和留美经历,先生"文革"时成为被改造对象,晚年生活在浙皖交界处的长兴煤矿。他膝下无子,孤身一人,长期受神经衰落和严重失眠折磨,1976年郁郁而终。汤斌昌一直在收集、整理有关慎微之的历史资料,希望将他的墓从长兴迁回潞村,建立先生的纪念馆,多年来一直为此四处奔走呼吁。

"石头博士"慎微之是钱山漾的发现者,也是预言家。长安是丝绸之路的起点,这是确凿无疑的,而"世界丝绸之源"的命名,将丝路的起源地定位在了江南。湖州城内霅溪上的骆驼桥和向西通往城外的黄沙路,也引发了人们关于丝路的无限遐想,它们与钱山漾遗址互为印证、交相辉映。

飞机上的蚕宝宝

李白、李贺均有"吴地桑叶绿"的诗句。元代大画家赵孟頫称湖州为"水晶宫""青玻璃","我居溪上尘不到,只疑家在青玻璃",

其著名的《吴兴赋》说湖州东部平原"桑麻如云,郁郁纷纷"。赵孟頫的好友、奉化人戴表元对湖州更是赞赏有加:"行遍江南清丽地,人生只合住湖州。"(《湖州》)这里水网密布,桑林遍野。家家栽桑,户户养蚕。面积不到6000平方公里,每年的蚕茧产量却占全国的十分之一以上。

我出生的庄家村在太湖和大运河之间。母亲是村里的养蚕高手,一年要养四五次蚕,非常辛苦。种田主要交公粮了,养蚕是家里最主要的经济来源。村里有许多蚕事活动,如祭蚕神、请蚕花、踏白船、做茧园子、吃"蚕花弯转"(一种小虾米)等。在蚕月里,要用桃枝、艾草、大蒜和雄黄酒来驱魔避邪,保护蚕宝宝。清明时吃螺蛳,将螺蛳壳扔到房顶上,据说可以祛除蚕病的精怪"青娘"。养蚕时节,小孩子是不能大声说话和吵闹的,否则会使蚕宝宝受惊,影响它们的成长。蚕月里全家人噤若寒蝉,给人郑重其事的神秘感。

母亲和奶奶总在桑园和蚕房间忙碌,从春到秋,闲不下来。我是太奶奶带大的。她会讲几个与蚕有关的故事,印象较深的是"蚕变佛",说湖州有一户人家,笃信佛法,他们家养的一个蚕,三眠后突然变异,体如人,面如佛,眉目皆具,通体金光闪闪。这家人将它奉供在香火堂,日日敬拜。村民们见了也十分惊讶,纷纷敬拜。几天后"蚕佛"化身为蛾,飞向西方不见了。后来,我发现这个故事源自南宋文人洪迈的《夷坚志》。

蚕,有"天虫""忧虫""马头娘""蚕花娘娘""蚕宝宝"等别称。它既是高贵的"天虫",又是娇弱的"宝宝"。"天虫"与东方神木"扶桑"匹配,而"宝宝"呢,则对应了江南人的柔软、怜爱、呵护之心。

与此同时,桑园是我们的儿童乐园,我和村里的孩子们在那里玩耍,捉迷藏,摘桑葚,采桑木耳。

挣扎的人，生出挣扎的孩子
脸上有污泥，污泥里养鸡鸭
河里扑腾，捉蝌蚪、螃蟹、小虾

遇大雨，跳进水塘，露出鼻孔
老人说，这样不会得病
病了，穿一件姜汁内衣
病重，喝臭卤，吃一只蛤蟆

挣扎的人，生出挣扎的孩子
所以走路很晚，似如拼命
他摇摇摆摆，从桑园摘回木耳
木耳是带露的
污泥的脸上是有光的

——沈苇：《村里的孩子》

有一年春天回老家，重返西域时，母亲给了我 15 个蚕，说是给新疆的孙女玩的。它们已是五龄蚕了，再过两三天就要结茧子了。我将它们装在一个小盒子里，又洗了一些桑叶带在身边。

在从杭州到乌鲁木齐的飞机上，我的蚕引起了空姐们的注意，她们惊讶而兴奋地围着我，希望一路上能代我养蚕。我满足了她们的愿望，将蚕和桑叶交给了她们。空姐们如获至宝。由美丽的空姐来做蚕宝宝的保姆，我想颇为合适。

经过 5 个多小时的飞行，15 个蚕宝宝走通了中国境内的丝绸之路。

它们是令人刮目相看的蚕宝宝了。一个蚕能吐1200米的丝，我想，无数的蚕吐出的无数的丝，就构成了丝绸之路。

蚕到了新疆，第二天晚上就开始"上山"做茧子了。我用碎纸和筷子给它们搭建了结茧用的"龙"（架子）。3天后，洁白椭圆的茧子做成了，数一下，刚好15个，一个也不少。我将茧子分送给首府的文朋诗友和女儿的小学同学。

十几天后我在喀什，几乎在同一时间接到了几条相似的短信：蛾子咬破茧壳爬出来了，怎么办呢？我回复：蛾子爬出来是为了交配、产卵，然后死亡。我建议朋友们将蛾子放生了，因为它们都是孤独的蛾子，找不到交配的对象。

蚕是"变态昆虫"，它的一生是一个伟大的轮回：卵—幼虫—蛹—成虫（蛾子）—卵。其中幼虫期，即我们称之为"蚕"的时期，28天左右。幼虫一共蜕皮4次，蜕皮前为"眠"，每两次蜕皮之间的生长期叫"龄"，故有"四眠五龄"之说。蚕的轮回是完美的、圆满的，它脱离了死亡，实现了生命的接力和永续。

我出生在"丝绸之府"湖州，大学毕业后又来到丝绸之路的核心区新疆，一待就是30年。从水乡到沙乡，这里面大概有某种神秘的因缘和宿命。以前我把江南和西域称为"两个故乡"，现在却觉得它们是同一个地方，或者是同一个地方的两个侧面。因为有一根看不见的"丝"将它们连接在一起了。

丝的一端是丝绸之源的烟雨江南，另一端则是广袤无边的大美西域。

桑的塑像

中国是世界上最早种桑养蚕的国家，已有7000多年历史。中国的桑树品种也是全球最多的，有15个桑种和3个变种。商代甲骨文上已出现桑、蚕、丝、帛等字形。到周代，采桑养蚕是常见农活。春秋战国时期，从长江流域到黄河流域，桑树已成片栽种。

桑树的故乡在青藏高原的雅鲁藏布江流域。正如大洪水后，人类从高山走向低地，桑树的迁徙也有一个从高海拔到低海拔的过程，它们是背井离乡的"植物移民"。在西藏林芝地区，南迦巴瓦山下的雅鲁藏布江峡谷里，有一株1600多岁的桑树，是地球上最古老的桑树，是"桑树王"。相传由松赞干布和文成公主所植。它高7米多，径围13米，枝繁叶茂，盘根错节，年年开花，但不结果。藏民们视它为神树，与神山圣水拥有同等的显赫地位。

无独有偶，在东部沿海的泉州，也有一株"桑树王"，已有1300多岁。它在名刹开元寺内。据方志记载，这里原是福建黄氏先人黄守恭的桑园。唐垂拱二年（公元686年），园中有一株桑树忽然开出白色莲花，地方政府视为瑞祥，上报朝廷。黄守恭深感桑树灵异，腾出桑园，建起佛寺，初名"莲花应瑞道场"，后改名为开元寺。这株古桑历经了600多次台风、雷电等灾害，雷电曾将其主干一劈为三，但劫后余生的古桑依然顽强地活着。

一东一西，一高一低，两株相距千里的"桑树王"，仿佛海上丝路与陆上丝路遥相呼应，仿佛云时代的"量子纠缠"……

《庄子·养生主》说"庖丁为文惠君解牛……合于桑林之舞"，"桑林"是商汤时期的乐名，《庄子》大概是中国古籍中最早写到桑的。

古代采桑图　　　　　　　　　　　　　　　杭州，中国丝绸博物馆

而《山海经》明显将桑树神化了："三桑无枝，在欧丝东，其木长百仞，无枝。"

把桑树神化为"东方自然神木"——扶桑，符合人类原始信仰中"世界中心树"的理念。中国神话中，扶桑由两株相互缠绕的巨桑组成，扶摇直上，是太阳女神羲和的儿子金乌的栖息地，夸父逐日、后羿射日均与扶桑树的"太阳"有关。李时珍《本草纲目》云："东海日出处有扶桑树。此花光艳照日，其叶似桑，因以比之。"在中国语境中，扶桑开始指代东瀛日本，还用来遥指南美洲和传说中已沉入大西洋海底的亚特兰蒂斯大陆。而在今天的植物类型中，扶桑就是朱槿，俗称大红花，在岭南地区十分常见。

桑为汉语注入了新的语义和活力。孟浩然"开轩面场圃，把酒话桑麻"中的"桑麻"，已泛指作物和农事。而"桑梓"，则指代故土、家乡。

一部中国古典诗歌史，也是一部灼灼其华的植物志，"蚕赋桑歌"一路贯穿下来，回响其中。《诗经》305首，与蚕桑相关的有27首。《全唐诗》中，关于蚕桑的有490多首。《诗经》中的《豳风·七月》，汉乐府《陌上桑》，南北朝民歌《采桑度》，白居易的《红线毯》《缭绫》，

237

李商隐的《无题》等都是与蚕桑有关的名篇佳制。

《豳风·七月》是人们耳熟能详的：

七月流火，九月授衣。

春日载阳，有鸣仓庚。

女执懿筐，遵彼微行，爰求柔桑。

春日迟迟，采蘩祁祁。

女心伤悲，殆及公子同归。

七月流火，八月萑苇。

蚕月条桑，取彼斧斨。

以伐远扬，猗彼女桑。

七月鸣鵙，八月载绩。

载玄载黄，我朱孔阳，为公子裳。

"春蚕到死丝方尽，蜡炬成灰泪始干。"李商隐的《无题》脍炙人口，已成千古绝唱。我读到南朝无名氏的《作蚕丝》，感到其与《无题》有共情和交感，好像《作蚕丝》是前世，《无题》则是今生。或许，李商隐是从前人那里受到启发的：

其一

柔柔感阳风，阿娜婴兰妇。

垂条付绿叶，委体看女手。

其二

春蚕不应老，昼夜常怀丝。

何惜微躯尽，缠绵自有时。

……

赞美桑树，把桑树神化为扶桑神木，歌颂"春蚕到死丝方尽"的深情，同时描写丝绸的绚丽、轻柔和飘逸，是古诗词中常见的内容。但是，很少有作品写到养蚕之苦（作为寡食性物种，除了眠关，蚕的一生沙沙沙吃个不停，寡食性的熊猫也如此），写到养蚕女的辛劳、忧心乃至愿意把自己变成桑叶去喂饱蚕宝宝的决绝。这方面，清乾隆年间嘉兴诗人吴文溥的《吴兴养蚕曲》堪称另类之作，同为浙北吴地，吴文溥是感同身受的：

吴兴养蚕三月杪，桑间女儿何窈窕。

黄昏饲蚕至清晓，露叶悬风门巷小。

一眠再眠蚕愈多，十株五株叶渐少。

安得妾身代蚕饥，妾身化叶与蚕饱。

一株桑树站在丝绸之源，站在丝绸之路上。

有一株桑树站在那里，就有十株、一百株、一千株桑树站在那里。它们相扶而生，像亲人一样形影不离。

没有桑树就没有中国的蚕桑业，就没有丝绸，也就没有丝绸之路。从这个意义上来说，丝绸之路不是别的，正是桑树的一次植物学延伸。

一株桑树站在已逝的时光中。每株桑树都是丝绸之路的一个起点，也是丝绸之路的一位守护者。没有桑树的丝绸之路是荒凉的、断裂的、失落的。

桑，无疑是丝绸之路上最美的植物塑像。

西域丝都

西域蚕桑来自东土。《大唐西域记》记载了一则关于蚕桑东来的传说：于阗国本无蚕桑，为取得蚕桑种子，国王想尽了办法，无奈东国边防甚严，不让蚕桑种子流入他国。聪明的国王改为向东国求婚，让迎亲的使者告诉公主自带蚕桑种子，以便日后为她做衣裳。公主闻其言，"密求其种，以桑蚕之子置帽絮中，既至关防，主者遍索。唯王女帽不敢以检。遂入瞿萨旦那国（于阗国）"。

1900年，英国探险家斯坦因在丹丹乌里克遗址发现一块木版画，据称就是这位东国的蚕桑公主的画像。背光之下的公主雍容端庄，如同一位美菩萨。

玄奘看到的于阗国"桑树连荫"，于阗人"好学典艺，博达伎能""工纺绩绁"。唐代之后，西域向中原王朝进贡的"胡锦""西锦"等丝织品大多产自和田。和田蚕桑声名远播，连10世纪的波斯文献《世界境域志》对此也有记载。

考古表明，和田种桑养蚕已有1700多年的历史。大约情况是：公元3世纪传入西域，4世纪传到中亚、西亚（现在乌兹别克斯坦、土库曼斯坦等国依然种桑养蚕），6世纪后传到希腊、意大利和地中海地区。

民丰县尼雅废墟中有保存完好的汉末晋初的桑田遗址和枯死的桑

树，并发现过多枚那个时期的蚕茧。1999年出版的《中日·日中共同尼雅遗迹学术调查报告书》上说："尼雅的桑树主要分布在聚落遗址周围，属人工栽培。……许多枯死的桑树各有一定间距，纵横相间，排列有序。"洛浦县阿克斯皮尔古城出土的红陶蚕据称是崇拜物，这与史书中记载的于阗国为桑蚕专修伽蓝，以求神灵保佑是相吻合的。

当然，中国丝绸的西传比蚕桑落户西域要早好几个世纪。

古希腊人称中国为"Seres"（赛里斯），意思是*产丝之国*。他们把赛里斯人（中国人）描述成"身高达20尺，红发碧眼，声若洪钟，长寿达200岁"的神人。而产自赛里斯国的丝绸，则是一种长在神树上的特殊的"羊毛"。

大约从公元前4世纪开始，罗马与东方有了接触。中国的丝绸华丽、柔软而舒适，令罗马人大为倾倒，慢慢地转化为一种集体性的狂热迷恋，一种腐化奢靡的社会风气。在罗马市场上，丝绸的价格等同黄金，即一两黄金只可买一两重的丝绸。

到了屋大维时期，时髦奢侈的享乐主义风气日甚。一天洗7次澡的罗马人享用完肥蜗牛和红烧鸡冠，打着饱嗝，穿着几乎透明的丝绸服装，成天在街头东游西逛。哲学家塞内加忧心忡忡地写道："人们花费巨资，从不知名的国家进口丝绸，而损害了贸易，却只是为了让我们的贵妇人在公共场合，能像在她们的房间里一样，裸体接待情人。"（《善行》）罗马元老院多次下令，禁止人们穿丝绸服装，认为它是国家衰败、社会堕落、人心萎靡的象征。

在很长一段历史时间里，位于丝绸之路南道上的古于阗国是丝绸产地，也是西域重要的丝绸产品中转集散地。大批的中国丝绸经这里，运往中亚、西亚和地中海沿岸国家。和田绿洲"土宜五谷并桑麻"，在本土蚕桑业和丝绸业发展起来后，于阗当之无愧地成为"西域丝都"。

清代，和田蚕桑业达到鼎盛时期。清末洛浦县主簿杨丕灼在一首诗中写道："蚕事正忙忙，匝地柔桑，家家供奉马头娘。阡陌纷纷红日上，士女提筐。零露尚瀼瀼，嫩芽初长，晓风摇飏漾晴光。果树森森同一望，点缀新装。" 在左宗棠将军的大力推动下，和田从东南各省运来数十万株桑苗，并从浙江湖州招募60名蚕务技工，传授江南地区栽桑、养蚕、缫丝、织绸的先进技术。和田蚕丝出口到印度和中亚国家。

民国时期，和田蚕桑业得到持续发展。谢彬在《新疆游记》中说："自莎车至和田，桑株几遍原野。机声时闻比户，蚕业发达，称极盛焉。"

"桑大不可砍，砍桑如杀人"，这是和田流传甚广的民谚。今天和田出产的丝绸主要用作艾德莱丝绸的原料，这种"无限图案"的绚丽丝料是新疆姑娘们的至爱，正如"艾德莱斯"一词的含义——"布谷鸟翅膀上的花朵"。

和田绿洲多白杨、果木，一些村庄被大大小小、高高矮矮的桑树环绕着、包围着，绿荫丛中的村舍显得朴素、安谧。炎夏走进村庄，凉风拂面，和田常见的灰蒙蒙的沙尘不见了，空气也变得清澈、明净。村庄外、农田边，成排成行的桑树构筑起一道道绿色屏障，保护着人们的安居和庄稼的生长。

在和田地区的博物馆里，我见到过几册写在桑皮纸上的清代维吾尔文典籍——《诺毕提诗选》《维吾尔医药大全》，还有一部民间长诗的残卷。

两千多年前的蔡伦造纸术是什么时候传入西域的，目前已无稽可查。但有一点是可以肯定的：桑皮纸是西域最古老的纸张之一。蔡伦曾用树皮、麻头、破布、破渔网来造纸，而丝绸之路上的西域民族用桑皮来造纸，可谓就地取材。

中国的造纸术是8世纪沿丝绸之路传到阿拉伯、印度等地的，14

桑

和田桑皮纸

托乎提巴海老人制作桑皮纸

世纪又从意大利传到整个欧洲。因此西域造纸大概不会晚于 8 世纪。几年前，在哈密白杨河佛教遗址的佛塔残壁上，我曾发现过桑皮纸。桑皮纸为什么会被用作佛塔的建筑材料，就不得而知了。白杨河是隋唐时期的佛教遗址，这至少说明，隋唐时西域已出现桑皮纸。

西域历史上，桑皮纸曾被广泛用于书信往来、书籍印刷、档案卷宗、收据联单、司法传票、会议记录等。中华书局 1936 年出版的《我们的中国》一书中说："和阗桑皮纸，为全省官厅缮写公文的必需品。"20 世纪初，桑皮纸曾被短暂地用于印制南疆的地方流通货币。和田的"造假大王"斯拉木阿洪曾用桑皮纸伪造古代文书，蒙骗了斯坦因、斯文·赫定等外国学者、探险家。

我去拜访墨玉县的托乎提巴海·吐尔地老人，他是和田极少数会做桑皮纸的手艺人之一，是国家级非遗传承人。

他的家在墨玉县城以南 10 公里的布扎克乡。老人 82 岁了，个子矮小，但精神很好，动作麻利。他的两条腿很短，看上去好像有一大截埋在土里。看到客人对他的桑皮纸感兴趣，就显得特别兴奋。

老人向我们演示了制作桑皮纸的全过程，村里的孩子也过来看热闹。他先剥下枝条上的桑皮，用刀子将深色的外皮削掉，留下白色内层备用。每 10 公斤桑皮要加 5 公斤胡杨碱，在大铁锅里煮两个小时。然后将煮软的桑皮捞出，放在石板上用木榔头反复敲打、捣烂，使之变成桑泥饼。泥饼放在盛水的木桶里搅匀，就成了纸浆。

老人蹲在院子里的一个浅水坑边，将长方形的纱网模具

桑皮纸在 20 世纪初用来印刷货币

放入水中，然后舀出几勺纸浆，放在模具里，用一根底端带十字的木棍不停地搅动，使纸浆均匀地覆在纱网上。最后，把模具放到阳光充足的地方晒，几个小时后，桑皮纸就做成了。

托乎提巴海说，制作桑皮纸这门手艺是从爷爷的爷爷那里继承下来的。桑皮纸可以用来做学堂课本、家庭记账簿，用来抄写经书，用处多得很哪，用桑皮纸贴伤口，也特别管用。

这几年，经媒体宣传，知道和田桑皮纸的人越来越多，上门求购的人也越来越多了。其中还有美国人、法国人和土耳其人。老人家里没有田地，每年做一万张桑皮纸，收入两三万元，算是一笔不菲的收入。

老人去过美国，参加了在纽约举办的第16届世界民俗生活艺术节，向来自世界各地的人们展示了和田桑皮纸的制作工艺。我问他是否见到了自由女神像，还有繁华的曼哈顿街区。他摇摇头说"没看到美国"。——他的行程是一位华裔女记者安排的，吃、住和演示工艺都在一个大公园里，在公园里待了整整15天，没去过别的地方。带去的桑皮纸都卖掉了，不知卖了多少钱，总之大头落进了女记者的腰包。"真的没看到美国。"他说，"我糊里糊涂去了，又糊里糊涂回来了。"

手艺代表了时间中的耐心。手艺的衰落是一个易被忽略的时代特征，也是一种微弱的警示。托乎提巴海，这位村庄里的孤独的手艺人，仍在坚守一种古老的传统。他说，农活不干也罢了，但手艺不能丢啊，这是祖先传下来的。现在，妻子海热罕是他的得力助手，一儿一女也学会了做桑皮纸，这令他感到欣慰。

"我老了，把手艺传给儿女，子子孙孙传下去，手艺不能丢啊。"他说，像在对我倾诉，又像是自言自语。

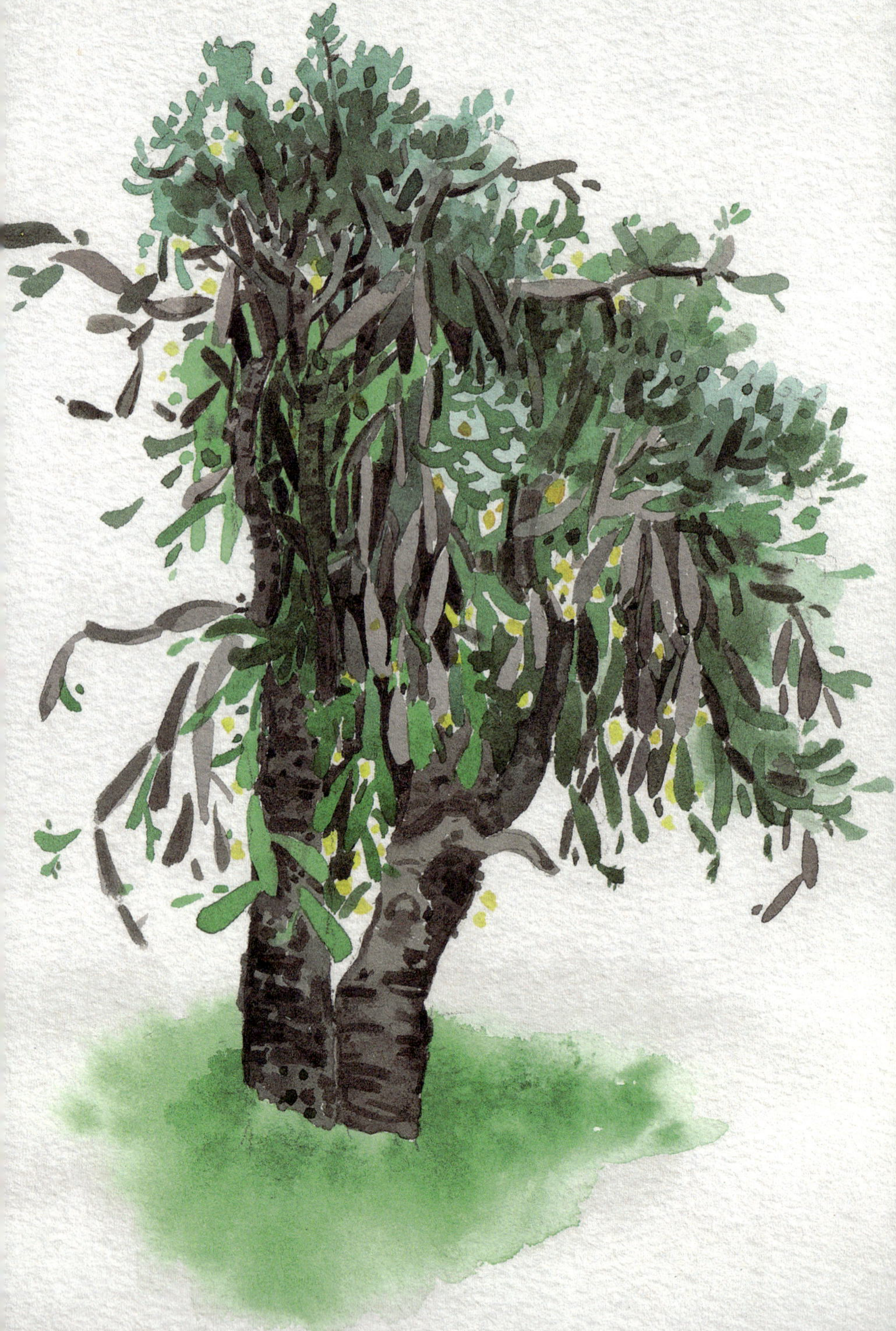

仙人掌

跨越大洋的"移民"

蚊蚋围着锯齿形的仙人掌钻孔
熔炉烧得夹竹桃的刀叶全部卷刃
一根圆木,涂满了狂乱的符号

——〔圣卢西亚〕德里克·沃尔科特:《仲夏》

仙人掌的别称为"火掌""火焰",在碗窑变得尤为贴切。当燃烧了400多年的窑火渐渐熄灭的时候,两株200多岁的美洲仙人掌——苍南人称它们为"公婆树"——代替火焰继续燃烧。这带刺的植物火焰、绿色火焰,虬曲、硕大、升腾,经历时日、台风、湿气、病患,生生不息,生生不灭。它们远离了沙漠故土,像资深游子,用足够漫长的时光,在异乡扎下根,并在干旱的另一端,在亚热带的天空下,锻造出自己外刚内柔的异相和魂魄……

窑与村

苍南桥墩碗窑古村,旧称蕉滩,这个名称也透露了它的地理位置——靠近东海和海上丝路。"碗知山语,窑藏千秋",说的便是碗窑。走进碗窑村,仿佛走进了一个过去时,一座微型山城,一段静息在深山里的幽微时光。这里至今完好地保存了龙窑、水碓、工坊、古戏台、三官宫等35幢300多间明清建筑。山谷幽静,树高林密,山道蜿蜒,拾级而上,泥寮错落,层层叠叠。许多建筑的屋顶压着砖石,是为了防止台风吹走瓦片。浙江最南端的苍南,属亚热带季风性气候,夏日台风很大,据说有一年的龙卷风特别凶猛,居然把一条渔船卷到了山顶。

第一个在此开窑烧瓷的人,是福建移民巫人公,外号"黑人老",志书记载的时间是明万历三年(公元1575年),他为躲避倭寇侵扰避难到此。此后,陆续有余氏、江氏、华氏、胡氏等烧窑制瓷大户前来落户。碗窑这弹丸之地,渐渐成为商贾云集、万众衍聚、市井兴旺之地。到

仙人掌

东海日出

碗窑碎瓷

清代，这里成为浙南地区烧制民用青花瓷的主要基地，鼎盛时期曾拥有18条生产龙窑。民国时期，青花制式和坯釉工艺已非常成熟，以"铁血十八旗""五色旗"为代表的碗、瓶、壶等产品蜚声海内，远销海外。

苍南旧属平阳，《平阳县志·食货志》载："烧造业最早者为南港三十七都蕉滩，清雍正年间……有十二窑，产值约银圆八万。出口销路……浙、苏、皖、鄂以及山东牛庄，台湾诸处。"事实上，中国台湾只是一个中转站，经由台岛，碗窑村的产品远销到菲律宾和新加坡等南洋诸国，产品有酒盏、茶瓯、瓮子、穿花大斗、鹅中水、各寸盘子等十几个大类。

当碗窑村的瓷器经由海上丝路远销海外的时候，美洲的仙人掌正远渡重洋，登陆中国东南沿海，包括我们在碗窑村所见的"公婆树"。

远渡重洋的美洲仙人掌

今天，仙人掌的分布范围包括南美洲、非洲、中国南方和东南亚地区。墨西哥沙漠是仙人掌的故乡，是一个多浆植物宝库。植物分"多点起源中心"和"唯一起源中心"两大类，墨西哥沙漠是仙人掌的唯一起源中心。

墨西哥被誉为"仙人掌之国"，有2000多个品种的仙人掌。该国最大的仙人掌在北部下加利福尼亚，有20多米高，10多吨重，要用两辆大卡车才能把它运走。仙人掌花是墨西哥的国花，墨西哥人还将它作为盘中美食。在墨西哥，仙人掌是作为蔬菜在集市和超市出售的，辣炒仙人掌、蛋煎仙人掌和仙人掌沙拉是墨西哥的三道名菜。仙人掌还用来做饼食点心，用仙人掌酿造的酒就是男人们青睐的龙舌兰酒。

仙人掌

仙人掌　〔墨西哥〕弗里达·卡罗

美洲还有一种会行走的仙人掌，叫"步行仙人掌"，在秘鲁沙漠。一身的软刺就是它的腿脚，它随风移动，居无定所，随遇而安，软刺也是它的根须。通过这些根须，它在空气里吸收水分存活下来。"步行仙人掌"使我想起新疆沙漠戈壁的风滚草，它随风滚动，走走停停，四处为家，在极端干旱、恶劣的环境里，顽强地生存。

那么，作为"植物移民"的仙人掌，是什么时候走出墨西哥沙漠，走向世界的呢？

1492年至1502年，意大利航海家哥伦布受西班牙国王资助，四次横渡大西洋到达美洲，开辟了欧洲到南美洲的海上通道。新大陆的发现，是欧洲海外殖民和拥有海上霸权的开始，带来人员、商品、物资乃至动植物种的交换和传播，世界进入了一个风起云涌的海洋时代。其时，"中央帝国"却是另一番景象，虽然郑和七下西洋要早于哥伦布发现美洲，但这次"试水"却很快被农耕文明的保守意识阻挡回去了。明朝明令海禁,封锁海洋,从明至清,闭关锁国的中华错失了一个开放而活跃的海洋时代。当然,闭关也不是铁板一块,民间的海上交往依然存在。胆魄非凡的商人、具有先见的官员、民间探险家,还有包含了三成"真倭"、七成"外倭""假倭"的这么一股暗潮般的力量,用野心和梦想、鲜血和生命开辟出了海上丝路。

我们已知,土豆和红薯大约是在明末传入中国的,并由"贵族美食"逐渐变为"穷人食粮"。一种说法是它们经过菲律宾先传到中国沿海地区,另一种说法是先传到爱尔兰,然后由欧洲人传到中国内地。印第安人培育的五颜六色、花样繁多的土豆,传到中国只剩少数几个品种了。据此我们可以推断,仙人掌传入中国,不会早于明末清初,但也不会大大晚于土豆和红薯的传入时段。

在中国,"仙人掌"这个名称早在唐代就出现了,但它指的不是植物。唐代窦牟有诗"仙人掌上芙蓉沼,柱史关西松柏祠",诗中的仙人掌,指的是陡峭而嶙峋的山崖和岩石。许多草木花卉都一样,其名称先是指别的事物,然后成为该植物的专属名称。譬如玫瑰,晚唐温庭筠《织锦词》"此意欲传传不得,玫瑰作柱朱弦琴"中的玫瑰,是指玉石。他的另一首诗写"杨柳萦桥绿,玫瑰拂地红",这里的玫瑰才是植物。宋以后,"玫瑰"一词才为植物所专属。

再回到仙人掌的故乡——美洲。兴起于 20 世纪六七十年代的拉美"爆炸文学",一度改写了以欧美为中心的世界文学版图。因此,当我注视一株球形、团扇形或蟹爪形仙人掌时,会不由自主地想到"爆炸文学",或许仙人掌就是扎根在干旱或潮湿中的"爆炸文学",有着烛台状的分枝、肥硕繁多的叶掌和火焰般的摇曳、扭摆、升腾……帕斯的"批评的激情",博尔赫斯的"迷宫",马尔克斯的"百年孤独",福恩斯特笔下的干旱平原和罕见的肥大雨滴,等等,无不具有一种外

仙人掌

沈氏发源地之一—湖州竹墩村的仙人掌

刚内柔的魔幻的仙人掌风格。拉美"爆炸文学",犹如一匹匹披着仙人掌盔甲和钢刺的黑马,杀向世界文坛,其震波和影响传递到了改革开放后的中国,使习惯于喝"母奶"的中国作家、知识分子开始喝上了异国的"狼奶"——异常好喝的、汁液充沛的仙人掌之奶。

"美洲的爱,与我一起攀登!"是一株巨子般的仙人掌,是仙人掌之爱,与聂鲁达一起攀登马楚·比楚高峰。

带刺的植物火焰

我站在碗窑村五六米高的两株仙人掌跟前——
一公一婆,一阴一阳,耳鬓厮磨,相伴而生,这带刺的纠缠和恩爱,这内心的超级柔软,旷日持久,直到海枯石烂、地老天荒。叶掌在每年春天和秋天开两次花,好看的橘黄色花朵像一盏盏不灭的小灯笼,仰天或倒挂,招蜂引蝶,绕树飞舞。秋天叶掌开过花后,就干瘪、收缩、硬化了,渐渐变成枝干的一部分。尔后,新枝干又长出新的叶掌,上下左右延展,等待下一年的花期。像烛台,像宝塔,仙人掌就是这样自我更新、生生不死的。它们,活过了人的天命和大限,超然而顽强地站在那里。

这一沙漠干旱地区的植物,是如何适应亚热带季风性气候的?这简直不可思议,是一个谜。难道经历了漫长的异乡生活后,仙人掌已发生基因突变,变成了另一物种?一种超级仙人掌?仙人掌惊人的适应力,已经使其以潮湿为干旱,以狂风为港湾,以异乡为故乡。如此,它们才能在异域建造自己的新故乡。

据在碗窑出生的苍南本土作家朱成腾介绍,"公婆树"为单刺仙人掌,属丛生肉质灌木。三年前,公树得了大病,主干根部严重溃烂,整树奄奄一息,婆树也变得萎靡不振。后来村民们给公树做了一次外科手术,清除烂根腐肉,消毒培土,并做了支撑架。公树奇迹般地活过来了,婆树也仿若重生。"公婆树"依旧茁壮而蓬勃。

村里的老人还记得,"公婆树"是1902年由一对烧窑的王氏夫妇从附近山上移植到村里的,移植时它们已是百岁老人了。仙人掌是多浆植物,它的汁液有助于治愈烫伤。这就能解释移植碗窑的原因了。事实上,仙人掌是一种很好的药物,能清热解毒、健脾补胃、清咽润肺、护肤养颜,还能降血脂、血糖、血压,是治疗"三高"的奇药。碗窑村里还有一种名叫薜荔的古老植物,攀爬在门廊和老宅屋顶上,结的果子像青涩的无花果。薜荔也多浆,俗称凉粉子、凉粉果。它鲜牛奶般的乳液,加糖、荷叶汁,可以做成炎夏里窑工们最爱吃的凉粉。

碗窑一带,从前多古木、大树,但杉树、松木里的巨子逐渐消失了,基本上都成了烧窑的柴火。与200多岁的仙人掌一起存活至今的,

仙人掌

是一株 300 多岁的香枫树。民国年间，香枫树的主人打算把它出售给南洋商人。伐木工来了，第一斧砍下去只砍掉一点树皮，第二斧砍下去竟砍在了自己小腿上，鲜血淋漓，嗷嗷大叫。围观者纷纷说这是一棵神树，不能卖掉，于是这棵老枫树得以保留下来。

"土著"和"移民"，一起构成了苍南葱茏的植物景观和绿色宝库。樟树和杜鹃，是苍南的县树和县花。在南宋镇大园村，有一株千年香樟，树下立有"苍南樟王"的石碑。金乡卫，曾与天津卫、威海卫齐名，在明洪武至嘉靖年间，是东南沿海抗倭史上的名城，民间有"一亭二阁三牌坊，四门五所六庵堂，七井八巷九顶桥"之说。今天，它的城门、城墙都消失了，但四个城门外，依旧屹立四棵明清时期的大榕树。榕树被苍南人视为风水树、地标树，房前宅后要"前榕后竹"。

碗窑村的仙人掌

苍南古村

在另一座保存完好、老百姓仍在居住的古城蒲城，东门城墙上的无柄小叶榕已经165岁了，锈褐色气根穿透城墙石缝，盘根错节、虬曲有力，巨大的树冠，像一把巨大的天然遮阳伞。鹤顶山是苍南最高峰，曾是一座活火山。火山熄灭了，山腰乱石间，开始长出杜鹃花，花瓣奇大，清明前后，一簇簇，一蓬蓬，漫山遍野，红红彤彤。我在写苍南的诗里，称杜鹃花是"岩浆之花"，模糊了地质学和植物学的边界。还有苍南出产的四季柚、荔枝、香瓜、火龙果、葡萄等，在浙江和江南地区都是十分出名的。

夏多布里昂说，森林是人类最早的神殿原型。古木大树犹如神殿的巨柱。世界上不少民族，尤其是北方民族，都有"世界生命树"和"宇宙中心"的理念，这是人类最古老的万物有灵信仰。

仙人掌

当我们站在碗窑村的两株仙人掌跟前时，凝视就是一种尚未丢失的信仰，一种对自然神灵的虔敬膜拜。

一到苍南，我就把"东海之滨，玉苍（山）之南"修改成"大洋之畔，苍天之南"。苍南是个小地方，只有1200多平方公里的土地，但它的山岳风光、河川秀色和黄金海岸令人流连忘返、经久难忘。浙闽交界，濒临东海，通达海上丝路，它的文化呈现出一种开放、多元、包容的气象。不说别的，就说苍南的方言，就有闽南话、瓯语、蛮话古语、畲语、金乡话和蒲城话等六种之多。苍南文化的多样性，如同它植物的丰富性，不啻是沿海文明的一个微缩样本。

正所谓，当你弄懂了仙人掌的一根刺、一片叶掌、一朵橘黄色小花，你就懂得了自身之外广大而丰盛的世界。

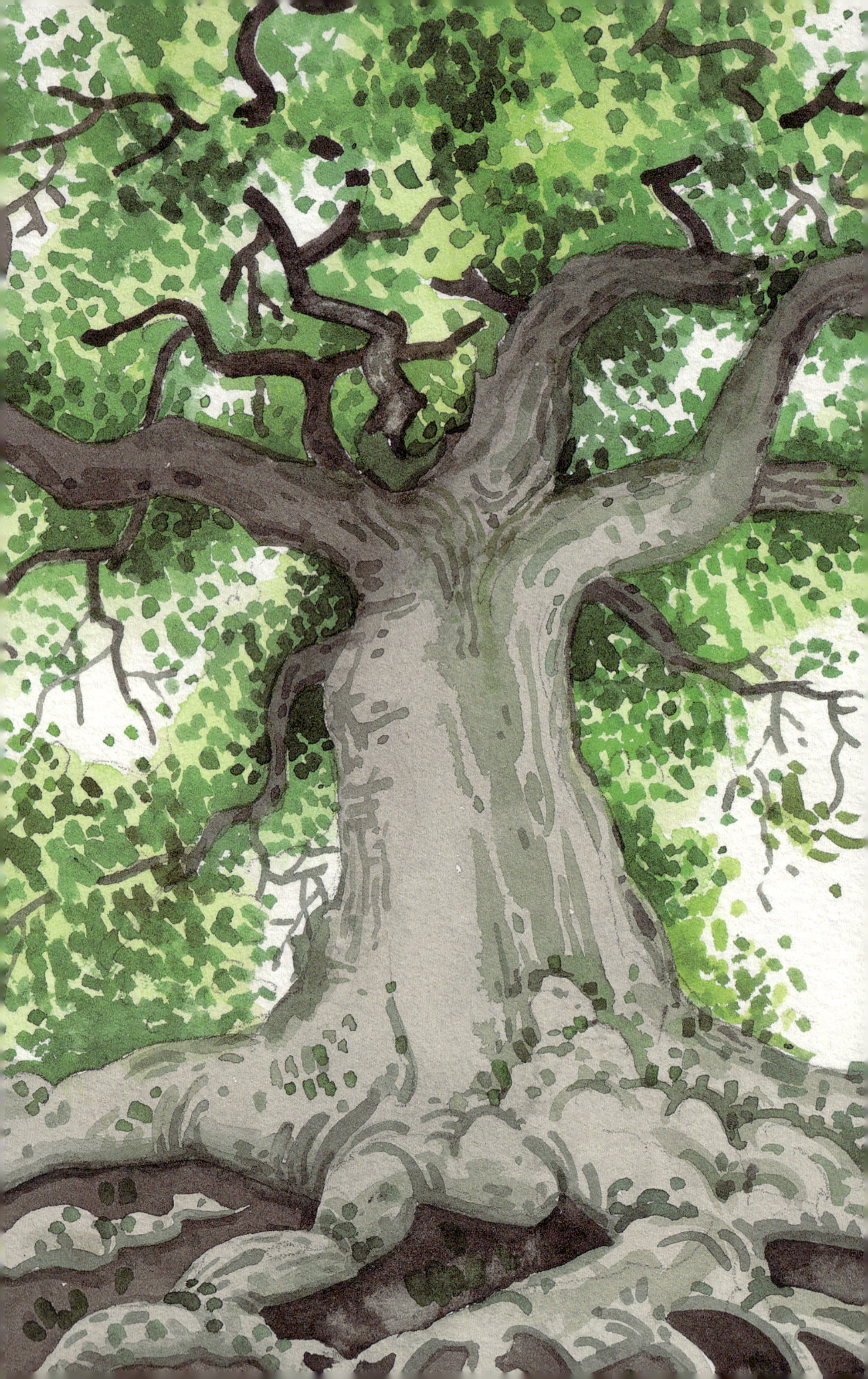

树

神圣的，鬼魅的

> 树站在原地一动不动，
> 却对世界有足够的侦察。
>
> ——摘自沈苇笔记本

神树与鬼树

　　北方民族，特别是阿尔泰语系诸民族，有"世界生命树"和"宇宙中心树"的古老观念。这些民族长期生活在北方原始森林中，崇拜苍天、高山和树木，认为树是天空的支柱、神灵的居所，也是男根的象征、通往上界的天梯。许多神话传说中，树是人类的始母。

　　突厥语系民族自称是狼的后代，也是树的儿子。蒙古族的神树与圣泉相伴，他们的保护神住在树木和泉水里，树上系经幡似的彩色布条，并虔诚膜拜。哈萨克族的始祖迦萨甘曾在大地的中心栽下一棵"生命树"。树长大了，结出茂密的灵魂。灵魂的形状像鸟儿，有翅膀，可以飞。每一片树叶都代表一个人的灵魂。新生命诞生就会长出一片新叶，有人死去，一片树叶便枯萎、飘落。凋零的落叶碰到别的树叶，相互会打招呼、通报消息。人死后，灵魂在另一个世界继续存在，保佑自己的子孙后代。

　　在北方，森林构成了一个完整的植物神灵系统。受萨满教万物有灵观念的影响，北方民族将树木神圣化。与此同时，在南方，特别是热带雨林地区，一些树木（毒木）经历了一个漫长的鬼魅化过程，并重归神秘、幽闭和禁忌。鬼魅化是最朴素的民间信仰，是复魅与不祛魅，是"魅"的残留物。森林通常是教堂、庙宇的象征，是木质的、有年轮的、放大了的教堂和庙宇。北方森林近似露天剧场、植物歌剧院，热带雨林则更像时光深处的迷宫群。"敞开"与"密闭"，构成了我们文化版图和精神意义上的"北方"和"南方"。

　　受禁忌文化的影响，汉民族诞生了四种鬼树：桑树、柳树、杨树、

树

树与天空

根与力

261

散尾葵

苦楝。中原地区有一首宅忌民谣:"前不栽桑,后不栽柳,门前不栽'鬼拍手'。""桑"与"丧"谐音;"柳"多用作殡葬的"哀杖""招魂幡";"鬼拍手"是指大叶杨,迎风哗哗作响,似鬼拍手。在我的家乡江南地区,香樟树也是鬼树,"香樟树上鬼魂多",尤受女鬼、吊死鬼青睐,因此它是不能种在房前屋后的,大多用作了道路两旁的绿化树。

汉民族的鬼树均非毒木,而是文化习性中的禁忌之树,将人的繁文缛节附加于树木之上,并时常发出漏洞百出或自相矛盾的诫令。这是先人传下来的规矩,是不可冒犯的。而到了南方少数民族那里,鬼树归于单纯、明晰——专指有毒之树。

林树蓊翳的南方雨林是原始乐园,也是险域困境;是阳光与雨水的聚集地,安全与危险的代名词。那里出产甜美的水果,长满奇花异草,拥有印度紫檀、花梨木等名贵树种,恐龙时代的桫椤存活至今。同时,

树

那里的温暑湿热中出没毒蛇、猛兽和无名虫豸。死去的动植物腐烂了，散发的毒气名叫"瘴"。"南州水土温暑，加有瘴气，致死亡者十必四五。"(《后汉书·南蛮传》)有形的瘴如云霞、浓雾，无形的瘴或腥风四射，或异香袭人，实则都是山林的恶浊之气。鬼树与瘴气相伴，并在瘴气中茁壮成长……

在横倒的大树旁，在腐烂的叶上，
绿色的毒，你瘫痪了我的血肉和深心！
——穆旦：《森林之魅——祭胡康河谷上的白骨》

参加过赴缅远征军的诗人穆旦领教过南方雨林的凶险。在那里，毒烈的太阳和深厚的雨展开原始的秘密，在毒虫啃咬的痛楚夜晚，所有的讲述都是无效的，因为"欣欣的林木把一切遗忘"。

椰子树　　　　　　　　　　**波罗蜜**

"见血封喉"与毒木恶草

在海南岛，最著名的鬼树当属"见血封喉"。单听它的名称，就够吓人的了。想当初，人类必然是胆战心惊或咬牙切齿说出这四个字的。它的汁液剧毒，接触人的伤口，会使人血液凝固、心搏骤停；溅到人眼里，会让人立即失明。民间所说"七上八下九不活"，指的是，中了见血封喉的毒，上坡只能走七步，下坡只能走八步，九步之内必定倒毙。这是名副其实的"死亡之树""毒木之王"。

至于海南雨林中究竟有多少棵见血封喉，谁也说不清道不明。有的说只在儋州和兴隆发现了两棵，后来在三亚又发现了一棵。另有一种说法是，仅在琼北就一次性发现了六七百棵。谈论见血封喉，既令人兴奋，又使人讳莫如深。

三千年前乘葫芦、渡海峡踏上琼州的黎族祖先，是海南的第一批移民，也是最早认识见血封喉的人。他们的规矩是，发现了见血封喉不能碰触、砍伐，要用荆棘做篱墙围拢它，以示提醒和警告。敬鬼树而远之，让它在隔离中生长、衰老、死亡。

如果鬼树是有等级的，见血封喉无疑占据了最高级别，是鬼树之王。在海南，次一等级的鬼树应该是橡胶树和凤凰木。橡胶树的种子有毒，小孩误食六七颗会昏迷、休克；凤凰木的花好看，红艳似火，却是一种能置人于死地的毒花。只不过，经济价值和审美需求遮蔽了橡胶树和凤凰木的"鬼树魅影"——它们继续留在了人间，而见血封喉却被打入了阴曹地府。这是人类中心主义和功利主义的典型表现。

一般来说，观赏性花木或多或少都具有"毒性"，从寻常百姓家的夹竹桃到佛教中的曼陀罗花（洋金花），莫不如此。除了猪笼草等少数

树

食虫草，从来没听说草木花卉会主动出击，袭击人、动物、昆虫。动植物两界，植物是真正做到了"人不犯我，我不犯人"，它们随身携带毒性，是出于自我保护和正当防卫的需要，就像家禽、牲畜被宰杀时，在末日的极度恐惧中会瞬间分泌"肉毒"一样。只不过，植物的毒性是与生俱来并缓慢升级的。相较于人和动物，植物保有更古老的基因记忆和"防身术"。

大自然的奇妙在于：毒性与善性同在，毒药与解药并存，以此维护自然的、生态的平衡，生存与死亡的正常交替，并向人类提供心灵与精神和谐的某种暗示。《神农经》包含了中国人认识世界的古老智慧，认为有五种药物有毒，但解药得来并不费功夫。"药种有五物：一曰狼毒，占斯解之；二曰巴豆，藿汁解之；三曰黎，卢汤解之；四曰天雄、乌头，大豆解之；五曰班茅，戎盐解之。毒菜害小儿，乳汁解，先食饮二升。"

毒木之王见血封喉，它唯一的解药名叫"红背竹竿草"，是一种生长在鬼树周围的很小的野草，非经验丰富者难于觅见。更为奇妙的是，作为鬼树的见血封喉自身就是解药：树的毒汁溅入人的眼睛后，用树叶和树根煮水喝，毒性立马可解。还有，海南的黎族、苗族，云南西双版纳的傣族、基诺族等南方雨林的少数民族，很久以前就用见血封喉的树皮制作毡毯、褥垫和衣服，它们舒适、凉爽、防虫，毒树皮做的衣服穿在身上，还能防毒解毒。这是南方雨林民族对鬼树的转换利用，是实践与死亡中诞生的民间智慧。危险的毒树皮变成了安全的衣服和用品，这是鬼树的悖论。

毒木恶草存在于自然界，是自然界维持自身完整性以及微妙平衡的必需品。在人与自然之间，毒木恶草是这个命运共同体中不可或缺的要素和环节之一。基督教常用毒木恶草来发咒、祈祷、开示。"愿这地长蒺藜代替麦子，长恶草代替大麦。约伯的话说完了。"这是《旧约》中约伯悲恸的旷野呼告。蒺藜在《圣经》中有时是荆棘、刺草和枳棘，有时是荒漠干旱地区常见的荨麻——俗称蜇人草、蝎子草、植物猫。荆棘算不上毒木，却地位低下，是毒木的难兄难弟，在《古兰经》中，荆棘是与火域连在一起的。《古兰经》还说，一句良言好比一棵优良的树；一句恶言好比一棵恶劣的树，在大地上被连根拔起，绝没有一点安宁。

面对恶草毒卉，佛教的"转换利用"是最为有效和成功的。譬如曼陀罗花，原本是洋金花、山茄花，毒性很大，中国古人用它来制作"蒙汗药"。两千年前的华佗，曾用它做麻醉剂，为病人施行刮骨、剖腹手术。等到佛教出现，有毒之花得以洗心革面、脱胎换骨，成为圣域之花。佛经中说，释迦牟尼成佛之时，天鼓齐鸣，发出妙音，天雨曼陀罗花，满地缤纷。曼陀罗也演变为坛城，是藏传佛教僧众日常修习秘法时的"心中宇宙图"，代表了最高的精神秩序。佛教感化万物，强调人人皆可成佛，面对恶草毒卉，也有一颗慈悲心。

今天，我们面临的最大险境已不是为生存而战的原始丛林，人类分泌和制造的毒素，已远远超过自然之毒、见血封喉之毒。"毒"的

平衡被打破了,即意味着"善"的隐匿与"天人合一"的溃败。毒品的毒、食品的毒、空气的毒、河水的毒、垃圾的毒、噪音的毒等,都是我们自身的分泌物,并被我们排泄到大自然中。自然已被毒害。在人类之毒面前,自然之毒已是小巫见大巫。

> 然而　我们体内的毒
> 我们内分泌排出的毒
> 我们每个毛孔渗出的毒
> 终将
> 毒死我们周围的毒
> ——翟永明:《我们身边的毒》

曾经,一滴自然之毒、见血封喉之毒有效地维系了自然的平衡、人与自然的和谐。当它们中的最后一滴干涸、消失之时,我们身上的解药也同时丢失了,所有"排毒解毒"和"以毒攻毒"的药方就成了天方夜谭。鬼树魅影退而成为一道远古景观,在地平线尽头,新的"鬼树"将要诞生,那就是我们人类自己。

南方的鬼树,永远变不成北方的神树。它们之间的凝望已是告别,它们之间的对话已是遗言。或许暂时地,在神树雄姿和鬼树魅影之间,还有漫游者的"在人间"——一个"七上八下九不活"的人间!

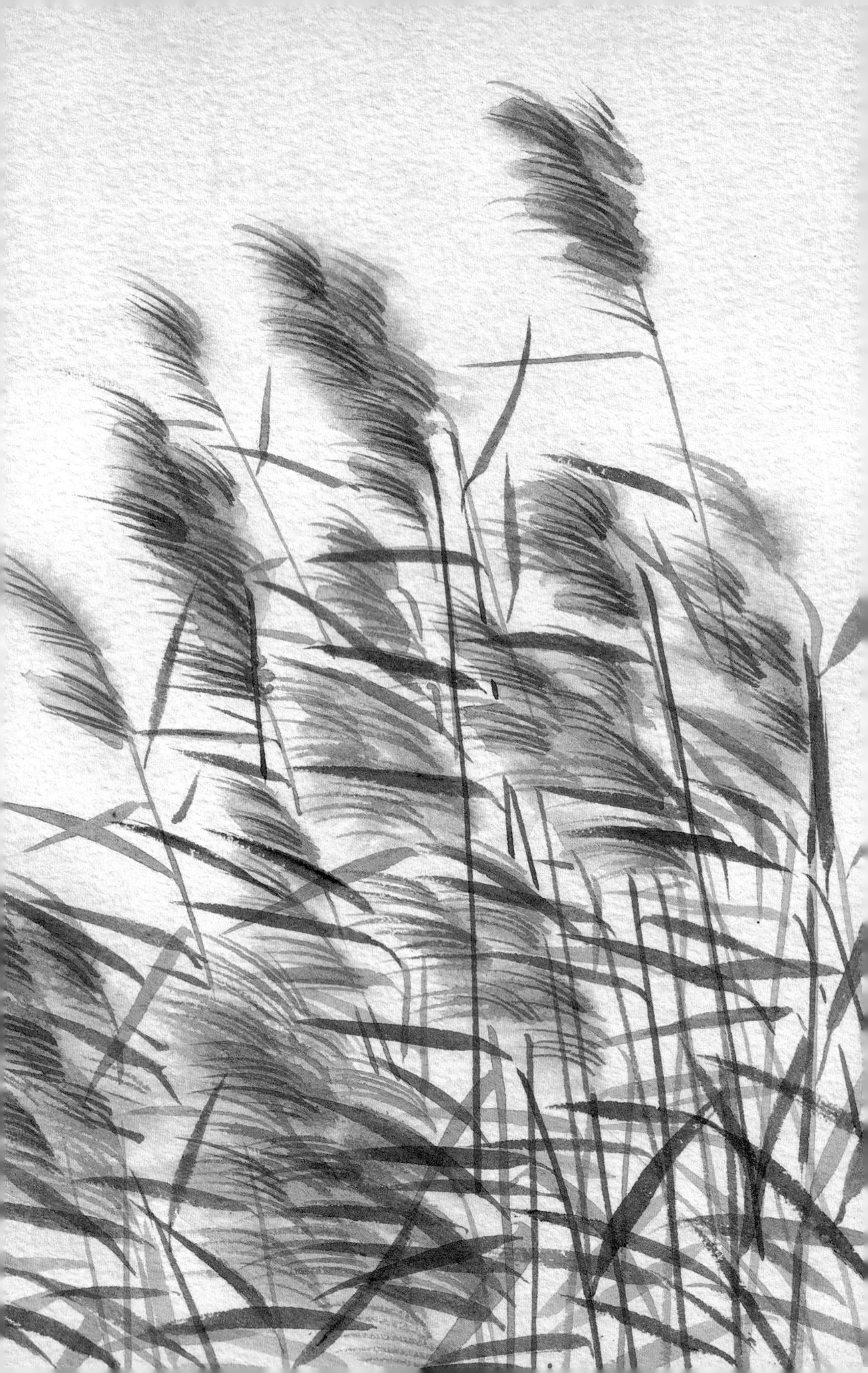

芦苇

五则笔记

谁谓河广?一苇杭之。

——《诗经·卫风》

大洪水与芦苇船

在东方民族的神话传说中,芦苇是与大洪水记忆联系在一起的。

《史记·补三皇本纪》云:"女娲氏末年,诸侯有共工氏,与祝融战,不胜而怒,乃头触不周山崩,天柱折,地维缺,女娲乃炼五色石以补天,断鳌足以立四极,聚芦灰以止滔水,以济冀州。"

正如古时中医用芦灰为人止血、清毒、疗伤,女娲用芦灰止住了大地的决堤和伤口。中国人还将葭灰(苇子内薄膜烧成的灰)放在律管里,以占卜节气。而芦灰在女娲手里则成了息壤。

两河流域的美索布达米亚是人类最早的文明发祥地之一。生活在那里的苏美尔人用芦管在泥板上刻下楔形文字。这项工作由地位很高的书吏来做,他们将口传作品记入泥板,晒干或烘干后送进神殿和书库保存。19世纪以来,考古工作者发掘了40多万块泥板和残片,大多得到了破译。

泥板保留下来的英雄史诗《吉尔伽美什》、神话故事《阿特拉·哈西斯》等作品记录了大洪水发生时的情形,同时涉及了创世、造人、永生等母题。鸠什杜拉受到神的启示,在大洪水来临之前拆毁芦舍,用芦苇造了一条大船,里外涂抹沥青以防水,并增强浮力。这就是传说中的"黑芦苇船"。

木匠[将斧拿来],
芦苇工匠[将石头运来],

芦苇

苏美尔人用芦管在泥版上刻下楔形文字

[孩子们]将沥青[运来],
贫者[将所缺的东西拿来了]。

鸠什杜拉的芦苇方舟搁浅在尼什尔山上。七天后,洪水退去,乌鸦带回了好消息。他在山顶上祭祀神灵,芦苇是用作牺牲的物品——

我在山顶上将神酒浇奠,
我在那里放上七只,又七只酒盏,
将芦苇、杉木和香木放置其上。
诸神嗅到它的香味,
诸神嗅到他们所喜爱的香味,
便像苍蝇一般,聚集在敬献牺牲的施主身旁。

苏美尔人的芦苇方舟名叫"麻库卢库卢木",意思是"生命拯救者"。制造方舟的芦苇和沥青在《圣经》中变成了歌斐木和松香。那么,芦苇方舟搁浅的尼什尔山是否就是挪亚方舟停靠的亚拉腊山呢?而鸠什杜拉派遣的乌鸦也许就是挪亚放飞的鸽子?

无独有偶,人们在埃及沙漠和法老墓室里发现了芦苇船的石刻。这种高头、方形、黑色的芦苇船是美索布达米亚式的。有观点认为是苏美尔水手将它们带到了尼罗河谷。这些船的船首大多有动物头状的饰物,有牛羊角、鹿角,或者鸟的羽毛和枣椰叶等。《埃及亡灵书》中说,人死后将乘着芦苇船(深渊渡船)在地下航行,经过九曲回肠之水,一直到达芦苇地——东方破晓之岸。

1977年,挪威人类学家和探险家索尔·海尔达尔按古代苏美尔的风格建造了一条18米长的芦苇船,从伊拉克的底格里斯河出发,驶过阿拉伯河,进入波斯湾,然后穿越印度洋,到达卡拉奇附近的巴基斯坦海岸。他在海上整整航行了15天,但芦苇船仍完好无损地浮在水面上。

为了证明远古文明之间存在横跨海洋发生联系的可能性,索尔·海尔达尔曾远行到南美洲的秘鲁,在复活节岛的石像和壁画上发现了镰刀形的芦苇船图案。他说,西班牙人登陆秘鲁时,沿大西洋海岸航行的都是这种船。最小的芦苇船像一枚弯弯的象牙,只能负载一个人,人的上半身趴在芦苇船上,双手不停地划水。也有可以负载12人的芦苇船,如果把这种船成双成对捆绑起来,足可以载着秘鲁人的牛马跨洋渡海。

索尔·海尔达尔认为,在秘鲁,芦苇船的历史可以追溯到印加帝国文明之前,因为生活在南美沿海的建造了金字塔的莫奇卡人,喜欢把航海用的芦苇船画在各式各样的绘画中,使芦苇船的形象一直保存到了今天。

东方的芦苇

《周易》上说:"万物出乎震,震东方也。""震为雷,为龙……为苍筤竹,为萑苇。" 苍筤竹即青竹,萑苇就是芦苇。竹和苇,是两种能象征和代表东方的植物:柔韧、隐忍、卑微,茂盛而新鲜,虽不壮硕,却生机勃勃。正如《周易》所云:"其于稼也,为反生。其究为健,为蕃鲜。"

没有一种植物像芦苇那样深深地扎根于东方的血脉,那样普及到东方的山山水水、海角天涯。只要有水的地方,就能成为它们的栖息地,它们葱茏的家园,无论是中国江南的水乡泽国还是中亚腹地的沙漠腹地,无论是隆起的青藏高原还是陷落的中东低地。

芦苇的摇曳、战栗传达着东方的敏感,一种细腻的直觉和敏锐的感性。它的形态、气质和神韵代表了一种尚待认识的东方精神。或许,

菖蒲常与芦苇共生

茅草是芦苇的亲戚

认识东方应该从一株芦苇开始——芦苇才是进入东方宝库的钥匙。"这里的一切仿佛都发生在它深沉的内部,悲剧总是在人群翩翩的衣裳下面起伏、动荡,就像演员们都包裹在长长的戏袍里一样。"(保尔·克洛岱尔:《认识东方》)

芦苇——东方的衣裳和戏袍?是戏剧的帷幕和演员的装束遮蔽了东方?"西方的东方主义"和"东方的东方主义"的共同尴尬在于,他们的认识都不能准确地进入东方"深沉的内部"。前者往往带着偏见去误读,去妖魔化和幻觉化,后者则成了保守主义和自我束缚的代名词。

现在,一株芦苇为我们打开东方风景,却将其深沉的内部隐藏起来了。

《诗经》中出现了大量的植物:荇菜、卷耳、樛木、茉苢、甘棠、唐棣、芄兰、木瓜、葛藤、扶苏、蔓草,还有檀、桃、柏、鲍、茨、苓、

芦苇

桑、竹、麻，等等。有人统计过，《诗经》中出现的植物有 138 中，《楚辞》104 种，《全唐诗》398 种，《全宋词》321 种。

《诗经》是一部灼灼其华的"诗的植物志"，也是一部其鸣喈喈的"动物志"。面对大自然，古人的心灵比今人要细腻和敏感得多。面对四季变换、时光流逝、草木枯荣，古人嗟兮叹兮，总是感慨万千。可以说，为了接近大自然，生活在自然之中，聆听自然的教诲和启示，古人愿意变成一株植物。

芦苇在《诗经》中多次出现，有蒹、葭、萑、苇等多个称呼。在《驺虞》《河广》《行苇》等篇章中，都有它们摇曳的身影。当然，最著名的还是《蒹葭》（蒹葭即芦苇。蒹，没有抽穗的芦苇；葭，初生的芦苇）一诗：

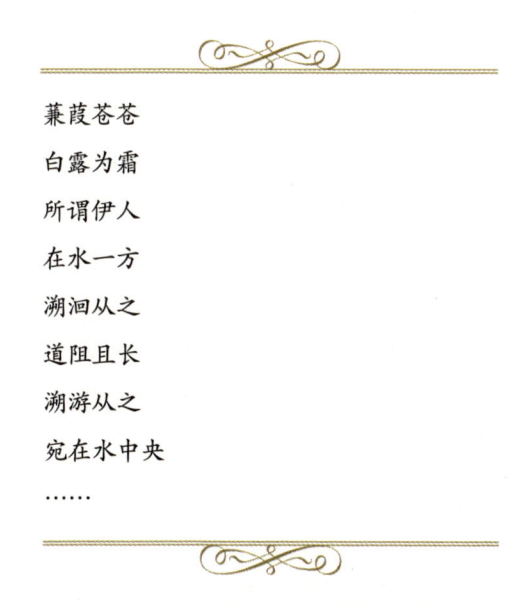

蒹葭苍苍

白露为霜

所谓伊人

在水一方

溯洄从之

道阻且长

溯游从之

宛在水中央

……

飞鸟·奈良时代的《万叶集》被誉为"日本诗经"，收有长短各体的古歌 4500 余首。像《诗经》一样，《万叶集》中的芦苇象征着万物生长的奥秘,更渲染了时光飞渡中的离愁别绪。在下面这首无名氏的"反歌"中,芦苇和鹤鸣传达了大自然的荒凉感,烘托了行旅的孤苦、寂寞:"潮来满若浦,露角无岩砠;遥指芦苇边,鸣鹤空中渡。"而在另一首古歌中,芦苇又成了爱情的信物:"河口芦荻丛,谁为剪其叶?为见郎挥袖,我手折其叶。"

也许芦苇在东瀛太常见了,所以10世纪的女作家清少纳言说:"芦花不值得一看。"到了近代,一位名叫德富芦花的男作家出来为芦花正名:"我所爱的正是这个不值得一看的芦花。"

德富芦花描写了大海和陆地之间万顷芦花倒映水中、渔歌橹声此起彼伏的情景。他相信自己听见了芦苇的歌声:"鹬鸟、百劳等鸟类失魂落魄地鸣叫着,倏忽打我的头上掠过,飞入芦花丛中去了。然后是一片沉寂,只有无边无际的芦花在风中萧萧而鸣。"

在中国画中,芦苇兼具抒情和写意。芦苇的线条之美使画家们心醉神迷。驾驭这样的线条不亚于驯服一匹野马,值得付出一生的心血和努力。他们深知:正如一个人的四肢回到泥土时才真正可以开始舞蹈了,当芦苇的身子沉浸在水中时,它的舞蹈遵循了波浪的起伏,因而遵循了至高的自然法则。

中国画中的芦苇是狂草,是乱发,总与寒霜、白露、老树、昏鸦、萧瑟的秋风、孤苦的行旅联系在一起。人的命运、纷乱的思绪随风与芦苇共舞。

五代画家赵幹的《江行初雪图》描绘了这样的情景:冬天的枯树,萧瑟的芦苇,寒冷的江水,躲在茅草棚里发抖的孩子,赤脚的纤夫,负重的痛苦不堪的毛驴……当一个观者感到自己是一头踏雪前行的毛驴时,他同时也是一株瑟瑟发抖的芦苇。——通过芦苇,命运的苦涩感溢出了苍凉的画面。

江行初雪图（局部） 〔五代〕赵幹

在古代，中国人用柔软的毛笔写字、画画，欧洲人使用鹅毛笔，而波斯人则有一枝芦秆笔。

杰出的波斯细密画出自芦秆笔的笔下。土耳其作家奥尔罕·帕慕克的小说《我的名字叫红》通过爱情、凶杀和失明，描写了波斯细密画家们的生活和艺术。细密画家视绘画为"思想的寂静和视觉的音乐"。他们渴望失明，因为失明就是寂静，是一个人绘画的极致——在安拉的黑暗中看见事物。伟大的画师们孜孜不倦地寻找潜藏于颜色中、超越时间外的那种深邃的黑暗。

奥尔罕·帕慕克借女主人公谢库瑞之口道出了芦秆笔在波斯的另一个寓意："为什么长久以来用芦秆笔象征男性阳具的波斯诗人，相对之下要将我们女人的嘴比拟成墨水瓶。或者我也不太懂得这个代代相传、来源早已不可考的比喻，背后究竟是什么意思——是在形容嘴巴小吗？还是形容墨水瓶的神秘寂静？"

芦秆笔画出的是细密画，而芦笛则能倾吐人类共同的心曲。波斯苏菲主义诗人鲁米（莫拉维）的六卷叙事诗《玛斯那维》以"芦笛"

277

开篇:"人们把我从苇丛中砍下,男女都凭借笛音把心情倾吐。"鲁米还说,没有一颗火热心的人是配不上吹奏芦笛的。

西域乐器巴拉曼是芦笛的一种。巴拉曼的参与,使西域音乐——十二木卡姆在热烈奔放中不乏如丝如缕的忧伤,在世俗的快乐中拥有销魂的飞翔。

故乡的芦苇

故乡是水乡。我出生的村庄三面环水。村前是水渠,村东是池塘,村后则是运河支流。村庄被稻田和桑园包围着,到处是纵横交错的河网,几步一座石桥。河边长着茂密的芦苇。人们以河为路,以船当车。

小时候,我分不清芦苇、箬叶、茭白等水生植物,它们长得太相似了。芦苇荡是我和小伙伴们的儿童乐园。我们捉鱼虾,用蛤蟆肉做诱饵,钓螃蟹。嫩芦根是我们的零食,吃起来脆甜无比,满口清香。夏夜里,萤火虫停在芦苇叶上,将它们捉在一个透明的瓶子里,就成了一盏"荧光灯",用来看书、写作业。到了冬天,河水抽干了,村民们捻河泥、育桑园,芦苇丛中游出泥鳅、黄鳝和黑鱼,胖乎乎,肥嘟嘟的,像是从淤泥中冒出来的古怪精灵。

尽管我们都是天生的"浪里白条",但大人们对孩子们整天像水鸭子一样在河里扑腾十分不放心。因为溺水事件在本村和邻村时有发生。于是大人们杜撰了可怕的水鬼故事来吓唬我们,让我们离水远一些。

4岁和6岁,我在河里淹死过两次。救活后,太奶奶领着我,挨家挨户讨要吉祥的红鸡蛋,找回丢失的魂。童年溺水的记忆成为我的梦魇,长时间挥之不去。也许是因为对水的恐惧,23岁那年我离开浙江到了

芦苇

新疆。像一株水边的芦苇,将自己移植到沙漠里,而且一待就是 30 年。

……一株液体的植物种在我的记忆里,将水的根扎在我的胸口、心灵深处。

作为群居植物,没有一种人间的亲密比得上芦苇与芦苇之间的耳鬓厮磨、如胶似漆,就像童年的玩伴,一起摸爬滚打、心无芥蒂。

芦苇饮水,水也饮它。

在形与影、光与波的变幻中,芦苇与水渐渐融为一体。

它中空、谦卑、虚怀若谷,所以低垂下头颅,水妖似的飘逸长发拂过水面。它的摇曳与其说顺从了风的吹拂,还不如说尊重了水波的起伏荡漾。

摇曳是它内心的喜悦,这种喜悦传遍了水面,一直传向远方。

芦苇乐园。每一个水乡的孩子都拥有自己的芦苇乐园。他在这个乐园中认识了流水、植物、鸟类、节气和时令。他被水草纠缠过,也受到过蛇的惊吓,然而这些是成长所必需的。有时,芦苇乐园是

浙江水乡小景

太湖芦苇

他的避难所，他躲在里面，试图与成人的世界划清界限。当他长大、远走他乡，他将芦苇乐园带在身上，以治疗生命中不期而遇的失望和忧伤。

芦苇水冢。按大人们的说法，每一片芦苇荡里都隐藏着一个水鬼，他伺机而动，找到替身后就去转世投胎。在江南，西施的最终归宿有多个版本。说法之一是死后水葬于太湖三山岛附近。我去过那里。有人带我去看西施水冢，远远望去是一丛芦苇，有时被湖水淹没，有时又露出水面。苏州附近的陈墓镇（锦溪镇），是以南宋一位逃难的陈姓妃子命名的，她在那里也有一个芦苇水冢。生活在塔里木河边的罗布人，死后躺在两只合起来的胡杨独木舟里，以站着的方式安葬于生前渔猎的芦苇荡里，这是另一种芦苇墓地。

芦苇迷宫。从前，太湖强盗潜伏在芦苇迷宫里，到了夜深人静时分就出去打家劫舍。他们抢来的财宝藏在芦苇迷宫和附近的溶洞里。在常熟，沙家浜的芦苇迷宫保护了新四军伤员，并将他们重新打造成勇猛杀敌的战士。在新疆博斯腾湖，"文革"初曾有一批内地难民流落到此，在芦苇迷宫里安家落户，过着天高皇帝远的湖畔生活。但有谣言说他们是国民党特务，于是当地政府出动了几千人、上百条渔船进行了拉网式的剿湖。而对于鸟类和鱼类来说，所谓芦苇迷宫是一个轻车熟路的天堂，它们熟悉芦苇荡如同熟悉自己的翅膀和腮鳍。

……直到我在沙漠中遇见芦苇，才感到了在异乡建设故乡的可能。

心灵的分身术需要一个远方。30 年过去了，水和沙漠成为我生命里的两大元素。有时它们和睦相处，有时又像两个冤家对头。它们的分裂症莫非是大地的一种疾病，是地域的大跨越造成的裂痕？那么，谁能来统摄它们？

直到我在沙漠中听见芦苇的呼喊，我才感到：芦苇，也只有芦苇，才能融合水和沙漠，将它们重塑为一个整体。水和沙漠，你中有我，我中有你。只有到那时，故乡和异乡才纳入了同一种"此在"。

芦苇是媒介，是姻缘，是跨越水与沙漠的桥梁。我的一半在水中游弋，另一半在沙漠里行走。也许有一天，我将集水鬼和木乃伊于一身。

帕斯说得真好："沙漠与水的双重象征，两个贫瘠的强盛合在一起，便导致后代的繁荣。"(《帝国烟囱》)

沙漠里的芦苇

斯文·赫定在考察罗布泊后认为，楼兰一带曾经是中国最大的芦苇荡。

芦苇是楼兰人重要的建筑材料。通常他们以芦苇捆为基础墙，历

伊犁河的芦苇

经了 1700 多年的时光流逝,至今在楼兰废墟里仍可看到芦苇叠压的情景。从尚存的结构中看不出墙的形状,说明直到两三米的高处,都是由芦苇捆构成的。这些芦苇捆用一些直立的细木杆充当骨架结构,芦苇被一层又一层捆绑在木杆上。

斯文·赫定挖掘了一些建筑废墟,他在《罗布泊探秘》一书中写道:"那些用芦苇捆构成的相对来说不太坚固的房子,可能是属于下层居民的住房、牲口棚、羊舍、杂物房等。而结构较好的房屋则为官员、商人和驿站主所拥有。"

作为楼兰人的后裔,现在的罗布人也将芦苇用作建筑材料,他们的房舍因袭了罗布泊地区古老的芦苇建筑样式。在一首名叫《我的红玫瑰》的罗布淖尔民歌中,心上人眉毛的闪动被比作芦苇在风中的摇曳。芦苇、甘草和焉耆马被誉为焉耆绿洲的三宝,有这样的顺口溜流传在塔里木河和开都河一带:"苇子扎墙墙不倒,甘草水喝了治感冒,焉耆马骑上把丫头找。"

芦苇

当我经沙漠公路穿越塔克拉玛干去和田时,看到公路两侧用来固沙的芦苇方格居然在"死亡之海"里活过来了。我不禁要惊叹芦苇顽强的生命力,这同时说明,沙漠里并不缺水。

在塔里木盆地和塔克拉玛干沙漠,有许多自然生长的芦苇丛、芦苇荡和芦苇带,构成了黄沙起伏的瀚海中的"第二森林"。大荒中的芦苇,大荒中的绿,自生自灭,并不为我们所知,仿佛它们在时间之外。就像清代流放文人纪晓岚看到的那样:"绿到天边不计程,苇塘从古断人行。"

在库尔勒,有朋友告诉我,他们在且末发现了一处大储量的原始芦苇带,堪称"芦苇秘境"。沿车尔臣河绵延近百公里,面积有十几万亩。

如果湖泊是大地的眼睛,芦苇就是博斯腾湖的眉毛和睫毛了。

塔克拉玛干沙漠中的河流与芦苇

——是真正的"浓眉大眼"：1000多平方公里的水域，中国最大的内陆淡水湖，还有湖边绵延不绝的芦苇，映衬着水的清澈，围住了水的浩渺。

在湖边，你会看到湖光反射在芦苇上，随波浪起伏。湖的心事、水的念头仿佛被芦苇敏锐地捕捉到了。水鸡在芦苇丛中筑巢、求偶，发出和人一样的咯咯咯的笑声。野鸭游弋湖中，密密麻麻浮在水面上。一群静立的白鹭，像是沉思默想的修士。而鸥鸟展翅飞翔，翅膀沾染了太阳的金光和湖水的蓝……

去博斯腾湖看芦苇四季咸宜，但每一季都有不同的风光和味道。尤其不要错过了秋天芦苇开花的时节。逆光中的芦花，它的美是无法用语言来表达的。

博斯腾湖由大湖区和小湖区两部分组成。湖东南有16个小湖泊，相思湖是其中之一。说它小，是与大湖比较而言的，面积有10000多亩，放在别处也是一个不小的湖泊了。

我在相思湖的芦苇荡里住了一晚，早晨8点起床看日出。朝霞满天，映红了半个天空。芦苇荡里到处是鸟鸣，独自的，对唱的，七嘴八舌的，集体聒噪的。小鱼儿纷纷跃出水面，像在比赛跳高。8点半，红彤彤的太阳跃出了芦苇荡，看上去就像刚刚在博斯腾湖里洗了个澡，又徐徐升向它必须去的天空……

一池湖水打翻在地

溅湿芦苇的眉毛

风中，芦苇窸窣、低语

紧张地转动沉思

而它水做的根

芦苇

扎在我胸口、内心深处

我有湖畔的徘徊
也有穿越时空的相思
就像鸥鸟,这些远古的遗腹子
目睹过海的浩渺,现在侧身
在芦苇摇曳之上画出优美的弧线
——它们把一面镜子,搬到天空!
——沈苇:《相思湖》

结束语

"苦竹林边芦苇丛,停舟一望思无穷。"(白居易:《风雨晚泊》)

"川原秋色静,芦苇晚风鸣。迢递不归客,人传虚隐名。"(贾岛:《送耿处士》)

"人是一株会思想的芦苇。"(帕斯卡尔:《思想录》)

"你们中谁愿意做一根芦苇,当万物齐声合唱时,唯独自己沉寂无声?"(纪伯伦:《先知》)

附录　生态文学：观念、方法和视阈

交集与差异："生态""自然""山水""风景"

布鲁诺·拉图尔在《自然的政治》一书中说："生态学（Ecology），正如其名所示，本身不直接进入自然，它像所有科学的学科一样，是一种'学'（-logy）。"而生态文学则不一样，它亲近自然、"进入"自然，并朝向自然"敞开"——人与自然共情、共理、共生。

生态文学作为一个当代文学门类，历史不长，但就包含生态性和生态元素的文学来说，已十分古老，甚至与"生态"本身一样悠久。"文学内置生态性"，这也是布鲁诺·拉图尔的一个重要观点，在今天，几乎可以成为鉴别好的文学与不好的文学的标准之一。因为生态是指"一切生物的生存状态"，以及生物之间和它们与环境之间不可分割、环环相扣的关系。格物，齐物……人只是整个生态系统中的一员，经常被自我"主体化"，但其实只是一个小小的"生态客体"、一堆神经和碳水化合物。但反过来说，如果人隐去、消失了，自然和世界也是一场空。"生态"使我们谦卑，走向万物平等的理性主义。从帝王到乞丐，死亡面前也人人平等。如此说来，"生态"之脆弱、严峻和"死亡"一样，都能教会我们谦卑，以及众生平等的理念。

与"自然"相比，"生态"这个概念更多是当代性的产物，伴随工业化、环境危机和人之困境诞生。当然，所谓的生态，包含了自然生态和精神生态，两者合一，也是一个大概念。如果我们用"自然文学"来置换"生态文学"，也不会有太大的偏差和谬误。"自然文学"有历史意识和历史维度，但"生态文学"则更具切身感和紧迫性。换言之，"生态文学"似乎离我们更近一些，因为我们本身就是置身于"生态"之中的。今夏在贵州十二背后举办的生态文学论坛上,《十月》倡导"生态文学",而《诗刊》则在主办"自然诗会",一个理念,两种表述,形成了相互呼应的有趣现象。

今天我们谈生态文学,首先要辨析、理清"生态""自然""山水""风景"这几个基本概念。四者之间,有交集,有分集,有混溶,也有区别。自然的概念,在东西方都已久矣。孔孟重名教,老庄贵自然。所谓"人法地,地法天,天法道,道法自然"(《道德经》),"自然"与"道"具有同等的高度。在中国古人心目中,自然与天道、人道浑然一体,才有了宇宙。"道常无为"被王弼解释为"顺自然"。道法自然,言出法随,文学就自然而然诞生了。刘勰说"言之文也,天地之心哉"(《文心雕龙》),将诗文的起源提升到自然之"道"的高度。陆机说"遵四时以叹逝,瞻万物而思纷,悲落叶于劲秋,喜柔条于芳春……观古今于须臾,抚四海于一瞬"(《文赋》),这是中国人的自然观、时间观、宇宙观,也是一种成熟的文学观。

在西方,对大自然的沉思和观察是一门持久的功课,荷尔德林说:"如果人群使你怯步,不妨请教大自然。"大自然是一册无法穷尽的书,先人们已将这门功课做得很深、很透——几乎所有伟大的古典作品都包含了伟大的自然主题,直到浪漫主义的"诗意栖息",这个传统一直笼罩着澄明的自然之光。

美国建国 200 多年,自然文学的传统却不短。爱默生的自然观有一种超验主义色彩,他说历史没有什么用,人类要向大自然学习,因为大自然是人类心灵的对应物,它从各个方面印证心灵的问题——"大自然之于人类心灵的影响,具有首位的重要性。……这绵延不绝、无可解释的上帝之网,既无起点,亦无终点,却带有循环的力量,不断返回它自身"。(《美国学者》)爱默生的弟子梭罗,独自在瓦尔登湖畔隐居两年两个月,观察,沉思,回归自然,说:"不必给我爱,不必给我钱,不必给我名誉,给我真理吧!"他认为大自然即"真理",能够给他一种"崇高的训练"。美国自然文学佳作纷呈、蓬蓬勃勃,程虹教授在《寻归荒野》《美国自然文学三十讲》等专著中做过深入研究。对我影响较大的有约翰·缪尔的《我们的国家公园》、奥尔多·利奥波德的《沙乡年鉴》、蕾切尔·卡森的《寂静的春天》、约翰·伯勒斯的《醒来的森林》等,这些,一度是我在新疆漫游天山南北时的随行品和枕边书。事实上,杰克·伦敦的《野性的呼唤》、海明威的《老人与海》,特别是惠特曼的《草叶集》,也包含了足够丰饶的自然主题,惠特曼还说过诗人是人与大自然之间的"和事佬"这样的话。从"认识自己"到"研习大自然",从"人本主义"到"土地伦理""地球共同体",呈现了美国自然文学从19世纪到20世纪的基本演变方向——"朝向自己"变成了向着自然的无限敞开。

鲁迅是主张"拿来主义"的,西方也有他们的"拿来主义"。歌德对中国文化推崇备至。庞德《比萨诗章》的主题之一是向中国的自然和文化致敬,其中引用"四书"36次,并出现了39个书法汉字。"杏花/从东方吹到西方/我一直努力不让它凋落。"(《孔子诗章》)20世纪50年代初,还在加利福尼亚大学读研的加里·斯奈德,翻译了寒山的24首诗歌,将其并入1965年出版的诗集《砌石与寒山诗集》。斯奈德与寒山的相遇是具有标志性意义的,正是从寒山的禅门偈语和机趣率语中,青年斯奈德习得了面向自然之思、寻求精神之悟。"碧涧泉水清,寒山月华白。默知神自明,观空境逾寂。"寒山引导"垮掉派"的斯奈德重返自然,建立起人与自然神圣关系的"圣约",抵达物我交融、合一之境。斯奈德通过创造性的翻译,乃至"误读""误译",将一位中国唐代诗人现代化了。一东一西、一古一今,两个远隔重洋的灵魂相遇,合二为一。

还有"山水"和"风景"的概念。中国的"山水"大约对应西方的"风景"。六朝山水诗和成熟于宋元的山水画,发展延续下来,成为我们传统的重要构成之一。孔子说"乐山乐水",谢灵运则说"昏旦变气候,山水含清晖。清晖能娱人,游子憺忘旧",山水不单单能够娱人,不仅仅是娱人的清晖,它还跟中国人的智、仁、道、空、寿、天命这些概念连在一起。山水能娱人,难道不娱神吗?以谢灵运、鲍照等人的创作为发端和代表的山水诗,已经显示了"人的觉醒"和"文的自觉",但从今天的眼光来看,他们诗中的山水、景物有烦琐、堆积之感,不够通透、自由,"物我合一""主客冥合"尚未抵达化境。只有到了陶渊明那里,一切才变得那么情景交融、生机盎然,又那么质朴、无华、自然,真正做到了"久在樊笼里,复得返自然"。陶渊明是六朝山水诗"高原"上孤耸的"高峰"。

大体来说,六朝以来的中国古典山水诗里面,有一个隐在的大背景,即"天人合一"的宇宙模型,中国古人是在这种宇宙观中写作的。"山水"代表的是中国人的自然观、宇宙观,更是归宿地、隐居地。所谓隐逸渔樵、寄情山水,是六朝山水诗和宋元山水画的基本内涵。富春江边曾有大量的隐士,我们现在知道的最著名的两位是严子陵和黄公望，但更多的无名者已不被我们记取，在时间长河里烟消云散，真正归于自然和山水了。但中国人的"宇宙一元论"不是一个孤独的现象和存在，海德格尔讲的四元结构——天、地、神圣者和短暂者，仿佛回应了我们古人的宇宙观，这大概是东方和西方之间的一种呼应和默契吧。

风景是大自然的"显在"方式，可谓冰山一角，因为大自然有更多的"隐在"、沉潜、神秘乃至未知。西方的风景概念与"风景表达"，从古希腊的牧歌、田园诗，到文艺复兴，再到现代主义，也经历了一个比较清晰的演变过程。在希腊文中，"天堂"即"阿卡迪亚"，是一个有草场、森林、鲜花，流淌着奶与蜜的地方，是众神的处所，也代表了人们对天堂的空间想象。从维吉尔的《牧歌》，中世纪的彼得拉克、弥尔顿，到18世纪科学主义和启蒙思潮的兴起，人们对自然的认识逐渐从宗教思想中剥离出来，自成一脉，造成了自然的"祛魅"，同时也召唤了不断回返的"复魅"的渴望。

华兹华斯认为从自然中能够"认出心灵的乳母、导师、家长"，并"常听到人性那无声而凄凉的召唤"。波德莱尔，被本雅明誉为"发达资本主义时代的抒情诗人"，一方面希望从自然中汲取"普遍的一致的迷醉"；另一方面认为人工作品超越自然作品，第二现实超越第一现实，艺术优越于大自然。他的作品中出现了现代风景——"忧郁的巴黎"、都市里波希米亚式游荡的人群以及他们幽灵般的存在。城市景观的出现，使波德莱尔能够面对并表达现代风景，这是现代性在西方诗歌中的一个开端，波德莱尔也因此成为第一位真正意义上的西方现代主义诗人。30年的西域生活后，我重返江南，这两年我喜欢上了手机摄影，拍了许多家乡废弃的水泥船。如果说废弃的水泥船是现代风景，那么，小时候常见的摇橹木船则代表了消失的传统风景。

放眼我们今天的风景，"无地方"景观大量繁殖、增长，同质化不断威胁差异性，"无地方"逐渐抹去"地方"……这是当代社会的显著特征，它伴随西方20世纪70年代开始的城市增长、人口流动性而产生。摩天大楼、高速公路、工业仓库、集装箱码头、国际机场、连锁酒店等标准化景观逐渐侵入传统景观，使"地方"变成一个个的"无地方"。在中国，这种状况的出现要晚一二十年，但随后，全球化也在古老的东方大地上加速，加剧幻魔般的嬗变、抹杀过程。加拿大地理学家爱德华·雷尔夫在1970年出版的《地方与无地方》一书中，将这种现象称之为"现代性所具有的'无地方'把根植在'地方'之中的历史与意义连根拔起",听上去是惨烈而骇人的。40年过后,注意到"无地方"趋势的某种缓和,特别是遗产与自然保护意识的增强,"地方"的修复、构建与品牌化,多中心的地方经验日益受到重视等等之后,雷尔夫对自己的观点有所修正,他说:"经济的全球化既带来了标准化与非地方的扩展,同时也对独特的地方认同有所回馈。""'地方'与'无地方'现在看来并非彼此对立,而是以难于数计的、矛盾性的方式相互交织在一起,形成了一股张力。"

今天的自然写作,正是在传统风景、古典山水与现代景观之间、在"地方"与"无地方""非地方"之间的逼仄境况中安身立命,在矛盾冲突与多元混溶中产生的,换言之,我们是在雷尔夫所说的巨大"张力"中写作,这是生态文学所面临的现实,是一个要义,也是一个必要的提醒。

内置与混溶:生态文学面向当代性和"无边现实主义"

这样,我们就面临一个紧要问题:生态与当代性、自然与"无边现实主义"的关系问题。再扩展一下,生态文学与博物学、人文主义地理学等也有超强的关联度。它们之间,既疏离、四散,又融合、互嵌。

我的一个基本看法是:生态文学,如果无关我们的现实,无关我们的个体命运和当下困境,就是一种逃避,是轻飘的、轻浮的,是对自然和自我的双重轻慢。生态文学写作中,尤其要警惕那种小清新、小哲理、小伤感、趣味化和新心灵鸡汤式的写作倾向,轻逸和清新,从来就不是轻轻松松的"轻"。脱离了当代性去谈论生态文学和自然文学,只是一次空谈。我们今天所说的生态文学是当代性之下的文学,正如我们今天面对的大自然是一个受伤的大自然。我们在伤害和冒犯大自然的同时,成了大自然的逆子和弃子,与此同时,当代性将我们接纳了。这是一个古怪的拥抱,也是一个必须接受的反讽。

生态文学要与"无边现实主义"建议起一种关联。理论家罗杰·加洛蒂在研究了毕加索、圣－琼·佩斯和卡夫卡的作品后写下《论无边的现实主义》一书,他更新并拓展了"现实主义"内涵和外延。他说:"应该开放和扩大现实主义的定义,根据这些当代特有的作品,赋予现实主义以新的尺度,从而使我们能够把这一切新的贡献同过去的遗产融为一体。"罗杰·加洛蒂认为,无边的现实主义不是无原则的现实主义,其原理有三点:一、世界在我之前就存在,在没有我之后也将存在;二、这个世界和我对它的观念不是一成不变的,而是处于经常变革的过程中;三、我们每个人对这种变革都负有责任。面对严峻的自然生态问题,我认为罗杰·加洛蒂的"三原理"同样适用于今天的生态文学。人与自然、社会的问题,在今天已经转化为生态与"无边现实主义"的性命攸关的问题。"生态"与"现实",相互并置,并笼罩我们,它是一个整体,一个互嵌的蜂巢式的有机体。

有的人大概只知六朝山水诗发端于浙东山水,是"美丽风景"的产物,殊不知谢灵运他们身处的时代和现实并不美丽、可爱。"常畏大罗网,忧祸一旦并"(何晏)、"终身履薄冰,谁知我心焦"(嵇康)等诗文说的都是当时的现实和文人的心境。山水诗鼻祖谢灵运受的是"弃市刑",在街头被当众砍头。读《魏晋南北朝诗选》得见,被送往刑场惨遭杀害的著名诗人、文士就有一二十位。20世纪80年代我在浙师大读书时,李泽厚的《美的历程》刚刚出版,风行校园,好学的中文系学生们几乎人手一册。李泽厚是看到了问题的关键与要害的:"如此潇洒不群飘逸自得的魏晋风度(自然也包含在山水诗及萌芽态的山水画之中。——沈苇注)却产生在充满动荡、混乱、灾难、血污的社会和时代。因此,有相当多的情况是,表面看来潇洒风流,骨子里却潜藏深埋着巨大的苦恼、恐惧和烦忧。"(《美的历程》第五章《魏晋风骨》)美丽诞生于不美丽,六朝山水诗诞生于乱世之忧。明白这一点,才有准确、客观的历史眼光。

再来谈谈生态文学与博物学、人文主义地理学等的彼此交会和关联。无名氏的《山海经》、郦道元的《水经注》、张华的《博物志》等,都是中国早期博物学的经典之作,从地舆地貌、山川形胜到草木鸟兽、神仙鬼怪,都纳入博物学这个巨大的"囊"中。中国古典博物学是开放式的,收罗广阔而丰富的世界,这个传统是十分了不起的。但到了今天,就像大学的学科已越分越细一样,博物学的边界已过于明晰、确凿,被置于科学、科普名下。而在西方,在很长一个历史时期内,"理性主义"并不欣赏博物学,主流正规教育一度有反博物、反自然倾向。面对这一尴尬的现实情况,我非常赞同国内学者、博物学家刘华杰的观点:"比较合适的定位是,把博物学理解为平行于自然科学的一种古老文化传统。平行论更符合史料，也有利于普通百姓参与其中，从而为生态文明建设服务。"这样的理解和表述，就把博物学导向了人文主义，导向了追求真善美、爱智慧，并与更加广泛的人群休戚相关，从而使博物学与生态文学彼此交会，建起超强关联。

前面我引述过爱德华·雷尔夫的《地方与无地方》。与他齐名的是美国华裔地理学家段义孚，他们都是"人文主义地理学"的有力倡导者和践行者。段义孚的著述回荡着丰沛的人文情怀，面对当代人深深的无根感，他不研究客观自然现象和物质现实，而是将人置于自然、环境、社会之中综合考察，关注人的终极命运，寻求"个人"与"世界主义"之间的更好平衡，他尤其强调共同体意识，认为"一个人只有保持正确的精神状态，才能拥有艺术与自然之美"。（中国学者鲁枢元早些年倡导的"精神生态学"，可视为对段义孚人文主义地理学的某种回应）段义孚的随笔式理论著作《人文主义地理学——对于意义的个体追寻》很好读，个体是什么呢？自然是生态整体中的个体，即段义孚主张的"成为整体"的那个个体。段义孚是深入研究过佛教的，后来转向了基督教，他认为基督教和佛教都为人文主义地理学提供了一个"新的开始"。"最佳的宗教思想并不是人文主义必须超越的。相反，恰恰是宗教思想支撑又完善了人文主义思想，真正的人文主义思想敢于将想象推向幻想的境界。"（《人文主义地理学——对于意义的个体追寻》）如此，段义孚的人文主义地理学思想，不仅与生态文学相通，也与古今文学传统相通。

有时，我们指责今天的人文地理写作是"地方主义土特产"，写者变成了"地域性"这个迷人陷阱中的"寄生虫"。但换个角度来说，当我们的文学（特别是某些小说）热衷于人际关系和社会性的描写，连自然和风景都写不好，甚至像李敬泽说的那样"连一场轰轰烈烈的爱情都写不好"的时候，我们是否应该向段义孚意义上的人文观和生态观学习了？向优秀的人文地理写作学习也是一个切身的办法。因为，"生态性"在当下的文学创作中或多或少缺失了，甚至严重到不在场了。

"文学内置生态性"——这是政治生态学家布鲁诺·拉图尔的一个重要观点——为我们展示了另一个深广、深远的思想维度。拉图尔质疑了现代与前现代、自然与社会、人类与非人类等基本概念的区别（他甚至认为"自然是被制作出来的"），他用"生态变异"替换"生态危机"，用"客观性危机"替换"自然危机"，而面对"变异"和"危机",人类不可能存在"超越",而是要减缓这个运动和过程,悠着点儿,"然后像谚语中的老鼹鼠那样,在两分法的下面挖掘洞穴"。他主张要"共时性"地处理科学、自然、政治的多元问题。他的另一个重要观点是"重返地球":"政治生态学不寻求保护自然,而且从不想这么做。反之,它甚至寻求一种更完整并且混合的方式,对实体和命运的一种更复杂的多样性负责。如果现代主义声称要脱离世界的束缚,那么,就生态学而言,它则要依附于世间万物。"(《自然的政治》)拉图尔道出了"重返地球"一说的真义和本意,远不是我们理解的从外空归来的宇航员或科幻片里的"重返地球"。我的理解是:依附于世间万物,依附于我们千疮百孔的家园,依附于越来越"深广而复杂的现代风景",并重新去发现人类世居的地球。

生态文学有两个基本主题:"陶醉"和"忧患"。今天,对忧患的承担已远远超过陶醉于旧梦。大自然中危机四伏,忧患已改写了我们脸上的陶醉表情。因此,我们需要重建人与自然的"整体论",其实是要重建我们内心。人是一个主体,人类中心主义依然存在,但自然也是一个主体,人与自然交融、合一,才会诞生一个真实主体。生态文学需要重新定义,作者需要具备写书复杂生态的能力,重新确立人在自然中的位置。"我们从哪里来,我们是谁,我们到哪里去?"或者"我来了,我看了,我走了。"同样是我们面对自然和生态问题时的发问与应答。

今天的生态文学,要以当代性为切入点,重建人与自然的关系,重建一种新的主客融合——内宇宙与外宇宙、人与人、人与万物以及万物之间这个混沌而深邃的统一体。要从"整体论"意义上去重新思考、认知,将自然生态与精神生态综合起来加以考察,而在写作方法上,要打破种种界限,将传统文学与生态学、博物学、人文地理学、社会学、人类学、民族志、田野调查等融会,追求一种跨文化、超文本的品格和气度。

自然随笔与植物诗:我的生态文学实践

李希霍芬命名的"丝绸之路",历史上不仅仅是一条商业贸易通道,更是一条东西方文明的对话之路。而"一带一路"的倡议,将丝绸之路这一"地理神话"转化为"国家叙事",关涉政治、经济、文化等诸多层面,体现了人类命运共同体意识，以及"美美与共"的文明愿景。

既往丝路文明的交流与传播中，也出现过植物的身影。"石榴酒，葡萄浆。兰桂芳，茱萸香"，这是古人见证的盛唐丝路。美国汉学家谢弗的《撒马尔罕的金桃》一书，写到了近 200 种唐代舶来品，单拿植物来说，就有数 10 种之多，今天带"胡"字和"西"字的品种，大多是从西方传播过来的，是"植物移民"，如西瓜、西红柿、胡萝卜、胡瓜（黄瓜）、胡椒等。葡萄、石榴、无花果，被誉为"丝绸之路三大名果"。张骞出使西域，没有带回皇帝想要的汗血宝马，但带回了葡萄和苜蓿种子。

每一种植物都是一个传奇，是身世与起源、形态与特性、隐喻与象征的一个综合体。我在"新疆时期"的植物随笔写作中侧重讲述丝绸之路和亚洲腹地的植物，呈现具有"西来文明"特征的植物群落，为这些植物描画、塑像。常识告诉我们，丝绸之路的植物史乃是一部文化交流史，包含了东西方文明交流的大量信息。

但我的植物随笔涉及的植物不局限于此，它们所立足和生长的区域，无论从地理还是文化上来说，都要大于这条著名的帛道。每一种植物都是地域的，但它的"地域性"往往是其"世界性"之所在。植物的地域性，比人类的地域性更具一种超越性。

事实上，我的自然写作最早始于 1988 年到新疆之后。贸然闯入的亚洲腹地，为一个南方人打开了新的地理、新的视野、新的世界，我受到的震撼首先是自然和空间意义上的，然后才是文化意义上的。20 世纪 90 年代的《开都河畔与一只蚂蚁共度一个下午》《沙漠的丰收》等是尝试之作。21 世纪后，这方面的写作多了起来，"自然"成为我诗歌和散文中一个不断延续、拓展的主题。长诗《喀纳斯颂》《麻扎塔格》、短诗《沙》《为植物亲戚而作》和近期的《洞穴十八拍》《沉默史：胡杨墓地》等，都是比较有代表性的作品。

植物诗，在我的自然写作中占很大的比重。回到江南后，植物诗的写作一直是我持续的工作之一，加上新疆时期写的，也足以形成一部规模可观的诗集了。

说到植物，要多说几句。每一朵花、每一株草、每一棵树，都是事实上的一个"世界中心"。因为地球是圆的，再者，植物世界不像我们人类，有"中心—边缘"之分。谁也不能说欧美的树就是"世界中心树"，而非洲的树是"世

295

界边缘树"。植物是我们的亲人，站在原地不动，但对世界有足够的洞察，它们用"静"来看世界的"动"。

中国古代诗歌史，就是一部灼灼其华的"植物志"。屈原的"香草"，陶渊明的"菊"，王维的"明月松间""重阳茱萸"，白居易的"原上草"等构成了与诗人齐等的意象符号和文化符号。有人统计过，《诗经》中出现的植物有 138 种，《楚辞》104 种，《全唐诗》398 种，《全宋词》321 种。《诗经》中，芦苇按生长期有葭、蒹、萑、苇等多个称谓，这是词源意义上的诗性命名，不像我们今天，仅留下"芦苇"一个统称。

面对没有噪音和光污染的大自然，古人的视觉和听觉都是十分敏锐的，他们的心灵也似乎比今人要细腻和敏感得多。面对四季变换、草木枯荣，嗟兮叹兮，嘘唏不已。为了接近自然，生活在自然中，聆听自然的教诲和启示，古人甚至愿意变成一株植物。他们看世界、看植物，有王国维所说的"有我之境""无我之境"之分，这也是"主观诗"和"客观诗"的分野。

再上溯，刘勰所说的"动植皆文"，亦可以作为自然文学和生态文学的一个基本遵循。简言之，动植物都有"文"——"文"是自然万物作为主体的清晰的呈现和表达，以及某种被命名、被再次创造的朦胧渴望。

人与植物相互凝视，会产生物我交融、物心合一之感。当我们观察一种植物时，这种植物也在观看我们，这是主客交融、物我两忘的时刻。在某个忘乎所以的瞬间，通过"显在"的形态，经由隐喻、象征和想象，我们是可以与植物"隐在"的神性和神秘性相通的。

植物之"静"，正可以安定我们今天的"动"，安定我们魂不守舍的心。为植物塑像，物心合一，可以反观自己的沉思和想象。在自然随笔和植物诗的写作过程中，我常想到一位法国人的话："人类至少可以从一棵树身上学到三种美德：抬头仰看天空和流云；学会伫立不动；懂得怎样一声不吭。"（朱尔·勒纳尔：《博物志》）然而，我想到最多的还是英国诗人丁尼生的那句至理箴言："当你从头到根弄懂了一朵小花，你就懂得了上帝和人。"

沈苇
2021 年 11 月 10 日于杭州钱塘